인생은 도전이다

인생은 도전이다
이인기 지음

초판 인쇄 | 2014년 04월 25일
초판 발행 | 2014년 04월 29일

지은이 | 이인기
펴낸이 | 신현운
펴낸곳 | 연인M&B
기　획 | 여인화
디자인 | 이희정
마케팅 | 박한동
등　록 | 2000년 3월 7일 제2-3037호
주　소 | 143-874 서울특별시 광진구 자양로 56(자양동 680-25) 2층
전　화 | (02)455-3987　팩스 | (02)3437-5975
홈주소 | www.yeoninmb.co.kr
이메일 | yeonin7@hanmail.net

값 15,000원

ISBN 978-89-6253-152-7 03810

인생은 도전이다

이인기 **지음**

실패, 실패 그리고 도전 !

나는 지금 또 한 번의 실패를 가로지르고 있다.
목적지는 '성공' 이 아니라 '도전, 그 자체' , '도전하는 삶' 그것이다.

연인M&B

"실패, 실패 그리고 도전!"

나는 소작농의 아들로 태어나 3수 끝에 서울대에 합격했고, 5전 6기로 사법시험에 합격했다. 무명의 변호사로 출발한 나는 15대 국회의원에 낙선했고 16, 17, 18대에 당선되었다. 형사소송법 개정을 향한 '나의 도전'은 고스란히 보복 수사와 공천 탈락으로 되돌아왔다.

'그럼에도 불구하고' 나는 지금 또 한 번의 도전을 꿈꾸고 있다. 그당시에는 실패라고 생각될지 모르지만, 실패는 그다음의 순간에 다시 정의되게 마련이다. 다시 도전했을 때 그것의 이름은 더 이상 실패가 아니다. 실패를 인정하면서 그것에 침윤되거나 고립되지 않고, 앞을 향해 한 걸음씩 내딛을 때 과거의 실패는 더 이상 실패가 아니다. 그것은 교훈이고 경험이며 더 잘할 수 있는 기회의 다른 이름이 되어 주었다. 그것을 삶 속에서 배운 나는 지금도 무너지지 않았고 좌절하지도 않는다.

내가 끈질기게 '다시' 도전하는 것은 나 자신만을 위한 것이 아니다. 만약 그랬다면 더없이 외로웠을 것이고, 지금까지 잘 버텨 오지 못했을 것이다. 좌절의 순간마다 내가 힘을 낼 수 있었던 것은 내 스스로의 강인함과 용기가 아니라, 내가 아닌 다른 사람의 존재였다. 그러나 중요한 것은 그들이 있어 용기를 내는 것이지, 나 스스로 용기를 내기 때문에 그들이 나를 응원하는 것이 아니다.

내 인생에는 두 명의 '여인'이 있었다. 정화수를 떠 놓고 기도하시는 어머니를 보며 이를 악물고 공부할 수 있었고, 남편과 아들딸들을 위해 모든 것을 희생하며 살아가고 있는 아내가 있다. 지금은 고인이 되신 어머니를 대신하여 제2의 어머니처럼 나를 지켜 주고 보호해 주고 있는 아내를 볼 때마다 콧날이 시큰해지면서 고맙다.

그러므로 도전은 '혼자' 하는 것이 아니다. 사람들은 쉽게 이야기한다. 도전은 아름답고, 가치 있는 것이며, 혼자서 외롭게 투쟁하는 것이라고 말이다. 그러나 그것은 도전의 절반만 본 것이다. 그 도전에는 더불어, 함께 살아가야 했던 과정과 흔적이 더불어 있어야만 할 것이다. 그러한 방향과 길 감 없이, 결과로만 도전의 가치를 매기는 것은 진정한 '가치' 가 아니라 한낱 '값어치' 에 지나지 않는다.

이와 같은 시간을 '도전' 이라 부른다면, 그것의 다른 이름은 '꿈' 이 될 것이다. 도전은 늘 실패를 등 뒤로하여 앞을 향해 걷는 것이지만, 그 길에는 방향이 있다. 방향이 있기 때문에 실패하는 것이고, 다시 일어서는 것이다. 사법시험에 연거푸 떨어졌지만, 다시 일어나야 할 이유가 없었더라면 나는 다시 도전하지 않았을 것이다. 다시 일어나야 하는 것에는 여러 이유가 있었지만, 늘 나를 응원해 주고 곁에서 지켜 주는 소중한 이들이 있었기 때문일 것이다.

편안하게 삶을 살기보다는, '다시' 시골 왜관읍에서 국회의원 하는 동안 중단하였던 변호사 일을 재개(再開)하기로 마음먹었다. 가난하고 어려운 서민, 농민들, 노인들에게 작은 힘이나마 희망과 보탬이 되고 싶다. 새삼스러울 것도 없다. 그런 일을 하는 데는 자리가 중요하지 않을 것임은 자명하다. 그저 자기가 선 자리에서 자기가 할 수 있는 일을 할 뿐이다. 그리고 나뿐만 아니라 세상 누구나 그렇게 하고

있다고 나는 안다. 그래서 세상이 아직도 아름다울 수 있는 것이라고
나는 믿는다.

다시 한 번, 가난하고 힘없는 이들과 함께 어깨동무를 하려고 한다.
나 역시 이들과 다를 바 없기 때문이다. 아니, 내가 바로 그들이고, 그
들이 곧 나일 것이므로……. 다만, 내가 조금 더 나설 수 있을 뿐이다.

나는 언제나 그래왔듯이,
다시 새롭게 앞으로 걸음을 옮기려 한다.

내 삶의 목적이자 이유인,
어머니와 아내, 두 여인에게 이 책을 바친다.

2014년 새봄

이인기

인생은
도전이다

제1부

끝없는 도전

형사소송법 관련하여 표적 수사를 '당하고',
공천에 탈락되었을 때 그대로 받아들였다.
그저 나아갈 길을 향해 신발 끈을 다시 묶었을 뿐이다.
남들은 '실패'와 '좌절'이라는 단어로 그 상황을 설명하지만,
나에게 있어 그것은 다시 '시작'이자 '도전'일 뿐이다.
꿈은 여전히 현재진행형이기 때문이다.
그리고 그 꿈은 나의 것이 아니라,
우리 모두의 것이었으면 한다.

소작농의 아들

광복의 기쁨도 잠시 6.25전쟁으로 모든 것이 황폐해진 1953년. 나는 그 어느 해보다 몹시 추울 수밖에 없었던 2월에 태어났다. 그 시절, 대부분의 사람들이 그랬듯이 걸음마를 떼기도 전에 생존을 위한 사투가 내게도 어김없이 주어졌다. 미당 서정주의 시 〈자화상〉처럼 나의 아버지 이태로(李泰魯)는 거의 머슴에 가까운 삶을 살아 내셨고, 3남 3녀의 셋째 아들로 태어난 나는 농투성이의 남루한 생활 속으로 던져졌다.

그 당시 우리 부모님은 수만 평의 땅에서 50여 명의 인부를 거느리며 커다란 농장을 경영하고 있던 큰고모님 댁에서 농사일을 할 요량으로 6.25 피난을 내려오신 터였다. 그러나 어린 내가 보기에 우리 부모님은 고모님 댁의 농장에서 노예처럼 일하고 있는 것처럼 느껴졌다. 정당한 대가를 받으며 노동을 하셨다면, 집에서 돈이 오가는 것을 볼 수 있었을 텐데, 나는 한번도 집에서 돈을 본 적이 없었다. 농장에서 약 200m 떨어진 단칸방에서 우리 가족은 농장 일로 겨우 끼니만 해결했던 것이다.

내게 유아기의 기억이 있다면, 그것은 울타리 밖에서 깊이 허리 숙여 밭일을 하고 계시던 어머니 권홍자(權弘子)를 애타게 부르며 울었던 것뿐이다. 서너 살이나 되었을까. 나는 두 형들의 손에 붙들린 채, 뒤도 돌아보지 못하고 묵묵히 일하시던 어머니와 아버지를 바라보며 아침저녁마다 울고 또 울었던 기억이 선명하다. 어머니는 내가 농장 울타리 밖에서 종일 우는 것을 보고도 일부러 모른 척하시며 일을 멈추지 않으셨다. 그것이 내가 기억해 낼 수 있는 내 인생의 첫 장면이다. 그 장면 속에서는 아기가 울어도 뒤돌아보지 못하고, 굽힌 허리 한번 펴시지 못했던 부모님의 뒷모습이 계신다. 그 밭의 주인이었던 고모님 댁의 개가 사납게 짖는 소리는 세월이 갈수록 귓가에 더욱 생생하다.

아버지께서는 자식들이 점점 자라는 것을 보시고 언제까지 남의 땅에서 머슴같이 일해서는 안 되겠다는 생각 끝에 소작농이라도 되기로 결심하시고 독립을 준비하셨다. 비록 남의 땅이지만, 직접 수확한 것을 내다 팔면 형편이 더 나아질 수 있을 것이라는 생각에서 결단을 내리신 것이다. 그러나 부모님이 그토록 성실히 일해 주었던 고모님 댁은 아버지의 독립에 대한 지원을 전혀 해 주지 않았고, 우리 가족은 알음알이로 황무지에 가까운 땅 2천 평을 얻어 소작농의 삶을 겨우 시작했다.

지금도 기억난다. 그 드넓고 거친 땅 위에 거의 폐가에 가까울 정도로 허물어져 가는 작은 초가집에서 온 가족이 잠을 청했던 소작농의 첫날밤. 다 무너져 가는 집이었지만 우리 가족은 두 발 뻗고 기분 좋게 잠을 이룰 수 있었다. '희망' 이라는 단어를 '소망' 할 수 있었기 때문이었다. 난 당시 일곱 살 소년이었고 우리 가족이 일구는 땅이 남의 땅이라는 것을 알았다. 나는 젊은 지주와 아버지가 집 앞에서 대화한 것을 몇 번 본 적이 있었고, 우리가 소작하는 땅의 주인이 누구인지 잘 알고 있었다. 그럼에도 불구하고 온 가족이 함께 땀 흘려 일하는 순간들이 그저 더없이 행복하기만 했던 것으로 기억된다.

그러나 이 행복은 그리 오래 가지 못했다. 갑자기 땅 주인이 직접 자신이 농사를 짓겠다고 우리를 길거리로 내쫓았다. 소작한 지 채 5년도 되지 않았는데, 황폐한 땅이 어느 정도 농사를 지을 수 있는 땅이 되고 소득이 제법 많아지자 땅 주인이 이를 보고 우리를 몰아낸 것이었다. 지극정성으로 일구어 낸 그 땅에서 우리는 쫓겨나야 했고, 지금의 왜관읍 우방아파트 사거리에 위치한 철길 10m 옆의 다 쓰러져 가는 집에서 우리 가족은 비바람만 겨우 면할 수 있었다. 그 집은 기차가 지나갈 때마다 상대방의 말을 전혀 들을 수 없었기 때문에, 대화를 잠깐씩 중단해야만 했다. 집 전체가 기차 소리에 맞춰 같이 흔들리던 그런 집이었다.

결국 아버지는 어쩔 수 없이 남의 농사일을 거들어 주는 일을 다시 시작하셨고, 어머니는 생전 해 본 적도 없는 생선 장사를 시작하셨다. 새벽녘에 나가셨다가 밤늦게 들어오시는 어머니를 보며, 어린 나이였음에도 자존심이 상하고 마음이 아팠다. 맘 편히 농사지을 땅이 없다는 것이 속상하고 부끄러웠고, 나는 공부를 열심히 해서 가난을 극복해야겠다고 처음 생각하게 되었다. 그때가 초등학교 6학년이었다. 밥상을 책상으로 놓고 호롱불 밑에서 공부를 시작하던 때였다. 기차가 지나가면 시끄러워서 도무지 공부를 할 수 없었기에, 나는 종이를 찢어 귀를 막고는 공부했다. 갑작스럽게 성적이 오른 것을 본 담임선생님(도재만)은 나를 격려해 주시고 칭찬해 주셨다. 또한 동네에 소문이 나서 아주머니들이 불쑥 집에 찾아와 귀를 막고 공부하고 있는 나를 구경하고 가기도 했으며, 이윽고 반에서 성적 1등을 할 수 있게 되었다.

나라 전체가 가난하던 시절이었고 우리 집 역시도 가난했다. 이런 형편에서도 아버지와 어머니는 한마디 불평도 없이 우리 육 남매를 정성껏 보살펴 주시고 키워 주셨다. 생선 냄새와 흙 냄새가 집안 가득했던 그 힘겨운 시절에도 부모님은 큰형과 작은형을 공부시키셨다. 하지만 늘 제때에 공납금을 내지 못해 시험을 잘 치루었음에도 빵점 표시가 되어 있던 형들의 통지표가 지금도 눈에 선하다. 그런 형편에서도 우리 자식들을 위해 당신들의 젊은 날을 모두 희생하신 부모님께 고개 숙여 감사를 드릴 뿐이다. 지금 이 세상에 계시지는 않지만 항상 우리를 굽어보고 계시는 아버지와 어머니께 감사의 마음을 전해

올리고 싶다.

비록 소작하던 밭에서조차 쫓겨났지만, 주위 사람들이 우리를 딱하게 여겼는지 200평 남짓한 땅에 농사짓는 것을 허락하였다. 얼마나 감사한 일인지 모른다. 그러나 우리 가족은 생존을 위해 새벽부터 뿔뿔이 흩어져야 했다. 아버지는 남의 밭에 일을 하러 나가셨고, 어머니는 생선 장사를 나가셨다. 사방이 어둑해질 저녁 무렵에야 우리 여덟 식구는 호박밭 앞에 모일 수 있었다.

나는 주로 호박밭에 물을 주는 일을 했는데, 가뭄으로 갈라진 밭에서 생명이 살아나는 것이 신기했고 무척 기뻤다. 물지게를 지는 것은 아버지와 어머니의 몫이었다. 어린 우리들에게는 너무 무거웠다. 그때 우리를 비춰 주던 그 환한 달빛. 그 호박같이 둥근 달빛 아래에서, 아무것도 모르고 뛰어다니며 웃고 떠드느라 일을 하는 둥 마는 둥 하면서도 서로 즐거워했던 그 밤들은 잊을 수 없다.

그리고 예전에 우리를 쫓아낸 땅 주인이 스스로 농사를 해 보니 쉽지 않다는 것을 깨달았는지, 다시 우리에게 그 전의 땅을 소작할 수 있도록 허락해 주는 기적 같은 일이 생겼고, 2년 만에 초가집으로 복귀할 수 있었다. 우리는 '다시' 남루하고 힘든 생활 가운데서도 기쁨과 행복을 누릴 수 있었다. 우리 가족들은 함께 모여 밭일을 했다. 가난하고 힘든 삶이었지만 그만큼 치열했고 또 그만큼 화목하게 온 가족들이 모두 웃을 수 있었던 그때 그곳은 내 삶의 원동력이자 내게 하나의 상징과도 같은 곳이다.

부지런하면서도 집안일에 헌신적이었던 큰형은 자식들인 우리도 살림에 보탬이 되어 보자는 생각으로 돼지를 함께 키웠다. 우리는 돼지 사료비를 아끼기 위해 왜관의 중화요리집과 같은 음식점을 돌며 잔반을 얻어, 드럼통에 실어 리어카로 손수 운반하였다. 음식점의 주인들은 우리가 잔반을 깨끗이 치워 주는 것과 어린것들이 고생한다면서 우리를 기특하게 여기셨다. 우리도 스스로의 힘으로 돼지를 키워 살림에 보탬이 된다는 생각에 전혀 힘들어하거나 부끄러워하지 않았다. 게다가 우리는 왜관읍에서 6km 떨어진 지천면 연화동 쓰레기 집합소까지 다녔다. 미군 부대에서 나오는 각종 쓰레기를 모아서 처리하는 곳이었는데, 거기서 버려지는 음식물도 리어카로 가지고 왔다.

물론, 연화동 음식물 잔반 중 먹다 남은 스테이크 등의 고기는 따로 건져 우리가 끓여 먹기도 하였다. 지금 생각하면 자존심 상할 일일 수도 있고, 기억하고 싶지 않은 삶의 한 부분이지만, 그것조차 우리에겐 다행이었을 만큼 살기 힘든 때였다. 하루하루 배고픔을 면하기 위한 우리의 유년 시절은 부끄러움보다는 그래도 행복했던 기억으로 여전히 가슴 한켠에 남는다. 지금은 그저 웃으며 추억으로 회고할 수 있을 뿐이다. 그래서 감사한다.

돼지가 새끼를 낳을 때가 되면 우리 가족 모두는 초긴장하였다. 어미 돼지가 젖을 줄 때 새끼 돼지가 어미 돼지에게 깔려 죽는 일이 종종 있었기 때문이었다. 우리는 새끼 돼지가 죽는 것을 방지하기 위해 사과 궤짝에 돼지를 4마리씩 넣어 구들목에서 노란 담요를 덮어 두었다가 젖을 먹이려 데려가곤 하였다. 비록 우리 가족은 찬 바닥에 잘지라도, 돼지 새끼들은 따뜻한 곳에 두었다. 새끼 돼지들을 어미 돼지 곁에 조심스럽게 풀어 놓을 때의 흐뭇함은 지금도 떠올릴수록 행복한 장면이다.

그렇게 정직하고 값진 노동 끝에 우리는 1971년 내가 고등학교 3학년 무렵, 700평의 땅을 구입해 우리 집 소유의 땅을 처음으로 갖게 되었다. 그곳이 바로 생전의 부모님이 계셨던 곳이며, 우리 가족이 살았던 곳이자 내가 국회의원직에 있을 때나, 그리고 현재 거처하고 있는 칠곡군 왜관읍 석전3리 718번지(석전로 3길 20)이다. 그곳에 있으면 아버지와 어머니가 나와 함께 있는 것 같고, 힘들고 어려웠지만 웃을 수 있었던 그 행복한 기억이 현실의 삶에 지쳐 포기와 체념에 다다르기 직전 나의 마음을 격려해 주고 보듬어 준다. 어려웠지만 행복했던 그 공간에 살면 그 시절이 지금 여기 나와 함께 있다는 것을 느낄 수 있기에 나는 감사함과 겸손함을 늘 배우고 기억해 낼 수 있다. 그곳은 내 평생의 주소, 내 존재의 고향이다.

예단을 전당포에 맡기고

1966년, 중학교에 입학할 나이가 되었다. 중학교 진학을 두고 형들처럼 시골에 있는 학교를 다닐 것인지, 그 당시 대구의 명문 중학교인 경북중학교에 다닐 것인지 논의 끝에, 형들이 대구로 갈 것을 권유하였다. 당시에는 중학교 입학시험 제도가 있었는데, 나는 경북중학교 시험에 떨어져 재수를 하게 되었다. 남들이 학교에 다닐 때, 나는 혼자 집에서 독학으로 공부하게 된 것이다.

1년 후 다시 중학교 입학시험을 치를 즈음, 경북중학교와는 달리 대구 계성중학교는 고등학교도 함께 있어 중학교 입학시험을 잘 치르면 고등학교를 졸업할 때까지 6년 동안 장학생으로 다닐 수 있게 우대해 준다는 말을 듣게 되었다. 이에 나와 우리 가족들은 경북중학교와 계성중학교 사이에서 고민 끝에, 집안 형편을 생각해 6년 장학생으로 학교를 다니는 것이 더 낫겠다는 선택을 하였다.

문제는 입학시험을 치르기 위해 당장 대구로 떠날 차비조차 없다는 것이었다. 시골에서 올라와 입학시험에 응할 경우, 대개는 시험 전날 학교 근처의 여관 같은 곳에서 부모님과 숙박하는 것이 일반적이었지만, 우리 집안의 형편은 숙박은 고사하고, 대구에 갈 차비도 마련하기 어려웠다. 나는 이러한 사정을 잘 알고 있었고, 부모님 또한 더 잘 알고 계셨겠지만, 나는 입 밖으로 그 이야기를 꺼내지 않았다. 집안 사정을 뻔히 알았기 때문이었고, 행여나 괜한 소리를 해서 부모님의 마음을 아프게 해 드리고 싶지 않았기 때문이었다.

시험 전날이 이르도록 일언반구 없으시던 부모님. 어머니께서 먼저 기나긴 침묵을 깨뜨리셨다. 많은 돈은 아니지만, 대구에 오갈 수 있는 차비 정도의 돈을 꺼내 놓으신 것이다. 가족들의 눈이 휘둥그레졌으나 어머니는 조용한 침묵으로 일관하셨다. "집안 걱정 말고 시험만 잘 보고 오라."는 말씀만 계속 반복하셨을 뿐이었다.

시험을 치르고 온 며칠 뒤, 잠결에 부모님의 대화를 엿듣고 나서야 그 돈의 출처를 알았다. 어머님께서 예단으로 받은 옷감을 전당포에 맡기고 마련해 온 돈이었다. 그 말을 듣고 나는, 이불을 머리끝까지 덮고 숨죽여 울었다.

우여곡절 끝에 시험 보러 가던 날, 그날은 매서운 칼바람이 콧물조차 얼려 버리는 1월이었다. 대부분 학생들은 시험 하루 전에 친척 집에서 자거나 시험 보는 학교 근처 여관에서 숙박하는 것이 보통이었지만 나의 형편은 그렇지 못했다. 아침 7시의 통근열차를 타면 시험 시각에 늦을 수밖에 없어 새벽 4시에 출발하는 군용열차를 타고 대구로 향했다. 무척 추웠을 한겨울의 새벽이었을 텐데 추위를 느끼지 못했던 것이 희한하다. 어려운 사정에도 불구하고 차비를 마련해 주신 어머니의 정성과 온가족의 응원 덕분에 추위를 느낄 새가 없었던 것 같다. 집에서 출발하기 전에 잡았던 어머니 손의 온기와 감촉이 시험 끝날 때까지도 사라지지 않았다. 그때 어머니의 온기와 감촉은 지금도 내게 '따뜻함'이라는 개념의 기원이 되었다.

이른 새벽 큰형(이정기)과 나는 대구역에 도착했다. 큰형이 끼니를 해결하고 시험장에 들어가자고 말했다. 아침밥을 굶기고 시험장에 나를 들여보낼 수 없었던 것이다. 그러나 문제는 역시 돈이었다. 음식을 사 먹을 돈이 없었다. 형은 그런 난처한 상황에서도 내게 웃음을 보이며 "집에서 밥은 싸 왔으니, 밥을 말아먹을 수 있는 국밥의 국물만 사 먹자."는 제안을 해 왔다. 과연 그것이 가능할까 하는 의구심이 들었지만, 나는 형의 말을 따라 대구역 앞 청과시장 골목 안의 국밥집으로 들어섰다. "국물만 두 그릇 달라."는 형과 나를 한동안 번갈아 본 식당 아주머니는 아무런 말없이 뜨끈한 국물을 내어주었다. 우리의 딱한 사정을 짐작하고는 매몰차게 쫓아내지 않으신 것이다. 우리는 순식간에 국밥에 밥을 말아 허기를 해결했고, 버스를 타지 않고 약 40여 분을 걸어갔다. 그러나 기분은 오히려 좋았고, 시험 시간에 맞춰 시험장에 도착할 수 있었다.

가족들의 눈물겨운 응원에 힘입어 나는 계성중학교·계성고등학교의 6년 장학생으로 당당하게 합격할 수 있었다. 그때 장학생으로 합격하지 못했더라면, 전당포에 결혼 예단을 맡긴 어머니의 정성과 큰형의 염치를 무릅쓰고 국만 시킨 일들은 모두 헛일이 되었을 것이다. 그 후로도 우리 가족은 전당포에 맡긴 예단을 영영 되찾지 못했다. 그때 어렵사리 치른 시험은 이후 내 인생 행로 그 자체가 되었지만, 그때 어머니와 큰형을 비롯한 가족들의 사랑을 갚을 길이 없다. 그것은 아마도 끝내 갚을 수 없는, 영원히 되갚을 길이 없는 '사랑의 빚'일 것이다.

그 당시 우리 집은 동네에서 유일하게 전기가 들어오지 않는 낡은 초가집이었다. 그래서 밤마다 침침한 호롱불 아래 책을 보며 공부할 수밖에 없었다. 그 집은 방이 하나뿐이어서 모든 식구가 함께 잠을 자야 했는데, 작은 호롱불로도 식구들의 잠을 방해하기에는 충분했다. 가족들은 내가 공부할 때마다 잠을 설칠 수밖에 없었는데, 그 어느 누구도 단 한 번이라도 내게 불평을 한 적이 없었다. 내가 미안하게 여겨 일찍 잠들려고 하면 오히려 어머니께서는 "좀 더 공부해도 괜찮다."고 다독여 주셨다. 어머니뿐만 아니었다. 아버지와 형들, 여동생들 모두 호롱불 아래에서 공부하고 있는 내 모습을 물끄러미 지켜보다 잠이 들었다.

나는 더욱더 치열하게 공부할 수밖에 없었다. 그리고 아버지는 나에게 영어 공부의 중요성을 일깨워 주시며, 영어 노트와 중학교 영어 교과서를 구해 오셨다. 아버지께서는 영어 교과서의 문장 자체를 다

외울 것을 강조하셨다. 나는 단어와 숙어를 모두 외웠고, 영어 해석은 아버지께서 알려 주셨다. 그리고 그 선행학습의 효과는 개학한 지 얼마 되지 않아 금방 남들의 눈에 띄게 되었다. 1학년 담임선생님(강윤주)은 영어 선생님이셨는데, 첫 수업 때 반 아이들에게 25과의 레슨 중 어디까지 해석을 할 수 있는지 손을 들게 하였다. 그렇게 과에 따라 손을 들다가, 마지막 25과 레슨까지 해석할 수 있는 사람으로서 나 혼자 손을 들었다. 선생님은 나에게 25과 레슨의 영어 문장을 읽고 해석할 것을 시켰으나, 무리 없이 해낸 것에 크게 놀라셨다.

이후 아버지께서 미리 영어 공부를 직접 시킨 것을 알게 된 선생님은, 스승의 날 때 아버지를 일일 영어 선생님으로 초청하기도 하였다. 그때 변변한 옷이 없었던 아버지는 세탁소 등에서 옷을 빌려 입으시고 학교에 오셨는데, 나는 그때 아버지의 어색한 옷차림에서 오히려 아버지가 더 멋져 보였고 자랑스러웠다.

그렇게 온 가족이 날 응원해 주고 있는데 그들의 기대와 믿음을 나는 배반할 수 없었다. 무척이나 가난하고 힘들었지만 온 가족이, 아니 온 세상이 내 편이었던 시절이 있었다.

큰형의 자전거

    감사하게도 계성중·고등학교 6년을 장학생으로 다녔다. 공납금을 낼 수 없어 제대로 학교에 다니지 못한 사람도 부지기수였던 것을 생각할 때 늘 감사하는 마음이 든다. 하지만 집에서 대구의 학교에 오갈 수 있는 차비와 식비 그리고 책값 등은 감당하기 힘든 중압감이었다. 대구에서 자취할 형편조차 되지 못했기 때문에, 왜관에서 대구까지 기차로 통학할 수밖에 없었다.

    꼭두새벽, 눈을 비비고 일어나 대충 세수를 하고, 어머니가 차려 주신 아침밥을 먹고 집을 나선다. 서둘러야 대구로 가는 아침 7시 통근열차를 탈 수 있었다. 기차엔 항상 좌석이 없었기 때문에 대구까지 서서 가야만 했다. 그 와중에서도 영어 단어나 물리 공식 등을 적은 작은 수첩을 보면서 공부했다. 1분 1초도 아까웠기 때문이다.

그 당시에는 기찻삯 한 달 치를 선금으로 내고 기차를 타야 했는데, 어렵게 매달 기찻삯만 내고, 나는 빈털터리로 학교를 다녀야 했다. 수십 명의 계성중학교, 고등학교 학생들이 기차역에서 내려 버스를 타고 학교에 갈 때 나는 버스를 타지 못하고 40분 거리를 걸어가야만 했지만, 전혀 부끄럽게 생각하지 않았다. 더욱이 그 기차가 첫차였기 때문에 그 이상 빨리 등교하는 것은 불가능했고, 이에 따라 나는 항상 지각할 수밖에 없었다. 그 당시 지각생은 교문 앞에서 기합을 받았는데, 나는 하루도 거르지 않고 매일 기합을 받을 수밖에 없었다.

학교 수업이 끝나고 기차를 타고 집에 오면 저녁 7시쯤 되는데, 온 가족이 모두 밭일에 매진할 시간이었다. 밭일이 모두 끝난 다음에야 늦은 저녁을 함께할 수 있었고, 나 역시 밭일을 거들어야 했다. 가족들을 모른 채 혼자만 저녁을 먼저 먹거나 공부할 수는 없었다. 그때 집 근처에 수도원 농장이 있었는데, 신부와 수녀들이 수시로 드나들면서 우리가 식사하는 것을 지나쳐 보곤 했다. 쌀이 하나도 없는 보리쌀로 밥을 지어먹는 우리의 식탁은 부끄럽기만 했으나, 그분들은 오히려 부끄러워할 것 없다고 미소 지으며 말했다. 그리고 아버지는 신부와 수사들과 자연스럽게 대화를 이어 가는 것을 보고, 농사꾼임에도 불구하고 아버지의 지적 수준이 매우 높으시다는 것을 알았다.

집에 전기가 들어오지 않기 때문에 호롱불 아래에서 공부를 해야만 했는데, 지친 가족들을 호롱불 때문에 계속 잠을 설치게 할 수도 없었다. 여러모로 궁리한 끝에 학교 도서관에서 밤늦게까지 공부하고 밤 10시 용산행 군용열차를 타고 집에 돌아오기로 마음먹었다. 전 깃불 아래서 마음 편하게 공부를 할 수 있는 데다가, 공부할 수 있는 시간도 확보할 수 있었기 때문이다.

하지만 문제는 저녁밥이었다. 점심 도시락은 어떻게든 겨우 싸 갈 수 있었으나, 저녁 도시락까지 싸 오기는 쉽지 않았다. 때론 점심 도시락조차 싸 오지 못한 적도 종종 있었으니, 저녁 도시락은 엄두조차 내지 못했다. 어머니께서는 집에 일찍 들어와 일하지 않아도 좋으니 저녁을 혼자 먹고 공부하라고 하셨지만, 그렇게 할 수는 없었다. 온 가족이 고생하는 옆에서 혼자 편하게 앉아 공부할 수는 없었다. 결국 나는 다른 식으로 현실을 긍정하기로 했다. 저녁 먹을 시간조차 아껴서 공부한다는 생각으로 스스로를 위무했다.

저녁때가 되면 도서관의 학생들이 하나둘씩 사라진다. 집으로 귀가 하거나 혹은 저녁을 사 먹기 위해 도서관을 나서고 나면 한적해지는 오후 6시의 도서관은 자주 나 혼자만의 공간이 되었다. 가끔씩 바람을 쐬러 운동장에 나가면 텅 빈 운동장과 포플러 나무만이 외로이 서 있을 뿐이었다. 그리고 교정 저 너머로 해가 지고 있었다. 때때로 이 세상에 홀로 있다는 느낌이 들었고, 그럴 때면 내 그림자도 무척이나 길어 보였다. 그렇게 우울과 감상에 빠진 적도 몇 번 있었지만, 다시 제자리로 돌아오는데 그리 오랜 시간은 필요치 않았다. 집으로 돌아 오면 곧바로 가난하고 남루한 현실이 살갗에 와 닿았기 때문이다. 사춘기라는 것은 내겐 사치였다.

학교 도서관에서 밤 9시 30분까지 공부하고 대구역으로 향하는 길목에는 요기를 할 만한 음식들이 즐비했다. 특히 경주의 특산물인 황남빵과 비슷한 모양의 국화빵을 파는 작은 가게가 하나 있었는데, 아침저녁으로 통학하는 그 길목에서는 언제나 구수하고 달콤한 빵 냄새가 진동했다. 하지만 그 빵을 사 먹을 여유가 없었다. 더군다나 그 빵 냄새는 저녁을 굶은 내게는 무척이나 달콤했다. 그 냄새가 뼛속까지 스며들었다고 말해도 조금도 지나치지 않을 것이다. 가끔은 기차삯으로 그 빵을 사 먹고 집에 들어가지 말까 하는 생각조차 들었다. 하지만 그럴 수는 없었다. 나를 기다리는 가족들이 있었기 때문이었다.

용산행 기차를 타고 왜관역에 밤 10시 40분쯤 도착하면 어김없이 큰형이 자전거를 세워 놓고 나를 기다리고 있었다. 큰형의 짐 자전거를 타고 귀가할 때에야 비로소 '오늘 내가 해야 할 일을 모두 마쳤구나.' 하는 생각이 찾아왔다. 몸은 파김치가 되어 있었지만 큰형의 자전거에 올라탈 때의 기분은 마치 올림픽 결승선을 통과한 사람처럼 집으로 향하는 밤공기는 상쾌하면서 따뜻했고, 다음 날을 희망하게 만들어 주었다.

그러나 공부를 마치고 도서관에서 대구역으로 향하는 발걸음은 정말 쉽지가 않았다. 너무 배가 고파서 잠시 정신을 잃고 쓰러진 적이 몇 번 있을 정도로 배고픔을 참기 어려웠다. 플랫폼에서 기차가 들어오기를 기다리다가 너무 배가 고파서 나는 결국 수돗가의 물을 마시기로 했다. 잠시나마 극심한 허기의 고통을 잊을 수 있었다. 나는 습

관적으로 수돗물을 마시기 시작했다.

그렇게 매일 수돗물을 마시는 광경을 지켜봤는지, 나와 같은 시각의 기차를 타는 한 아주머니가 어느 날 나에게 말을 걸어왔다. 질문은 간단했다. "왜 그렇게 매일 물을 많이 마셔 대느냐?"는 것이었다. 순간 창피하기도 하고 부끄럽기도 했지만 나는 웃으며 대답했다. "물이 맛있어서요." 하지만 아주머니는 매일 저녁을 굶고 있는지를 내게 물어 오셨고, 나는 입가의 물기를 교복 소매로 씩 훔치며 수줍게 그렇다고 답했다. 일순, 둘 사이에 알 수 없는 먹먹함이 감돌았다. 아주머니의 눈시울이 붉어지며 "열심히 살면 반드시 좋은 일이 있을 게야."라고 말하며 뒤돌아섰지만 들썩이는 어깨를 분명히 볼 수 있었다. 아주머니가 저 멀리 시야에서 사라지자, 나는 흐르는 수돗물에 연거푸 세수를 했다. 눈물이 쏟아졌기 때문이다. 한참 동안 세수하면서 나는 스스로를 격려했다. 가난하게 태어났지만, 열심히 공부해서 성공하겠다는 다짐에 이를 악물고 주먹을 말아 쥐었다. 가진 것은 아무것도 없었고, 할 수 있는 것은 그것뿐이라는 것을 나는 잘 알고 있었다.

중학교 1학년 첫 중간고사 기간이었다. 공부하는 것에 예민하게 신경 쓴 나머지 시험 보는 5일 내내 설사를 하였다. 그때 나 스스로 육체적으로 강하지는 않다는 것을 알게 되었다. 정신적으로 몇 배의 노력을 기울여 약한 육체를 이겨 내야겠다고 생각했다. 약한 육체는 평생 따라다닐 거라는 예측 때문에, 나는 평생 건강관리를 소홀히 하지 않았고, 지금도 그때의 일을 교훈 삼아 아침마다 1시간씩 요가나 체조 등으로 건강을 유지하고 있다.

결국 나는 중학교 1학년 중간고사에서 전교 1등을 하게 되었고, 각 과목마다 좋은 성적을 거둬 만년필, 노트, 연필 등의 학용품을 상으로 받게 되었다. 성적 우수로 받은 학용품은 여동생들이 학용품을 더 사지 않아도 될 만큼 충분했다. 그리고 전교 1등을 한 그다음 날부터 선생님들께서 나를 특별히 지각생 기합에서 제외시켜 주셨다. 지금도 그렇게 배려해 주신 선생님들께 늘 감사의 마음을 잊지 않고 있다. 또한 대구-김천행 통근열차에 소문이 돌아 나를 보면 앉아서 공부하라고 자리를 양보해 주는 이들이 생겨나기도 했다.

무엇보다도 나는 그 5일의 중간고사 시험 기간 동안 새벽 일찍 일어나 몇 시간씩 시험공부를 했는데, 그때마다 어머니께서 마당 장독에 정화수를 떠 놓고 간절히 기도하는 모습을 보게 되었다. 그때의 말로 표현할 수 없는 강한 전율은 아직도 기억에서 지울 수 없다.

그리고 아버지는 성적 등수가 적혀진 성적표를 주머니에 넣어 가지고 밭에 일하러 가셨다. 동네 사람들에게 자랑하기 위해서였다. 아버지는 고된 농사일이 아들 덕택에 하나도 힘들지 않다고 여기저기 자랑하고 계셨던 것이다. 비록 소작농으로 살고 있지만, 온가족의 희망이자 상징이 되어 버린 나의 성적표. 여동생들을 포함한 우리들은 가난에 기죽지 않고 오히려 당당했다.

그 시절 나는, '할 수 있는 것'과 '해야 할 것' 그리고 '해야만 하는 것' 을 잘 알 수밖에 없었다. 그리고 치열하고 지난했던 그 어려움 끝에 얻어지는 결과는 결코 노력을 배신하지 않는다는 것을 배웠다. 그렇게 나의 사춘기는 사춘기 없이 지나갔다.

시련의 연속

하루하루 스스로를 강하게 채찍질하며 이윽고 고등학생이 되었다. 중학생 때는 무작정 열심히 하자는 생각으로 공부해 왔지만, 고등학생이 되자 무엇을 위해 공부해야 하는지, 앞으로 무엇을 해야 하는지 심각하게 고민할 시기가 찾아왔다. 진로에 대한 고민이 시작된 것이다. 계성중학교에 입학할 당시 서울대학교 조선공학과가 가장 점수가 높은 과라서 막연히 조선공학과를 목표로 공부를 했으나, 고등학교를 졸업할 때쯤엔 서울대학교 법학과가 가장 높은 점수에 들어갈수 있는 과가 되었다. 이에 따라 나 역시 목표를 크게 잡아 법학과를 목표로 삼고 그 목표를 이루겠다는 다부진 결심을 하게 되었다. 가난한 사람이든 부자든 노력하는 만큼 성공할 수 있다는 것을 스스로 증명하고 싶었고, 한편으로는 이렇게 가난한 삶을 살 수밖에 없는 사회 현실과 경제적 부조리에 대한 변혁을 꿈꾸었기 때문이었다.

고등학교 3학년 가을 무렵, 나의 정신적 버팀목이었던 큰형이 군 제대 전후 갑자기 유명을 달리하였다. 집안의 기둥이 무너진 느낌이었다. 나는 처음으로 서문시장에서 막걸리를 취할 때까지 마셨고, 슬픔을 이기지 못했다. 또한 선생님들께서도 서울대에 합격할 것이라는 기대감을 가지고 내게 격려의 말을 건넬 정도였지만, 나는 서울대에 보기 좋게 낙방하고 말았다. 동시에 두 가지 큰 충격이 다가오자 나는 극도의 혼란에 빠졌다. '나 또한 농투성이로 평생을 살아야 하는구나.' 라는 때 이른 절망과 체념, 자포자기에 빠져 봄과 여름, 두 계절을 무의미하게 흘려보냈다. 겨우 정신을 차렸을 땐, 이미 여름이 다 저물어 가고 있었다.

　집안 형편은 여전했고, 나는 용달차를 운전하시는 작은아버지 댁에서 침식을 하며 재수 공부를 시작했다. 그러나 학원을 다니지 않았고 마포에 있는 독서실에서 혼자 공부했기 때문에 내 공부 상태가 어떤 수준에 올랐는지 전혀 알 수 없었다. 막막하기 이를 데 없었지만, 좁은 집에서 살면서도 작은어머니 몰래 독서실비를 대신 내주신 작은아버지께 지금도 감사를 드린다.

　다시 용기를 얻고 정신을 차리게 된 것은 어머니 때문이었다. 늘 새벽 일찍 일어나 정화수를 떠 놓고 자식의 안녕을 기원하시는 어머니의 모습이 갑자기 낯설게 다가왔고, 나를 몽둥이로 후려치는 것 같았다. 여름이 막바지에 다다른 늦여름 새벽의 어느 날이었다. 어머니는 내게 아무것도 원하시지도 나무라시지도 않았다. 그저 어머니는 못난 아들의 방황이 막다른 길목에 다다를 때까지 묵묵히 기다려 주시고 응원해 주신 것이다. 그 어머니의 간절함이 갑자기 내게 절실하게 다가온 것이었다.

뒤늦게 정신을 차리고 공부를 다시 시작했지만 두 번째의 시험에서도 또 떨어졌다. 처음 낙방했을 때는 모두들 운수 탓이라며 위로해 주었지만, 두 번째로 떨어지고 나니 주변의 사람들이 "지방대라도 좋으니 장학생으로 들어가는 것이 어떻겠느냐?"고 하나둘씩 내게 권유하기 시작했다. "부모님 고생하는 것을 봐서라도 장학생으로 다른 학교라도 빨리 들어가 자리를 잡는 것이 낫지 않겠느냐?"는 설득이었다. 이미 1년을 허비했기 때문에 마음은 더욱더 급해졌다. 속히 결단을 내려야 했다. 나보다 열 서너 살 많은 고모님 댁의 큰형은 "돈을 빨리 벌 수 있는 상대를 가야지, 왜 법대를 가려고 하느냐." 하며 나무라기도 했다.

그해 겨울 집 근처 왜관제일교회 새벽기도회에 무작정 한 달 정도 나가기도 했다. 찬 마룻바닥에 고행하는 마음으로 앉아 있으면 다시 도전해야겠다는 굳은 결의가 나도 모르게 용솟음치기도 했기 때문이다.

그러나 어머니께서는 또 한 번 기운을 북돋워 주셨다. "다른 사람들이 뭐라고 하든 자신이 원하는 결정을 해야 한다."는 말씀이었다. 어머니의 말씀에 힘을 얻어 나는 "다시 한 번 도전해서 반드시 성공하겠다."는 다짐을 할 수 있었고, 서울대학교를 향한 걸음을 멈추지 않았다. 삼수가 시작된 것이다. 재수할 때는 학원에 다니지 못했지만, 이번에는 학원을 꼭 다녀야 한다는 생각에 학원비 마련을 위해 세 군데에서 가정교사 일을 하였다. 사실 대학생도 아닌 삼수생의 신분으로 가정교사를 할 수 있었던 것 자체가 불가능한 일이었지만, 서울대에 갈 사람이니 믿어도 된다는 학부모들의 믿음 덕택에 무사히 학원비를 마련할 수 있었다. 여름이 끝날 무렵 학원비와 하숙비가 마련되자 나는 서울로 상경하여 대성학원에 등록하였고, 시험이 몇 달 남지 않았을 때 나는 아예 독서실에서 살기로 했다.

또다시 합격의 약속 없는 입시공부에 몰두하게 된 나는 '하루에 3시간 이상 잠을 자지 않으며, 시험이 끝날 때까지 바닥에 눕지 않겠다.'는 결심을 했다. 이후로 잠은 의자 두세 개를 이어 붙이고 잠깐씩만 눈을 붙였다. 바닥에 눕지 않겠다는 자신과의 약속을 지키기 위해서였다. 잠이 부족해 얼굴은 푸석푸석하고 머리는 늘 무거웠고 마음까지도 꺼칠꺼칠한 수험생의 일상을 힘겹게 버텨 가고 있었다.

어느 날, 독서실에서 공부를 하다가 까무룩 잠이 들었는데, 독서실 아주머니가 조용히 흔들어 깨우시더니 빵과 우유를 건네주셨다. "고생을 이겨 내려면 속이라도 든든해야 한다."며, "밥을 주지 못해 미안하지만 이거라도 먹고 힘내."라는 아주머니의 말씀에 나는 또다시 힘을 낼 수 있었다. 지금도 빵과 우유를 건네주시던 그 아주머니의 얼굴이 생생하다. 작은 선행이었지만 때론 누군가에게 평생의 고마움으로 남을 수 있다는 걸 그때 거기서 배웠다.

그해 겨울, 마침내 서울대에 합격할 수 있었다. 두 번의 실패와 세 번째의 도전 끝에 성취한 결과였다. 그 감격과 기쁨은 지금 생각해도 가슴 벅찰 만큼 감동적이고 뜨거웠지만, 무엇보다도 어머니께 그 영광을 가장 먼저 드렸다. 모든 사람들이 나의 선택에 고개를 가로저었을 때도 어머니만은 내 편이 되어 주셨고, 내 선택을 무조건 존중해 주셨다. 서울대 합격은 내 노력에 의한 것이 아니라 어머니의 노력에 의한 것이라고 말해야 옳을 것이다. 서울대 합격 통보를 받아 보니 58,500원 중 장학금으로 면제된 금액 33,000원만 납부하면 등록할 수 있었다. 국립대학이라 사실 큰돈은 아닐 수 있었지만 그 비용 역시 내게는 벅차기만 했다. 궁리 끝에 큰고모님 댁에 찾아갔으나, "남에게 의지할 생각하지 말고 자립해야 한다."는 말만 들을 수 있었다. 결국 왜관낙동의원 최형석 원장 내외분을 찾아가 여름방학 때 자녀의 과외 수업을 해 드릴 테니 선불로 등록금 낼 돈을 줄 수 있겠느냐고 말씀드렸더니 흔쾌히 넉넉하게 주셔서 천신만고 끝에 입학할 수 있었다. 정말로 감사드릴 뿐이다.

그리고 얼마 지나지 않아 나의 여동생들은 고등학교를 졸업하였고, 곧바로 취직하여 내 학비를 조금씩 보태 주기도 하였다. 동시에 나는 대학교에 입학하자마자 가정교사 일로 어느 정도 학비와 용돈을 충당하였다. 그와 같은 동생들의 피땀 어린 희생에 반드시 보답해야 했기 때문에, 이후 뒤늦게 합격된 사법시험에도 흥분과 기쁨보다는 그저 담담함을 유지할 수밖에 없었다.

성공했다는 사람들의 경험담을 들어 보면 시련을 견디고 이겨 내는 강인한 의지와 끊임없는 노력을 강조한다. 분명히 맞는 말일 것이다. 하지만 그 못지않게 강조해야 하는 것은 그 인내와 도전을 가능케 했던 동기와 목적이다. 불요불굴의 의지와 인내심을 가능케 하는 이유가 중요한 것이다. 내 작은 성공은 순전히 어머니의 노력에 의한 것이라고 말하고 싶다. 나를 이끌어 주었던 공부의 동력은 내 자신의 출세와 성공에 있지 않았다. 돌이켜 보건대, 내 힘과 의지는 전적으로 어머니의 믿음을 저버리지 않겠다는 것에 있었다.

뒤이은 사법시험 역시도 나는 단번에 합격하지 못했다. 연거푸 다섯 번이나 떨어졌고 그때 역시 주변 사람들은 안타까운 눈으로 다른 방향을 모색할 것을 권유했다. "서울대 법대를 나왔으니 괜찮은 월급을 주는 직장에 얼마든지 쉽게 취직할 수 있으니 그쪽을 알아보라."는 것이었다. 그러나 나는 거듭된 실패를 통해서 빠른 길이 빨리 도착하는 길은 아니라는 것을 배웠다. 진짜 빠른 길은 돌아가는 길이라는 것, 아니 삶에서 중요한 것은 빠름과 속도가 아니라 거기에 도달하는 과정 그 자체라는 것을 깨달은 것이다. 거듭되는 실패를 통해서 배울 수 있었고 실패를 통해서만 배울 수 있는 것이었다.

우리 선조들도 '소년등과(少年登科) 불득호사(不得好事)'라고 하여 젊은 날의 성공을 인생의 불행으로 꼽았다고 한다. 실패와 좌절을 모르는 성공의 위험성을 경험적으로 알았기 때문에 생긴 말일 것이다. 젊은 날에 즐겨 마신 고배 덕택에 이후로도 나는 다시, 또다시 도전했고 포기라는 단어를 내 인생에서 삭제했다. 인생의 성공은 결과에 있는 것이 아니라 거기에 도달하는 과정 그 자체가 모든 것이기 때문이다. 나는 삶과 세상을 좀 더 길고 폭넓게 바라볼 수 있었다. 모두 어머니 덕분이었다.

대신 사표를 내다

　사법시험에 합격하고 사법연수를 받았다. 사법연수원을 졸업할 때쯤 경찰이 되어야겠다는 생각이 들었다. 대부분의 연수생들은 판사와 검사의 길을 걷고 싶어 했지만, 나는 그들과 다른 길을 개척하고 싶었다. 그렇게 결단이 가능했던 것은 두 가지 이유였다. 하나는 남들이 가지 않은 새로운 길을 개척해 보고 싶었고, 다른 하나는 법을 만드는 정치가나 법을 판단하는 판사보다도, 법을 직접 집행하는 경찰이 훌륭해야 국민들이 살기 편해진다고 생각했기 때문이다.

　나는 과감히 경찰(간부)직에 지원하였고, 1985년 대구시 남부경찰서 보안과장으로 임명되었다. 이후 대구 수성경찰서 수사과장과 치안본부 기획과, 서울 관악경찰서 형사과장을 거쳤다. 그리하여 1년 남짓만 있으면 총경으로 승진할 시기에 도달하게 되었는데, 이때 인생의 큰 전환기를 맞이하게 되었다.

그 당시 중부경찰서 등의 관할 지역에서 백주 대낮에 미장원에서 여성 손님들을 한쪽으로 몰아 놓고 돈을 강탈하는 강도 사건이 발생했는데, 이때 담당 경찰관들이 상사에게 신속하게 사건 발생 보고를 하지 않았던 문제가 발생했다. 담당 경찰관들은 사건부터 먼저 해결한 다음 그 뒤에 보고해도 늦지 않을 것이라 판단하는 실수를 저질렀다. 하지만 같은 종류의 범행이 연속적으로 발생한 사실이 언론에 대대적으로 보도되었다. 이후 범인들이 검거되면서 보고되지 않았던 범행들이 진술되자 경찰 지휘 보고 체계에 문제가 제기되었다. 중부경찰서장 등이 직위 해제되고, 향후 관할 경찰서의 보고를 철저히 하라는 지시가 강조되었다. 그런데 알고 보니 나의 관악경찰서에서도 미장원 강도 사건이 발생했고, 보고가 체계적으로 이루어지지 않았다는 것이 밝혀졌다.

범인들의 진술을 통해 또 다른 범죄가 우리 관할 지역에서 저질렀다는 것이 밝혀졌다. 그런데 그 사건 접수 서류의 결재란에 형사계장까지만 사인(sign)이 있었고, 형사과장이었던 나의 사인이 없었다. 사건 담당을 맡은 형사계장이 파출소로부터 보고받은 사건을 내게 보고하지 않았던 것이다. 하지만 수습하기에는 이미 늦었다. 감찰 조사가 벌써 시작되었다. 조사가 시작되면 누군가는 반드시 그 책임을 져야 했다.

형사계장이 임의로 나에게 보고하지 않았기 때문에 사실 내게는 아무런 잘못이 없었다. 그래서 있는 그대로 계장의 실수임을 토로하면 내게는 아무런 책임도 없고 불이익을 받을 일도 없었다. 하지만 그렇게 할 수 없었다. 형사계장은 나보다 나이가 많았는데, 만일 그가 직위 해제를 당하면 그의 가족들의 생계는 누가 책임을 져야 할 것인지에 생각이 이르렀다. 그에게는 대학에 다니는 아들과 딸이 있었다. 그가 경찰을 그만두면 그의 가족들이 곤경에 처하게 될 것이고, 심하면 파탄지경에 이를 수도 있었다. 그에 비해 나는 나이도 젊고, 변호사라는 직업을 가질 수도 있다. 그렇지만 쉽게 결정을 내릴 수 없었다.

집에 들어와 아내에게 자초지종을 설명해야 했으나 차마 말이 떨어지지 않았다. 고심 끝에 겨우 아내에게 상황을 설명했고, 나는 형사계장 대신 책임을 져야 할 것 같다고 아내에게 말했다. 그러나 아내는 심하게 반대하였다. 아내는 사법연수원 졸업 후 반대하는 경찰직에 들어간 것도 모자라, 이제는 잘못 하나 없이 대신 책임까지 져야 하느냐며 벽을 보고 울었다. 아내가 대성통곡을 하니 일곱 살, 네 살먹은 아들(종민)과 딸(나리)도 함께 울었다. 말 그대로 아파트가 밤새 울음바다가 된 것이다. 아침이 되었는데도 슬픔은 가라앉지 않았고, 아이들에게 큰 상처를 남긴 것 같아 지금도 그때를 생각하면 마음이 아프다.

끝끝내 나는 총경으로 승진하는 길을 포기하기로 마음먹었다. 판사나 검사도 되지 못하고, 경찰직에서도 물러나야만 한다는 것이 마음에 걸렸지만, 나는 또 다른 직업을 가질 수 있었기 때문이었다. 지금은 이 모든 책임의 화살이 내게로 쏟아지게 되겠지만 내가 부하 직원 대신 사표를 낸다는 것을 알 만한 사람들은 다 알고 있는 처지였기에, 그들이 끝내는 나의 명예 회복을 위해 증언해 줄 것임을 믿었다. 그래서 나는 형사계장 대신 모든 책임을 지기로 하고, 감찰 조사 때 결재란에 보고받았다는 사인은 없었으나 구두로 보고받았다고 진술하여 결국 내가 대신 책임을 지게 되어 모든 사건이 일단락되었다. 형사계장과 전 직원들은 너무나 미안해하며 고개를 들지도 못한 채 내 얼굴도 바라보지 못했지만, 오히려 나는 형사계장에게 미안했다.

이러한 사정을 잘 알고 있는 경찰서장님은 전례 없이 모든 경찰관을 대강당에 집합시켜 나의 환송회를 열어 주었다. 직위 해제당하는 불명예스러운 경찰임에도 불구하고 기분 좋게, 축하와 존경의 박수 속에서 떠날 수 있었다. 직위 해제 몇 개월 후 서울시경민생치안기획단에 복직했으나 곧 사표를 냈다.

경찰 동지이자 부하 직원이었던 그분(형사계장)은 그 후 더욱더 성실하고 책임감 있게 복무하다가 정년퇴직을 했다. 그로써 고맙게도 그때 나의 선택이 옳았다는 것을 확인시켜 주었다. 그 후 주변에서 무슨 이유로 사표를 냈냐고 물어 왔지만 그분의 정년퇴직까지 나는 말을 할 수 없었다. 젊은 나이에 사표를 냈으니 뭔가 있는 것이 아닌가 다들 수군거렸지만, 끝까지 말을 하지 않았다.

지금도 나는 그 선택을 후회하지 않는다. 경찰이라는 직업에 대한 무한한 애착과 자긍심을 가졌었고, 상사와 주위 동료들로부터 각별한 신뢰를 받고 있었지만 그것이 전부는 아니었다. 옳다고 생각되는 일을 실천하려면 때로는 희생이 뒤따르는 법이다. 그리고 그 선택은 과감해야 한다. 물론 그런 선택은 아직도 많이 젊기에 또 다른 기회가 많이 주어질 것이라는 막연한 희망이 있었기 때문에 가능했을 것이다. 하지만 젊음이란 숫자가 아니다. 스스로 기회가 있다고 생각하고 도전하는 사람이 젊은이고, 그 반대가 늙은 사람이다. 그러므로 젊은이들 가운데 늙은이가 있고, 늙었어도 청년이 있다. 그리고 나는 늘 도전과 열정이 가득한 청년으로 살고 싶다. 그래서 그런 마음을 항상 내 스스로에게 주문하고 있다. 그것이 아니라면 나는 진짜 늙은이가 되어 버릴 것이기 때문이다.

옳다고 생각하는 일에 과감히 자신이 가진 것을 내버릴 줄 아는 자가 진짜 젊은이이고, 이것을 할 수 없는 자가 진짜 늙은이이다. 그래서 나는 아직도 젊어지기 위해 부단히 노력하고 있다.

무명의 변호사

경찰직을 떠나 나는 대구의 한 변호사 사무실에서 변호사라는 또 다른 이름으로 새로운 삶을 시작했다. 대구 시내에서 그 어떤 변호사 사무실보다 항상 가장 먼저 불이 켜졌고 제일 늦게 불이 꺼질 정도로 나는 일에 매진하였다. 그래서 의뢰인들은 항상 우리 사무실을 찾기가 쉬웠다고 말했다. 골목길 구석에 사무실을 차렸음에도 불구하고 항상 늦게까지 불이 켜져 있었기 때문이다.

그러한 성실함과 절박함은 어쩔 수 없는 선택이었다. 나는 전관예우가 없는 변호사로서 무명 변호사였기 때문이었다. 일반적으로 변호사 사무실을 차린 후 약 6개월 정도가 매우 힘들다. 나는 법원장이나 판검사 출신도 아니었기 때문에 일반적인 변호사 사무실보다 더 힘든 시간을 버텨 내야 했다. 그래서 나는 아침 7시에 출근하여 밤 10시에 퇴근하자는 내 스스로의 원칙을 지켜 나갔고, 일주일에 두 번씩,

남들이 꺼려하는 교도소 접견도 성실히 해 나갔다. 형사사건 의뢰인들은 마음이 무척 급박하기 때문에, 아침 일찍이나 밤늦은 시간에는 다른 변호사 사무실에는 불이 꺼져 있으나, 일찍부터 밤늦게까지 불이 켜 있는 우리 사무실로 점차 많은 의뢰인들이 찾아오게 되었다.

그와 같이 바쁜 삶 가운데서 지금까지 기억나는 것은 퇴근할 때 들었던 라디오 음악 방송이었다. 청소년기에는 기차 통학을 했기 때문에 라디오를 들을 수 없었으나, 오히려 변호사 시절에 뒤늦게 라디오 음악 방송에 심취했다. 비가 오는 어떤 날에는 차를 길가에 세워 두고 눈을 감은 채 음악에 흠뻑 빠지기도 하였다.

그러던 가운데 하루는 30대 중반의 여성이 사무실로 찾아와 사건의 변호를 의뢰하였다. 그 사건을 알아보니 그 여성은 10대 여학생들을 접대부로 고용하여 윤락 행위를 시키는 등 불법 유흥업소를 운영하여 수십억 원의 부당 이득을 취한 사람이었다. 심지어는 10대 여학생들이 도망가지 못하도록 감금을 하거나 폭행까지 했는데, 그러다 경찰의 단속에 적발되어 형사 입건된 것이다. 그래서 나는 그 여성에게 자신이 저지른 일과 이 사건에 대해 어떻게 생각하고 있는지 물어보았다. 그 여성이 자신이 한 일에 대해 어느 정도의 반성을 하고 있는지 알고 싶었기 때문이었다.

그러자 그 여성은 변호사가 쓸데없는 질문을 한다면서 오히려 화를 내며 수임료를 원하는 대로 지불할 테니 구속을 면할 수 있도록 변호나 잘 하라고 짜증 섞인 목소리로 대답했다. 그래서 나는 의뢰를 거절하겠다고 단호하게 잘라 말했다. 그 여성의 범죄에 대한 정당한 죗값이 치러져야 한다고 생각했기 때문이다. 만일 나의 변호로 인해 그 여성의 죗값을 온전히 치루지 않게 되거나 형량이 감해진다면, 저렇게 일말의 반성조차 모르는 사람을 변호한다는 것은 내 양심에 어긋났다. 그것은 하나의 직업적 업무 이전에 명백히 또 다른 제2의 범죄라는 생각이 들었다.

내가 변호를 거절하자 그 여성은 고래고래 소리를 지르며 화를 내며 소리를 질렀다. "대한민국에 변호사가 당신 한 사람밖에 없는 줄 아느냐."고 삿대질하며 "변호사가 돈을 주면 그거나 받고 변호나 열심히 할 일"이라며 도리어 나에게 대들었다. 나는 더 이상 그 여성과 말을 나누고 싶지 않았다. 그 여성은 변호사를 단순히 돈벌이 장사치로만 봤기 때문이었다. 나는 사건 의뢰를 맡을 수 없다는 말을 다시 한 번 분명히 밝혔고, 그 여성은 욕을 하며 사무실 문을 쾅 닫고 나가버렸다. 나 역시 참을 수 없는 분노가 밀려왔다. 그날 밤, 나는 스스로 세 가지 원칙을 정해 무슨 일이 있더라도 이 원칙을 지켜 나가겠다는 굳은 다짐을 했다.

첫째, 올바르지 못한 변호 요청에는 응하지 않겠다.
둘째, 의뢰인과 약정한 착수금과 보수금 이상의 돈을 받지 않겠다.
셋째, 의뢰인의 경제 형편에 따라 변호 비용을 차등 요구하되, 무료 변론도 과감히 하겠다.

이렇게 세 가지 원칙을 정하여 이를 철저히 지켜 나가겠다고 마음에 깊게 새겼다. 그것은 오랜 시간 내 삶과 경험에서 나온 원칙이었다. 이 원칙에는 나를 만들어 준 모든 고마운 분들, 그리고 나를 키워 준 부모님과 가족들, 선생님과 친구들, 모든 고마운 분들의 사랑과 지혜가 담긴 원칙이자 신념이었다. 그리고 그만큼 아둔한 원칙이랄 수도 있었다. 때때로 신념이 흔들리는 일이 생길 때마다 스스로 마음을 다잡았다.

하루는 나의 변호로 아들이 보석으로 풀려난 의뢰인이 사례금을 더 주겠다며 사무실을 찾아온 적이 있었다. 나는 단호하게 거절했다. 애초부터 약속한 사례금만 받겠다고 딱 잘라 말했지만, 그 의뢰인은 고맙다는 뜻에서 드리는 것이니 사양 말고 받으라며 돈 봉투를 내밀었다. 그러나 나는 다시 한 번 받을 수 없다고 강조했다. 내 신념 때문에 그럴 수 없다고 거절했다. 나는 자리를 박차고 의뢰인 접대실에서 내 방으로 돌아갔다. 신념이란 작은 부분에서부터 자기 합리화를 통해 무너져 내리는 것이라고 생각했기 때문이었다. 자신이 스스로와 한 약속과 원칙을 지키지 못하면 자신을 부끄럽게 여기게 되며, 스스로에 대한 자부심을 잃은 사람은 그때부터 별 볼일이 없게 된다. 자기 합리화란 사는 데 편리한 것이지만 모든 악의 뿌리도 그곳에 있다.

어느덧 대구시 전체에서 형사사건 수임 건이 전관예우의 변호사와 상위를 다툴 만큼 의뢰 건수가 많아졌다. 이에 따라 형사재판부에 불려가기도 했고, 시기하는 사람이 늘어 간다는 것을 피부로 느낄 수 있었다. 여러 무언의 압박을 느낀 나는 변호사 비용을 철저히 투명하게 처리했고, 저렴한 비용을 유지하려 애썼다. 게다가 나는 변호사 사무실의 직원들을 모두 법대를 갓 졸업한 학생들로 교체하였다. 혹시나 법적인 브로커를 고용한 것이 아니냐는 의혹을 원천봉쇄하기 위한 나름의 대책이었다. 실제로 법조 비리 관련 조사를 하게 되면, 22~23세의 여사무장을 보고 '진짜' 사무장을 불러오라고 할 정도였다. 특히나 나는 경찰 출신에 형사사건을 많이 맡고 있기 때문에 법조 비리 척결을 위한 조사 때마다 숱하게 표적으로 찍혔으므로, 항상 미래에 대한 대비를 늘 하고 있어야 한다는 것을 그때 제대로 깨달았다.

물론, 경제활동을 하며 돈을 버는 것이 나쁜 일이 아니다. 건강한 노동을 하여 그에 합당한 가치를 평가받아 보수를 받는 것은 정당할 뿐만 아니라 좋은 일이다. 그러나 직업은 단지 생계유지와 자아성취라는 두 가지를 넘어서 있다. 그런 이유는 모두 개인적인 이유들이다. 직업이란 남을 이롭게 하고, 다른 사람을 돕고 그들과 소통하며 함께 살아가는 삶 그 자체인 것이다. 그런 생각 때문인지, 돈을 받고 일을 해 주는 것만으로 충분하지 않았다. 그래서 궁리 끝에 나는 나름의 해결책을 내놓았다.

먼저 고향에 내려가서 가난하고 힘없는 고향 사람들을 위해 '무료 법률 상담'을 해야겠다는 생각과, 수익의 일정 부분을 장학금으로 기부하여 사회에 환원하기로 마음먹었다. 이미 내게 도움을 주셨던 분들과 항상 내게 도움 주시는 분들에게 내가 갚을 수 있는 길과 방법은 지금으로선 그것이 최소한의 것이라고 생각했기 때문이었다.

그렇게 변호사 초기 시절부터 시작한 무료 변론은 1993년부터는 칠곡군 내 8개 읍내를 찾아다니며 무료 법률 상담으로 이어졌다. 그 일을 더 순조롭게 하기 위해 나중에는 왜관 읍내에 '월요법률무료상담소'를 열었다. 하루에 50명 이상의 의뢰인들이 찾아오는 날도 있을 만큼, 무료 법률 서비스를 마음껏 베풀 수 있었다. 너무 바빠서 점심 끼니는 물론 저녁 끼니도 거르는 것이 부지기수였지만, 정말 행복했다. 대가 없이 그들을 도울 수 있었기 때문이다. 선행을 베풀려거든 도무지 갚을 길이 없는 사람들에게 베풀라고 말했던 사람은 누구였던가. 남을 도울 때 느낄 수 있는 기쁨은 그것을 해 본 사람들만이 아는 비밀이고 이 비밀을 아는 사람들은 그것을 계속해서 그리고 더욱 자주, 더 크게 하는 법이다.

내 학창 시절의 어려움처럼 경제적 이유로 공부를 마음껏 하고 싶어도 하지 못하고 있는 학생들에게 조금이라도 도움이 되고자 장학사업도 시작했다. 그러나 내게 되돌아올 이익을 바라는 행위가 아닌가 하는 오해를 차단하기 위해 철저히 익명과 비공개로 했다. 매해 적정 금액을 장학사업에 투자했다. 그러나 나의 '투자'는 되돌아올 이익을 계산할 수 없는 투자다. 그들은 누가 자신을 도왔는지 모르기 때문이다. 그러므로 '투자'라는 말은 적당하지 않다. '전달'이라는 말이 더 적당한 것 같다. 내게 주어진 돈이 조금이라도 있다면 그것은 누군가에게 되돌아가야 할 것이었고, 나는 그저 그 중간의 통로일 뿐이라고 생각한다. 나를 통해 더 필요한 곳으로 그런 도움이 흘러갔으면 좋겠고, 나 역시도 오래 그 일을 할 수 있었으면 좋겠다.

변호사라는 직업은 내게 주변 사람들에 대한 감사함의 표현이 되어 가고 있었다. 아니 내가 고마움을 입은 많은 분들에게 은혜를 갚는 계기와 좋은 자리가 되었다. 그분들에게 직접 되갚을 수 없는 것을 나는 또 다른 누군가에게 그것을 베풀고 싶다. 나 또한 이 자리에 이르기까지 많은 분들의 도움이 없었더라면, 내 신념을 마음껏 펼쳐 가며 행복하게 일하지 못했을 것이다. 그분들의 도움에 보답할 수 있는 길은 내가 할 수 있는 최대한의 것으로 다시 돌려주는 것이리라. 무료 법률 상담이나 장학금 전달은 아주 작은 것이지만 규모의 문제가 아니라 세상은 그런 마음을 자진 사람들이 있어 여전히 아름다울 수 있다고 나는 믿는다. 그럼에도 베풀면 베풀수록 오히려 행복해지는 것은 바로 자신이라는 신기한 역설을 체험으로 확인할 수 있었다.

나의 영원한 후원자

　사법시험에 합격하고 사법연수원에 들어간 이후로 주위 어른들과 친척들로부터 결혼 압박에 시달려야 했다. 나는 선 자리를 모두 거절했는데, 아직 공부할 것이 많이 남아 있다고 생각했기 때문이다. 하지만 너무 간곡하게 부탁하는 어른들의 말씀에 언제까지 거절만 할 수도 없었다. 그 지경에 이르러, 결국 주위 아는 분을 통해서 선을 보게 되었다.

　그때 선을 보게 된 여성은 부산 사람이었고, 대구의 호텔 커피숍에서 처음 만나게 되었다. 그 여자의 얼굴을 처음 보는 순간 밝고 선한 표정에 강하게 이끌려 어떻게든 놓치면 안 되겠다는 생각이 들었다. 어머니와 여동생들을 제외하고는, 여자와 마주하게 된 상황이 생전 처음인지라 무척 긴장되었다. 그래도 중화요리집에서 저녁 식사를 하며 우리는 많은 대화를 나눌 수 있었고, 다음 식사 약속까지 할 수 있었다. 그리고 어느 정도 시간이 흐른 뒤 혼사에 관한 이야기로까지 발전했다. 그 여자가 바로 지금 내 든든한 후원자인 아내 정귀란이다.

얼마 뒤, 부모님께 결혼 승낙을 받기 위해 온 가족이 한자리에 모였다. 만난 지는 얼마 되지 않았지만, 내 평생의 반려자가 될 수 있을 거라는 확신이 들기에 부모님께 결혼을 승낙해 줄 것을 말씀드렸다. 그러나 아버지께서는 너무 이른 것이 아니냐며 결혼에 대해 좀 더 신중하게 생각해 볼 것을 권유하셨다. 아버지의 그러한 만류는 집안 사정이 그다지 좋지 않으니 조금만이라도 형편이 나아질 때까지 결혼을 미루기 위한 아버지 나름의 숙고 끝에 내려진 것으로 보였다.

그러나 어머니는 달랐다. "신혼 살림살이에 보태 줄 것은 하나도 없지만, 아들이 어려운 결단을 했으면 반드시 거기에는 합당한 이유가 있으니 그 결단과 용기에 힘을 실어 주는 것이 부모의 몫이 아니겠냐."며 아버지를 채근하셨다. 나를 비롯하여 며느리가 될 여성까지 100% 신뢰하신 것이다. 나는 알고 있었다. 어차피 결혼을 미뤄도 가정 형편이 갑자기 좋아지지는 않을 거라는 것을 잘 알고 있었다. 결혼은 순전히 나의 몫이었다.

하지만 정말 그땐 무일푼이었다. 갓 사법연수원에 들어가 사회 초년생으로서의 자리를 준비하던 시기였기 때문에 모아 둔 돈이라고는 전혀 없었다. 그래서 대구은행 대신동지점에서 근무하고 있던 고등학교 동기 추교원(대구신용보증재단 이사장)에게 결혼 자금을 빌려 달라고 부탁했고, 그 친구는 흔쾌히 300만 원을 신용대출을 해 주었다. 그 돈으로 명동에 가서 아내에게 고급스럽고 멋진 옷을 사 줬을 때, 옷이 무척 아름답고 아내에게 잘 어울렸던 것으로 지금도 기억된다.

나를 믿고 선뜻 돈을 내준 친구에게 무척 고마웠다. 그런 사실을 지금의 아내인 여자, 즉 당시에는 내가 결혼하게 될 여자에게는 비밀에 부쳤다. 자존심 때문이었을 것이다.

이처럼 내가 주도적으로 결혼 준비를 이끌어 갔고 만난 지 3개월 만에 결혼식을 올릴 수 있었다. 지금 생각하면 실소가 터져 나올 만큼 무모하고 대책 없는 결혼이었지만, 늘 고마운 평생의 반려자가 지금도 내 곁에 있기에 그 무모함은 차라리 아름다웠다고 말하고 싶다.

그러나 결혼을 하고 나서 사법연수원의 그 적은 월급에서 매달 10만원씩 빠져나가는 것을 알게 된 아내가 돈의 사용처를 물어 왔다. 그제서야 나는 이실직고했고, 아내는 그 사실을 왜 결혼 후에 와서야 언급하는지에 대해 그 이유를 물었다. 나의 대답은 간단했다. 자존심이 허락하지 않았기 때문이다. 이렇게 자존심 세고 고집 강한 내 곁에서 지금까지 함께해 온 아내에게 나는 이 자리를 빌려서 정말로 고맙고 미안하다는 말을 전하고 싶다. 항상 선택의 순간마다 아내의 의견을 따르지 않고 강하게 밀고 나가는 나를 용인해 주었고 지켜 주었다. 아내에게 어떤 표현으로도 그 고마움을 온전히 다 표현할 수 없을 것이다.

특히 10년 이상 병환으로 누워 계셨던 시어머니를 바쁘다는 핑계로 가 보지도 못한 나를 대신하여 지극정성으로 간병해 준 아내에게 늘 감사한 마음을 갖고 있음을 또한 고백하고 싶다. 병상에 누워 있는 시어머니를 극진히 돌보면서 나누던 정겨운 대화, 어머니를 목욕시켜 드리면서 다정한 말을 건네던 아내의 목소리는 지금도 부드럽게 귓가에 남아 있다. 아내는 지금도 내게 불평과 불만이 없으며 오히려 나를 지켜 주고 있다는 생각이 든다. 내게 있어 그녀가 제2의 어머니라고 해도 부족함이 없을 것이다. 그 고마움을 말로 이루 표현할 수가 없다.

말도 많았고, 크고 작은 사건도 많았던 한 해가 일주일도 채 남겨 두지 않고 훌쩍 가 버리네요. 올 한 해는 비방도 많고 해악도 많아 송익필의 시 구절이 더욱 마음에 닿아 '사귐의 정, 모두 다 구름인 것을. 적막해야 마음 근원이 드러난다네.' 한해 마음고생 너무 많아 하루 한 알 씩서 칼슘약 같이 복용하셔도 되니 건강 잘 돌보고 과도하게 몸 혹사하지 마시길. 한 자락 쉬어 보고 돌아봄이 필요한 자신만의 시간 가지길. 행복하세요.

　　　　　　　　　　　　　　　　　—2010년 12월 24일 산타 아줌마

몸이 병들어 갈 때는 지나난 업만 잔뜩 갖고 가니 머리와 행위 당신보다 덜 떨어진 사람들이라, 화낸들 당신 몸만 상하고 인격만 떨어질 듯. 당신에게 돌아올 건 여러 사람 유익하게 한 연꽃행 뿐일 듯.

손에 남는 건 無…….

그리고 부모님 이상으로 항상 내게 힘이 되어 주신 장인어른(정성

렬)과 장모님(김인술) 또한 나의 든든한 후원자들이시다. 특히 장인어른의 근검절약과 개척정신 그리고 부지런함은 내 삶의 나침반으로 삼을 정도로 장인어른을 존경한다. 지금은 장모님만 살아 계시지만, 부디 오래오래 건강하게 사셨으면 한다. 장모님은 내가 적지 않은 나이임에도 늘 내 걱정을 해 주시고, 손자와 손녀를 물심양면으로 도와주시기에 감사함을 금할 길이 없다. 또한 큰 처형(정귀임)은 선거 때마다 지역구에 직접 와서 숙박을 하며 나를 도왔고, 처남(정지원)은 정치인으로서 성공할 수 있도록 늘 배려해 주고 나를 챙겨 주고 있다. 이 지면을 통해 모두에게 감사의 마음을 전하고 싶다.

특히 세 여동생(경애 · 영애 · 순애)이 선거 때마다 만사를 제쳐 두고 나를 도왔는데, 주변에서 잘 돕는다고 칭찬의 말을 들을 수 있을 정도로 그들은 내게 헌신적이었다. 막내 매제 정대홍은 집안 형편상 점원으로 출발했으나 의료기 오파상으로 나름대로 성공하였으며, 오랜 기간 나를 지극정성으로 돕고 있으며 감사할 뿐이다.

특히 큰 여동생 경애는 지금도 미8군 사령부 인사국에서 40년째 재직하고 있으면서 가족들의 생계를 책임지고 있다. '장하다' 는 말이 절로 나올 수밖에 없다. 둘째 동생 영애는 국회의원인 나의 회계 책임자 일을 맡아 주었고, 후덕한 심성으로 주위 분들을 따뜻하게 해 드리며 온갖 궂은일을 하였다. 셋째 동생 순애는 선거 때마다 학모들을 모시고 시골에 와서 헌신적으로 도왔다.

감사의 마음을 세 여동생, 가족들에게 함께 전하고 싶다.

아들 이종민은 한양대 경영학과를 졸업하고, 도이치 증권에 다니다 사표를 낸 후, 2011년 가을에 결혼하여 남가주대(University of Southern California) 석사과정 재학 중이며 LA 금융회사에 재무상담사(financial advisor)로 일하고 있다. 종민이는 예의가 무척 바르고 좋은 성품을 타고났다고 생각된다. 그 좋은 성품은 학문이나 여타 지식보다 사회에 살아가는 데 큰 힘이 될 것이며, 주변 사람들에게 따뜻한 사람이 되기를 소원해 본다.

신부로 맞이한 재미교포 주 리(Lee Chu)는 미국 시민권을 가진 며느리인데, 말이 통하지 않을 것이라는 우려를 무색하게 할 만큼 한국어 교육이 잘 되어 있다. 며느리는 텍사스에서 고교 졸업 후 Ivy Leage인 Brown대학교를 졸업하고 나서, The Capital Group(규모가 세계 1위)에 입사하여 능력 있는 애널리스트로 근무하고 있다. 틈만 나면 한국에 들어와서 가족들과 함께 시간을 가지려고 노력하는 모습과 교포 3세임에도 불구하고 한국어 의사소통에 전혀 지장이 없는 모습은 모두 사돈 집안의 훌륭한 교육 덕택이라고 생각된다. 텍사스에 있는 대학의 교수인 부친(주종근)은 겸손하고 예의범절을 갖춘 분이고, 모친(정현주)은 미술학원을 운영하고 계시며, 조부는 40년 전 미국 텍사스로 이민 오신 분이다. 나 역시 손자와 손녀가 미국에서 태어나도 손자와 손녀를 한국으로 데려와 한국의 역사와 문화 등을 수시로 잘 가르쳐야겠다고 다짐해 본다. 그들에게 추억을 많이 간직하는 할아버지로 기억되고 싶다. 특히 아들 종민이 신혼여행에서 보낸 편지는 여전히 잘 간직하고 있다. 그 내용은 다음과 같다.

아버지, 어머니께

오늘 하루가 긴 하루처럼 느끼셨을 텐데 저희 일로 많이 피곤하실 것 같네요. 화촉 점화를 시작으로, 신랑 입장 그리고 신부가 들어올 때까지 기억나고, 그 이후로는 쏜살같이 지나가 버린 것 같아요. 아직 실감이 나지도 않지만…….

리아를 우리 집 며느리로 맞아 주시기로 허락하시고 들떴던 때가 기억납니다. 아버지, 어머니께서 제 아내를 귀엽고, 사랑스러운 며느리로 대해 주셔서 그걸 바라보는 저희들은 그저 감사할 따름입니다. 물론 저도 이제 리아네 어르신에게 사랑받고 공경하는 사위가 되어야겠지요.

오늘 여기저기서 아버지, 어머니 그리고 장인어른, 장모님이 그동안 뿌려 놓으신 공덕에 찾아 주신 손님들 한분 한분 맞이하며 양가 부모님들에게 다시 한 번 배우고, 보답해야겠다는 생각이 들었습니다. 앞으로도 저희 부모님처럼 남들에게 도움을 주고, 건강한 웃음을 선사할 수 있는 가정의 가장이 되도록 노력할게요. 홍사덕 의원님이 말씀하신대로 비록 몸은 멀리 떨어져 있어도 기술의 발달로 화상채팅과 전화로 안부 여쭙고 하겠습니다.

저희 행복하고 건강하게 잘 살겠습니다. 그동안 낳아 주시고 키워 주셔서 감사합니다. 앞으로 저희가 잘 모시고 살겠습니다.

사랑해요, 아버지, 어머니!

— 신혼 첫날밤에, 영원한 아들 종민 올림

물론 이왕이면 미국이 아닌 한국에서 살면서 한국 며느리를 얻어 행복한 삶을 꾸려 가는 모습을 가까이서 지켜보고 싶은 마음이 있음을 고백한다. 국내에서 한국 여자와 결혼해서 자주 왕래하는 것을 내심 기대했기 때문이다. 그러나 넓은 세계로 나가서 꿈을 펼쳐 보겠다는 아들의 말에 이내 결혼 승낙을 하였다. 미국이라는 낯선 땅에서 최선을 다해 살아가는 그들의 모습을 긍정하기로 했고, 그들이 머지않아 한국으로 돌아와 한국에서도 역시 아름다운 삶의 향기를 발할 수 있기를 소망한다.

오늘 좋은 시간 보내세요!

그리고 오빠는 시험 다 끝내고 첫 Client(고객) 생기면 근무 시작이예요!
화이팅! ㅎㅎ

2014 두 분 다 건강하시기를!!

아버님, 어제 어머님이랑 생일 저녁 드셨다고 들었어요!

맛있고 잼나는 시간 되셨어요? ㅎㅎ

—며느리가 보내온 카톡 메시지의 일부

딸 이나리는 경북대 수의과와 덕성여대 약학과에 동시에 합격하여 양자택일을 해야 했고, 고심 끝에 경북대 수의과에 입학하였다. 그러나 나리는 학교에 대한 생각과 기대가 크게 차이 났는지, 곧바로 수의과를 휴학하고 심리학을 전공하게 되었다. 그리고 외국에 가서 미술 공부를 하고 싶다고 하더니 본인이 스스로 준비하고 길을 뚫어 미국의 시카고미대(School of the Art Institute of Chicago)를 졸업하였다. 가족들의 도움 없이 나리는 댈러스에서 공부하고 시카고미대를 졸업할 만큼 개척정신과 도전정신이 남다르다고 생각된다. 사막과 북극에 가도 살아남을 의지의 딸이라고 말하고 싶고, 오히려 내가 배워야겠다는 생각이 든다.

그리운 아빠, Hello

노르웨이, 스웨덴을 거쳐 이제 막 핀란드에 도착했어요! 지난 일주일 동안의 북유럽 자유여행을 잠시 마무리하고 오늘 WorkCamp에 합류하려고요. 소식통이 너무 늦은 건 아닌지 염려되네요.

오기 전 '살인적 물가'란 얘긴 들었지만…… 역시 헛소문은 아니더라구요. 이런 엽서 한 장 보내는데 2~3천 원 드는 걸 보니…… 커피 한 잔 사 먹을래도 우리나라 스타벅스보다 더 비싸고…… 작년처럼 거지(?) 같은 여행은 되기 싫어, 쓸 만한 곳에선 틈틈이+과감히 돈을 지불하면서도 간당간당하게 아직까진 잘 버텨 나가고 있어요.

또, 가끔 전혀 예상치 못한 일에 부딪치곤 하지만, 그때마다 신기하게도 은인이 나타나 도움을 주곤 하니 너무 걱정 마세요! 아빠 덕분에 이곳 멀리에서 다양한 국적의 친구들을 만나고 있고, 선진 복지국가에서 배워 가야 할 많은 것들을 보고 느끼고 있답니다! 변덕스런 날씨 덕에 가끔 한겨울 같은 날씨로 바들바들 떨기도 하지만…….

남은 기간 동안 더 많이 배우고 느끼고 가슴속에 담아 갈 꺼에요. 그럼 다음 연락 때까지 항상 건강하시구요. 한국에서와 그대로 문자, 전화가 되니 시차(6시간 더 느림) 생각해서 자주 연락 주고 받아요. 예전의 내가 그랬듯, 지구 반대편에서 건너온 반가운 편지 한 통으로 기분 좋은 하루를 보내실 수 있으시길 소박히 바래 보며…….

—북유럽에 와 있는 딸, 나리

나리는 늘 내게 "엄마가 여태까지 함께 살아온 것에 아빠는 늘 감사하며 고맙게 생각해야 한다."고 '따끔한 충고'를 아끼지 않았다. 아내의 편에서 우리 가족의 균형을 잘 맞추고 있는 딸 나리. 부디 미술평론가와 미술가로서 큰 꿈을 이루기를 소원해 본다.

보고 싶은 엄마에게

엄마, 안녕. 엄마 딸, 나리!

1월 1일부터 부산 떨며 한국을 떠난 지도 어느덧 일여 년이 다 되어 가네! 시간 참 빠르다, 그치? 이렇게라면 나도 금세 나이 30이 되어 한국으로 아주 들어갈 날도 다가오겠지?

엄마의 삼각머리 뒤를 따라 팝콘 들고 졸졸 따라다닌 게 불과 얼마 전인데, 벌써 서른이라니 아주 매우 몹시 많이 징그럽지만. 미국에 혼자 떨어져 와 살다 보니깐, 엄마랑 둘이서 여기저기 부지런히도 다녔던 추억들이 가장 그립더라. 서문시장에서 구찌 샌달 득템하고, 새벽차 타고 부산에 용한 철학원까지 가 보고, 고딩 땐 가창에 드라이브도 같이 가고, 남포동에서 어묵도 같이 사 먹고, 파리크라상에서 빵 사서 먹고 남의 가게 스타벅스 가서 먹고…….

소소한 이런 일상들이 있을 땐 모르지만 지나 보면 바로 행복이 되는 법인데…… 난 왜 이 멀리 미국에까지 와서 찾으려 하나 싶기도 해. 내가 가장

원해 왔던 건, 바로 이런, 평범한 듯하지만 소박한 깨알 같은 행복들이었는데 말이야. 수수하게 알콩달콩 사는 게 내 꿈이여 왔던 걸 깨닫곤, 시간이 갈수록 더 확신이 드니깐, 미국에 와 있던 지난 일 년간 푸념이 늘어 갔나 봐. 얼른 졸업하고 돌아가선, 엄마랑 이런 추억 쌓기를 또 더 많이 하고 싶다. 그때가 참 그립네…….

엄마랑 봄 되면 꽃놀이 가고, 가을 되면 단풍놀이도 가고, 나중에 내가 아줌마가 되어서도 엄마랑 이렇게 친한 친구 사이처럼 다정하게 데이트하는 사이가 되길 바랄게. 한파에 감기 조심하시고 새해 복 많이 받으세용.

Merry Christmas!

—미국에서 엄마를 그리워하는
딸, 나리가 사랑을 담아

아들 종민과 딸 나리는 내게 있어 찬란히 빛나는 그 무엇보다도 소중한 보물이다. 오래전부터 종민과 나리와 편지를 자주 주고받았는데, 그 편지로 인해 내가 여기까지 올 수 있는 큰 힘이 되었다고 생각한다. 최근에는 문자 메시지를 주고받거나 전화 통화를 오래 하는데, 아내와 종민, 나리가 한 시간이고 두 시간이고 시간 가는 줄도 모르고 길게 통화하는 것을 보면, 형용할 수 없는 행복감과 뿌듯함이 내 입가에 미소를 절로 짓게 한다.

2013년 5월 종합검진을 받을 기회를 만들어 순천향병원에 잠깐 입원하게 되었는데, 아들 종민이 때마침 귀국하여 침대에 나와 같이 누워 간병인의 역할을 자처한 적이 있었다. 그 밤, 아들 종민과 그동안

하지 못했던 속 깊은 대화를 많이 나눌 수 있었다. 종민이는 어렸을 때부터 아버지와 가족이 모두 뿔뿔이 흩어져 살았던 것을 회고하며, 모든 가족이 아버지를 위해 헌신하는 분위기였음을 토로하였다. 기억나는 일도, 추억할 일도 간직함 없이 정신적으로 아버지의 부재를 느끼며 허전했다는 말을 하였고, 나 역시 그 말에 뼈아픈 반성을 하게 되었다. 종민이는 손자, 손녀 역시 유명한 할아버지보다 함께 좋은 추억으로 남는 좋은 할아버지를 원할 것이라고 말하며 울음을 터뜨렸고, 나 역시 아들과 함께 울었다. 그때의 병원 공기, 침대의 감촉이 여전히 느껴진다.

특히 2008년 4월, 18대 총선 때 내가 출구조사에서 상대 후보와 득표 차에서 많이 뒤지고 있었을 때, 종민이는 또 한 번 내게 큰 힘이 되었다. 시골 본가에서 가족들과 개표 결과를 기다리고 있었는데, 아들 종민이는 컴퓨터로 이것저것을 분석해 보니, 출구조사가 엉터리며 아버지가 당선될 것이라고 장담하였다. 그리고 아들의 예견은 적중하였다. 모두가 피를 말리며 개표 결과를 기다릴 때, 아들 종민이는 아버지인 나에게 기운을 북돋아 주기 위해, 불안해하는 우리 가족들을 위해 '장남'의 역할을 다했던 것이다.

아들 종민이의 결혼 직후, 아들 내외가 한국에 왔을 때 처음에는 어색했으나 점차 익숙해졌다. 며느리가 한국에 오면 어색해하지 말고 친절하게 잘해 달라고 종민이가 미국에서 내게 문자 메시지를 보냈다. '그래야 저희가 한국에 자주 올 수 있지 않겠습니까.' 하고 말이

〈맘마미아〉 관람 후(2009. 4)

다. 나는 이내 마음을 고쳐먹고 며느리를 따뜻하고 편하게 잘 대해 주고 있다. 근래에는 틈만 나면 아들 내외가 한국에 오려고 해서 자제시켜야 하는 상황으로 바뀌었다.

『논어(論語)』 자한편(子罕篇)을 보면, '묘일수(苗一秀) 묘이불수자(苗而不秀者) 유의부(有矣夫) 수이부실자(秀而不實者) 유의부(有矣夫)'라는 말이 있다. 모종일 때는 튼실했던 싹이 꽃도 피우지 못한 채 시들어 버리는 나무가 있고, 아름다운 꽃을 피웠지만 열매를 맺지 못하고 시들어 버리는 나무도 있다. 사람의 성장도 이와 같아서 노력을 게을리한다면 어디서 어떻게 멈추어 버릴지 알 수 없는 일이다. 종민이와 나리에게 늘 하는 말이기도 하지만, 나 스스로를 채찍질하는 말이기도 하다.

뜻밖에 유명을 달리하신 큰형님(이정기)께 이 자리를 빌려 진심으로 마음을 전하고 싶다. 어린 나이에도 불구하고 가족의 생계를 직접 책임지며, 묵묵히 돼지 키우는 일과 농사일에 앞장섰다. 내가 공부에 전념할 수 있도록 매일 왜관역 밤늦은 시각에 마중 나오시던 큰형님. 헌신과 희생이라는 단어가 오히려 무색해질 정도라고 생각한다. 늘 형용할 수 없는 감사함과 아쉬움이 마음 한가운데 자리하고 있다. 그래서 나는 큰형님의 제사를 지금도 내가 직접 모시고 있다. 그리고 아들 종민도 미국에서 함께 큰형님의 제사를 지내고 있다. 큰형님의 영혼이 16시간 차이가 나는 한국과 미국에 순차적으로 머무를 것이라 생각된다. 교포 3세인 며느리가 종교와 문화가 다름에도 불구하고 나와의 약속을 지켜 미국에서 큰형님의 제사를 지내 주는 것에 매우 고맙고 기특하게 생각한다. 여기에 아내가 며느리에게 보낸 문자 메시지의 일부를 적어 본다.

 돌아가신 큰아버님은 너희 아버님께 정신적 지주이셨고, 부모님보다 더 사랑을 베푸신 분이시고, 집안 살림을 일으킬 수 있도록 희생한 분이다. 음식 하나를 장만하더라도 손수하고, 과일 1개를 사더라도 크고 좋은 것으로 하거라. 고생만 하고 돌아가셨으니 천천히 제사를 지내면 너희 가정이 복을 받을 게다. 참 잘했다.

 형님 내외(이호기·박현주)도 마찬가지였다. 나는 내가 국회의원을 하는 동안은 지역구에서 장사 및 사업 등을 일절 하지 않을 것을 형님 내외에게 부탁했다. 그래서 현재까지 현대자동차 칠곡 출고센터에서 경비원으로 묵묵히 일하고 계신데, 늘 죄송한 마음을 가지고 있음을 고백한다. 가끔 밤늦게 찾아가서 안부를 묻는 불성의한 동생을 부디 용서해 주기를 바랄 뿐이다. 형님 내외분 역시 10년 동안 어머니를 지극정성으로 간병해 주셨고, 형수님께서는 왜관에서 1시간 정도 떨어진 김천에서 조그만 옷가게를 7년간 해 왔다. 늘 미안하고 감사드릴 뿐이다.

 또한, 몇 분 더 말씀드리겠다. 충청도 홍성이 고향인 A회장은 낯선 경상도에 와서 밑바닥부터 출발하신 분이다. 중장비를 운전했지만, 근면하고 예의가 밝아 주변 사람으로부터 신망과 도움을 얻었다. 이후 4대강 사업으로 인해 골재 사업이 위기에 처하자 회장직을 맡아 위기를 이겨 내려 했다. 여러 확인 과정에서 다른 분에게 피해를 주지

양가 부모 상견례 후(2011. 4)

않으려고 말 그대로 '살신성인' 의 자세를 보여 주었다. 지금은 도전과 개척정신으로 폐기물소각처리 및 스팀에너지 생산 사업을 하고 있는데, 무궁한 번창을 진심으로 기원한다. 남을 우선 배려하고 이해심 넓은 인품을 존경한다. 또한 A회장은 3명의 딸과 회사원, 경찰 간부, 판사로 있는 사위와 함께 매우 단란하고 화목한 가정을 이루고 있다. 사위들이 장인과 장모를 자기 부모님처럼 잘 모시고 있지만, 앞으로도 지금처럼 계속 잘 모셨으면 한다.

장정희 사장은 구미 공구상사에서 영업, 납품기사로 출발하여 지금은 현대자동차 협력업체 CEO로서 수백 명의 종업원과 함께 튼튼한 중소기업을 경영하고 있다. 그리고 주변의 가난한 사람들을 항상 도와주며 챙겨주고 있다. 앞으로 10년, 20년 후에 지금보다 훨씬 성장하여 중견 자동차 부품 생산 회사로 발전할 것을 확신한다.

안병철 사장은 태평양화학 영업사원으로 출발했으나 지금은 삼성전자 협력업체인 대진화학을 이끌고 있다. 넉넉한 생활을 할 수 있으나, 어려운 사람들을 돕기 위해 검소하고 소박한 생활을 하고 있는 점을 존경하고 싶다. 앞으로도 회사의 더 큰 성장을 기원한다.

그리고 군 제대 후 부모로부터 땅 한 평 물려받지 않고, 성주군 초전면에서 남의 땅을 빌려 농사를 지어 온 김형규 보좌관. 그는 별을 보고 일어나 달을 보고 집에 들어갔다. 주변 사람들이 그의 근면함을 믿고 많은 땅을 맡겨 위탁농업 경영으로 성공할 수 있게 만들어 주었다.

시간을 아끼려고 밭을 갈 때 짜장면을 배달시켜 트랙터 위에서 짜장면을 먹으면서 운전할 정도였다.

지금은 500마지기 쌀농사를 짓고, 40여 동의 비닐하우스에 참외 농사를 지어서 고소득 대농가로 자리 잡고 있다. 농민 대표로 보좌관으로 선정되어 일했으나 고생만 시킨 것 같아 미안한 마음을 금할 길이 없다. 본인 스스로 겸손하고, 근면성실하다 보니 주민들한테 칭찬도 많이 받고 격려도 많이 받는 사람이다. 지금은 보좌관을 그만두고 '농사꾼'으로 되돌아가 개척과 도전의 정신으로 젊은 농민들의 귀감이 되고자 불철주야 노력하고 있다. 농사일처럼 자녀들도 잘 키우길 바란다.

박순범 보좌관은 내가 1985년 7월 대구 남부경찰서 보안과장으로 초임 발령 시 처음 만났다. 경찰관으로 재직 시 주경야독으로 나를 특별히 도왔고, 16대 국회의원 당선 몇 달 후 내가 사표를 내게 하여 보좌관으로 근무하도록 했다. 그동안 온갖 궂은일을 마다하지 않고 하였으며 고생만 한 것 같기도 하다. 그 사이 도의원을 한 번 했으며, 앞으로 하고자 하는 모든 일들이 잘 되기를 기원한다.

그리고 허순구 사무국장, 손창웅 · 손필용 연락소장은 그 오랜 기간 동안 무보수로 헌신과 희생의 자세로 나를 도와주었다. 항상 미안한 마음을 갖고 있다.

어머니, 아내의 응원

1993년 김영삼 대통령이 취임한 후, 부패 정치인의 실명이 거론되며 이들의 명단이 발표되었다. 우리 주위의 의원들도 그 명단에 포함되어 있었다. 그 당시 정치계는 물론이고 사회적으로 그 파장이 엄청났다. 일부 국회의원들이 생각지도 못한 부정한 방법으로 자신의 재산을 수십억대로 불려 나갔기 때문이다. 나는 그 모습에서 무언가 크게 잘못되었다는 느낌을 받았고, 내 마음속에서 주체할 수 없는 뜨거운 그 무언가가 강하게 느껴졌다. 무언가 해야 할 일이 내게 주어진 느낌이었다. 나는 결심했다. 변호사라는 직업으로 그랬듯이 국회의원으로서 힘없고 가난한 사람들에게 정말로 필요한 정치를 해야겠다고 말이다.

나는 가족들에게 내 의사를 전달했다. 그러나 아버지께서는 훌륭한 사람은 직접 정치를 하지 않고, 뒤에 머물러 있으면서 조언 내지는 충고를 할 뿐 직접 나서지 않는다고 말씀하시면서 앞으로 고생할 것을 무척이나 염려하셨다. 아내도 극구 반대했다. 경찰직을 선택했을 때도, 스스로 형사계장 대신 책임을 졌을 때도 모두 독단적인 결정이었는데, 또 독단적인 결정으로 국회의원 출마를 한다는 것은 전적으로 반대한다고 말하였다. 더욱이 아내는 내가 왜관에서 무료 변론과 더불어 무료 법률 상담을 하면서 끼니도 제대로 챙기지 못한 채 일하는 것을 가까이에서 지켜봤기 때문에 더욱 반대할 수밖에 없었을 것이다. 변호사직으로도 그렇게 바쁘고 정신없이 사는데, 국회의원이 되기 위한 선거운동을 어떻게 감당할 수 있겠는지에 대한 걱정이 앞선 것이었다.

그러나 이번에도 어머니께서는 결혼 승낙을 하실 때처럼 내 편을 들어주셨다. 단호하고 나직한 목소리로 "아들이 선거에 나와도 집안이나 문중이 없고, 돈도 없어 아무런 도움도 못 되는데 용기와 힘을 보태 줘야지, 의지를 꺾으면 안 된다."는 말씀과 함께 내 손을 꼭 잡아주셨다. "일가친척도 없어 문중의 도움을 받을 수도 없고 집에서 도와줄 수도 없지만, 혼자 힘으로 해 나가겠다고 하면 최선을 다해 응원하겠다."는 그 말씀에 나는 결정을 내렸다. 국회의원 선거에 나가겠다는 출사표는 그렇게 던져졌다.

하지만 아내는 그 결정에 무척 반대했다. 그때 서른일곱 살의 아내는 열두 살의 종민과 아홉 살의 나리와 함께 앞으로의 고생길이 훤히 내다보였기 때문이었을 것이다. 그러나 이번 한 번만 내게 힘이 되어 달라고 아내를 설득했고 끈질긴 노력 끝에 결국 아내도 승낙해 주었다. 가장 가까운 내 편을 얻은 것이었다. 대신 한 가지 조건이 있었다. 이번 한 번은 도와줄 수 있지만, 이번에 되지 않으면 다시는 도와주지도 않을 것이며, 앞으로 국회의원의 꿈을 깨끗이 포기하라는 것이었다. 나는 그러한 조건에 이의를 제기하지 않았고, 얼마 남지 않은 시간을 최대한 활용해야겠다는 조바심에 서둘러 아내와 선거 준비에 돌입하였다.

선거운동을 시작하기는 했지만 우리에게는 24시간도 부족했다. 낮에는 내가 변호사 일을 해야 했기 때문에 밤늦게 선거운동을 할 수밖에 없었다. 칠곡군과 군위군이 선거구였는데, 모든 동네를 다 다니고, 모든 사람을 만나기로 작정하였다. 그러나 밤에만 시간이 있었기 때문에 때로는 시골이라 일찍 잠자리에 드신 어르신들을 깨워 내복을 입은 그분들과 인사를 나누기도 했고, 인적이 드문 밤거리에 새벽이 맞도록 한 명이라도 더 인사를 나누기 위해 밤을 지새웠던 그 기억이 아직도 생생하다. 가녀린 몸으로 그 힘든 일정을 소화하면서 아내는 단 한 번도 불평을 하거나 힘든 내색을 하지 않았던 것으로 기억된다. 오히려 지친 나에게 기운을 북돋아 주었다. 끝까지 최선을 다하고 싶은 내 심정을 잘 알았기 때문이었을 것이다.

그렇게 15대 국회의원 선거에 출마하게 되었으나 상대 후보의 방해가 만만치 않았다. 내 아내가 어려 보였는지 지금의 아내가 두 번째 아내라는 말도 안 되는 유언비어가 나돌았다. 나의 이미지나 선거에

총선 출마를 부모님께 상의 드린 후 부모님과 함께(1995, 가을)

서의 승리보다는 아내에게 무척이나 미안한 마음이 들었다. 국회의원 출마에 반대하던 마음을 돌이켜 최선을 다하고 있는 아내에게 고개를 들 면목이 없었다. 하지만 아내는 아무렇지도 않은 듯 오히려 나를 격려했지만, 어찌 여자로서 마음고생이 없었겠는가! 아내의 그 마음고생은 지금도 기억하고 있고 앞으로도 잊지 않을 것이다.

나는 무소속으로 출마했으나 낙선했다. 여러 가지 이유가 있었겠지만 무엇보다 열정만으로 감당하기에는 여러 모로 부족한 점이 없지 않았다. 여당의 현역 의원이 있어서 공천 신청할 생각이 아예 없었고, 내 스스로 무소속으로 출마해서 내 위치와 상황이 어느 정도 되는지 체크하고 싶었다. 그 당시 자민련에 입당하면 당선이 쉽게 될 것이라고 권유했지만, 나는 쉽게 자민련에 편승하고 싶지 않았다. 쉽게 당선한 만큼 쉽게 무너질 수 있다고 생각했기 때문이다. 7명의 후보가 출마하여 칠곡군에서 내가 득표 2위를 했고, 나 스스로 생각하기에 조금만 더 노력하면 당선될 수 있을 것이라는 생각이 들기도 했다.

하지만 낙선의 고배는 내 인생이 언제나 그랬던 것처럼 독이 되지 않고 약이 되었다. 진심으로 국민을 대하는 것이 무엇인지 배우는 계기가 되었고, 끝까지 최선을 다해야 하는 것이 어떤 의미인지 낙선의 경험을 통해 알 수 있었다. 그 과정 속에서 우리 가족들은 내게 큰 힘이 되어 주었다. 특히 어머니와 아내, 그리고 형님과 출가한 세 여동생 내외의 헌신은 내게 큰 힘이 되어 주었다. 만약 가족이 없었더라면 선거에서 큰 힘을 얻지도 못했을 뿐더러, 버티지도 못했을 것이다. 주

변에서 가족 모두가 똘똘 뭉쳐 선거운동을 하는 것을 부럽다고 말할
만큼 칭찬할 정도였으니 말이다.

　나는 국회의원 선거에 낙선(落選)하여 다시 변호사로 돌아갔지만,
인생에서 낙선한 것이라고 생각하지는 않았다.

그리운 어머니

선거운동을 마무리하고 두 달 만에 나는 다시 변호사로 돌아갔다. 낙선에 대한 격려가 여기저기서 들려왔지만 나는 나름대로 감사하게 생각했다. 가족들을 비롯하여 수많은 사람들이 내게 힘이 되어 주었기 때문이다. 그런데 이상하게도 변호를 맡기는 의뢰가 전보다 훨씬 더 늘었다. 이해할 수 없는 일이었다. '낙선되었으니 능력 없는 변호사'라는 생각에 의뢰가 뜸해지는 것이 일반 상식인데, 오히려 눈코 뜰 새 없이 더 바빠졌다. 이해를 못하는 것은 아내도 마찬가지였다. 참으로 고마운 일이었다. 그래서 나는 다시 전처럼 바쁜 업무에 집중하기 시작했다.

그러던 어느 날, 갑자기 어머니께서 쓰러졌다는 소식을 받았다. 아버지께서 오래전부터 편찮으셔서 어머니께서 간병을 혼자 해 오셨는데, 어머니께서 시골집에서 혼자 간병을 하시면서 잠도 제대로 못 주무시고 무리하시다가 새벽에 쓰러지면서 문지방에 머리를 부딪치신 것이다. 자식들 걱정할까 봐 아버지와 어머니는 우리들에게 당신들의 건강 문제를 전혀 알리지 않으셨던 것이다. 아버지께서 아프시다는 것도 놀랐지만, 어머니께서 그로 인해 쓰러지셨다는 것에 더욱 놀란 나는 당장 모든 업무를 제쳐 두고 병원으로 급하게 향했다. 그리고 그 정신적 쇼크는 낙선보다 오히려 더 컸다. 나는 아직 부모님을 떠나보낼 준비가 전혀 되어 있지 않았다. 나에게만 집중했던 삶이었기 때문이다.

아버지는 영남대병원 내과 입원실에, 어머니는 영남대병원 중환자실에 계셨고 어머니는 의식불명의 상태에 빠지셨다. 나는 상태를 지켜보다가 다시 사무실에 들어왔다. 지난 세월들이 주마등처럼 스쳐 갔다. 아버지의 굽은 등과 어머니께서 날 위해 정화수 앞에서 새벽마다 빌던 모습들이 눈앞에 스쳐 지나갔다. 나는 도저히 그분들을 이대로 보낼 수 없었다. 가시더라도 마지막으로 당신의 눈과 나의 눈을 마주쳐 대화를 나누고 작별의 인사를 꼭 해야 한다는 생각이 강하게 들었다. 그리고 나도 그 옛날의 어머니처럼 정화수를 떠 놓고 빌어야겠다는 생각에 이제 집에는 들어가지 않고, 병원에서 어머니만 지켜야겠다고 다짐했다.

그러나 중환자실에는 가족 대기실이 없었다. 하지만 나는 어떻게든 어머니 곁을 지켜 드려야겠다는 생각이 들어, 중환자실 복도에서 잠을 자기로 했다. 물론 복도에서 침낭을 뒤집어쓰고 잠에 든 나를 경비원들이 쫓아내려고 했으나, 나는 자초지종을 그들에게 모두 설명하였다.

어머니가 눈을 뜨면 복도에서 자지 않겠다고 간곡하게 호소했고, 그들은 어머니가 눈뜰 때까지만 자는 것을 허락하였다. 경비원들은 하루 이틀이면 끝날 줄 알았는데, 50여 일이 가까워지도록 매일 밤 복도에서 잠을 자는 나에게 혀를 내둘렀다. 이윽고 중환자실에 소문이 퍼지게 되었다. 병원의 공기는 탁하고 복도는 매우 추웠지만, 자식 된 도리를 다해야 한다는 생각에 오히려 집보다 복도에서의 잠자리가 편했다.

낮에는 사무실에 출근하여 변호사 업무를 돌봤고, 밤에는 중환자실에서 어머니의 경과를 지켜보며 침낭에서 눈을 겨우 붙였다. 이를 본 가족들은 회의를 해서 온 식구들이 교대로 아버지와 어머니를 간병하기로 했고, 나는 그나마 간병의 부담을 줄일 수 있었지만 그래도 집에는 들어가지 않았다. 덕분에 온 가족들이 간병을 하면서 병원이 가족들의 만남의 장소가 되었고 화기애애한 분위기가 자연스럽게 이루어졌다.

지금 생각해 보면 그 당시 나의 고집은 이해할 수 없는 억지였지만, 그 당시 생각으로 내가 그렇게라도 하지 않으면 안 되겠다는 이상한 믿음과 함께 내가 그렇게 해야 어머니께서 눈을 뜨실 것 같은 강한 확신이 들었기 때문이다. 그리고 그러한 무모한 믿음은 50여 일 정도 계속되었고 그 무모함 끝에 어머니께서 드디어 눈을 뜨셨다. 기적이 일어난 것이다! 나는 그 기적을 변호사 사무실에서 전화로 들었고, 듣자마자 병원으로 달려갔다. 어머니가 눈을 뜨시자마자 나를 찾으셨기 때문이 아니라, 내가 어머니를 그토록 찾았기 때문이다. 나는 어머니의 손을 꼭 잡으며 이제 앞으로 어머니 곁에 항상 있겠다고 몇 번이나 반복해서 말했는지 모른다. 그리고 어머니께서는 말없이 고개만 끄덕이며 웃음을 지으셨다.

그동안 쉼 없이 달려온 내 삶에서 무엇이 가장 소중한지 비로소 깨달았다. 그것은 나의 가족이었고 행복이었던 것이다. '행복' 이라는 말을 선거운동의 구호로만 외쳤던 나의 지난날들에 대한 부끄러움과 반성이 물밀 듯 밀려왔다. 진짜 행복이 무엇인지, 진짜 삶이 무엇인지 돌아보는 계기가 그때였을 것이다. 어머니가 눈을 떴을 때, 나 역시 눈을 떴다. 이전의 나와 앞으로의 내가 달라질 분기점이 그때였다.

그렇게 어머니가 눈뜨신 지 얼마 되지 않아 아버지께서는 유명을 달리하셨다. 한평생 힘들고 가난하게 사시면서도 결코 남에게 그 원인을 돌리거나 역정 내지 않으시고, 오히려 당신 스스로에게 모든 책임을 돌리신 아버지. 아버지의 소탈하고 정직한 그 품성이 지금의 나로 설 수 있게 한 원동력이었다. 환한 달빛 아래서 가족 모두 다함께 호박밭에 물을 주면서 웃고 뛰어다녔던 그 시절의 기억은 아버지를 더욱더 그립게 한다. 중학교에 들어가기 전에 내게 영어를 가르쳐 주시고, 전혀 농사꾼으로 보이지 않을 만큼의 수준 높은 대화를 다른 사람들과 하셨던 아버지. 새벽에 집에 들어오셔서 내가 자고 있는 방바닥 밑에 손을 넣고 따뜻한지 확인하셨던 아버지. 그 아버지를 따라 나도 당신과 같은 한 아버지가 되어 가고 싶을 뿐이다.

그렇게 아버지가 떠나가시고 거의 10년간 어머니는 거동도 하지 못하셨다. 그래도 바람을 쐬어 드리려고 어머니를 모시고 어머니가 좋아하시는 파계사에 자주 다녔다. 자동차로 파계사 입구에 도착하면, 나는 어머니를 등에 업고 계단을 올랐다. 아내와 아이들은 내 뒤를 따르면서 이것저것 풍경들을 어머니께 설명해 드렸고, 나는 불당에 올라가면서 어머니와 도란도란 이야기를 나눴다. 어머니는 계속 무겁지 않느냐며 미안해하셨지만, 나는 하나도 무겁지 않다고 그래서 슬프다고 말하며 어머니를 업은 손을 더욱 굳게 잡았다.

파계사 석성우 주지 스님(현 불교TV 회장)께서 이 광경을 보시고, '효(孝)'를 주제로 한 법문에서 이 광경을 자주 언급하셨다고 한다. 후에 불교TV에 내가 직접 초청받아 출현(〈어머니 나의 어머니-그래도 희망이 더 많았던 어머니의 생선 바구니(2009.12.08)〉)하기도 했다. 그러나 정말 부끄럽기만 할 따름이다. 왜냐하면 그 순간이 내 삶에 있어 가장 행복하고 평화로운 순간이었기 때문이다. 비록 어머니께서 거동도 못할 정도로 건강이 좋지 않으셨지만, 그로 인해 더욱 어머니와 함께할 수 있었으며, 어머니의 소녀 같은 웃음과 미소를 직접 가까이서 볼 수 있었다.

온 가족이 함께했던 그 순간. 비록 그 전날 사무실에서 밤샘 근무를 했어도 어머니와 함께한 그 순간만큼은 전혀 피로하지 않았고 오히려 즐거웠다. 어머니께서 항상 내게 힘이 되어 주셨듯이 나도 어머니께 힘이 되어 드리고 싶었다. 그것을 지금도 갚을 길이 없어 죄송할 따름이다. 세상의 모든 자식들은 어머니께 아무리 최선을 다해도 여전히 불효자일 것이다. 나 역시 그렇다.

오늘 새벽, 나는 아파트를 떠난다

1998년, 도전에 대한 열정이 다시 찾아왔다. 혼신의 힘을 다해 보지도 못하고 한 번 낙선했다고, 정치에의 꿈을 접어 버리는 것이 과연 제대로 된 결정일까라는 생각이 들기 시작한 것이다. 돈을 버는 변호사직에 대한 보람이 느껴지지 않았다. 변호사 일을 하면서 나를 가장 힘들게 했던 것은 변호사 수임료를 둘러싸고 벌여야 하는 논의와 절차였다. 나는 큰 결단을 다시 내려야 했다.

나는 조심스럽게 눈치를 보며 아내를 설득하기 시작했다. 아내를 비롯한 가족들은 변호사 사무실 일이 잘 되니까 다시는 출마하지 않을 것이라고 생각했던 모양이다. 갑작스런 결정에 놀란 아내는 지난번의 맹세를 정확히 지킬 것을 요구했다. 엄청나게 고생할 것이 불 보듯 뻔한데 왜 그렇게 사서 고생하느냐 하는 질책과 함께, 변호사로서 이미 크게 성공했는데 뭐가 그렇게 아쉬운지 오히려 되물었다. 변호사 일을 해도 여유 있게 시간을 조절할 수 있고, 경제적인 아쉬움도 크게 없으므로 더 이상의 과욕은 금물이라는 말이었다. 명예와 물질에 대한 욕심은 끝이 없으니, 현재 주어진 여건에 감사하며 행복하게 살 수 있다는 것이 아내 주장의 요지였다. 물론 틀린 말은 아니었다. 그러나 나는 이미 결단을 내렸다. 다시 한 번 도전하기로.

아내의 말대로 국회의원이라는 직업은 오히려 존경받기도 어렵다. 절대적으로 물질과 명예로부터 자유로울 수 없는 자리이며, 힘들게 당선이 된들 자리 지키기도 힘들 뿐더러, 곧 다시 일반인으로 내려와야 하는 자리가 바로 국회의원이었다. 그러나 나는 예전에 스스로 이루지 못한 것에 대한 갈증과 내 자신에 대한 실망이 늘 마음 한켠에 자리 잡고 있었다. 그리고 힘없고 고통받는 이들에게 힘이 되려는 나의 신념은 그 누구도 꺾을 수 없기에, 나는 다시 무소의 뿔처럼 혼자 나아가기로 작정했다.

1998년 5월 30일 밤 10시. 나는 집에 들어갔다. 그리고 다음 날 새벽에 아내 몰래 자동차로 옷가지들을 옮겼고, 책상에 앉아 아내에게 다음과 같은 내용의 편지를 써내려 갔다.

나는 당신이 내가 다시 선거를 준비하는 것 너무나도 싫어한다는 것 잘 알고 있지만, 당신의 말대로 물욕과 명예욕에 목숨을 거는 것이 아니오. 한 번 결심한 일에 최선을 다해 보지도 못하고 포기하는 것은 내 인생에 있어 용납이 잘 되지 않는다는 것 당신도 잘 알고 있다고 생각하오. 꿈을 실현하려는 열정을 내 스스로 통제할 수 없지 않소? 오늘 아침 나는 아파트를 떠날 것이고, 당신이 이 편지를 볼 때쯤 나는 이 집을 나갔을 것이오. 언젠가는 당신이 허락할 것이라 믿소. 2년의 짧은 시간밖에 남지 않았지만 나는 당장 내일부터 선거를 준비할 것이지만, 부디 당신의 건강과 아이의 교육을 잘 부탁하오. 2000년 4월 16대 총선에 당선되서 다시 돌아오겠소.

대략 이런 내용의 편지를 남긴 채 나는 아내 몰래 새벽에 아파트에서 나왔다. 일종의 '가출'을 시도한 셈이다. 그날 밤 나는 곧장 왜관 시골집으로 향했다. 시골집을 거점으로 2년 동안 최선을 다하기로 굳게 마음먹고, 인적이 끊긴 지 오래된 집을 깔끔하게 청소했다. 그리고 낮에 변호사 사무실에 출근했으나, 마음이 안정되지 않았다. 2년 동안 가족을 못 본다는 생각과 앞으로 선거 준비를 잘할 수 있을지에 대한 걱정과 불안이 엄습해 왔다. 그날 저녁에 고등학교 동기들과 식사를 했는데, 술을 조금 마셨더니 마음이 미세하게 흔들리고 있다는 것을 느꼈다. 나는 지체하지 않고 바로 시골집으로 갔다.

그다음 날 아침 나는 읍내 흥국사 약수터로 향했다. 첫날부터 나의 의지를 동네 주민들에게 보여 주고 싶었기 때문이다. 예상대로 읍내 주민들은 나를 보고 수군거리기 시작했다. 낙선한 내가 갑자기 다시 고향에 나타난 것에 대해 의아하게 여겼기 때문이다. 며칠 저러다 다시 대구로 가겠지 하며 다들 수군거렸다. 어떤 분은 내가 듣도록 큰 소리로 말하기도 하였다. 그러나 나는 며칠만 그러지 않았다.

매일 새벽 5시마다 약수터에 1리터짜리 물통을 5개 들고 가서 떠 온 물을 지고 내려오면서 읍내에서 만나는 사람들에게 2시간가량 인사를 했다. 며칠 할 줄 알았는데, 내가 몇 달을 인사하니까 주민들이 나를 믿어 주기 시작했다. 이제는 지역 주민들과 자연스럽게 인사를 나눌 수 있게 되었고 나는 점차 그 생활에 익숙해졌다. 대구에 있는 변호사 사무실로 출퇴근하면서 나는 칠곡 군민으로 함께 살아가게 됨을 인정받게 된 것이다.

위대함이란 자신이 뜻한 길을 한발 한발 우직하게 걸어온 사람에만 주는 신의 선물이다. 하루하루의 더딘 걸음이야말로 진정한 창조와 성공을 낳는다. 하루하루 내딛는 걸음은 굼뜨고 어설퍼 보이지만 그것이 1년, 5년, 10년 쌓여 나가면 무한히 커지고, 그 결과 남들이 넘보지 못하는 정상에 우뚝 선다. ─교세라 그룹 회장 이나모리 가즈오

그러나 다른 불편한 것은 다 참을 수 있었어도 아내와 아이들을 보지 못하는 것은 무척이나 고통스러운 일이었다. 그래서 가끔씩 아이들 학원 마치는 시각에 맞춰 학원 앞에서 아이들을 만나 대구 아파트까지 10분 남짓 걸어가면서 얼굴을 잠깐씩 보기도 했다. 그러면서 아주 잠깐 아내의 얼굴도 보면서 안부를 묻기도 하였지만, 그것이 전부였다. 나는 아내와 아주 짧은 인사를 나누고 바로 왜관으로 이를 악물고 내려갔다. 그때의 그 절실함은 지금도 생생하다. 그렇게 최선을 다해서 한나라당의 공천을 받을 수 있었고, 마침내 2000년 4월 13일 제16대 국회의원에 당당히 당선되었다. 그리고 다시 가족들을 만날 수 있었다.

내 영혼의 보금자리

하루도 쉬지 않고 약수터를 오르내리며 칠곡군 주민들의 고충에 귀기울이며 인정을 받아 가기 시작했다. 여전히 왜관읍 집에서 대구 변호사 사무실로 출퇴근해야 했다. 아침에는 칠곡군 주민들과, 낮과 밤에는 변호사로 정신없이 살아갔다. 특히 '월요법률무료상담소'는 무슨 일이 있어도 거르지 않았다. 일주일의 첫째 날인 월요일에 무료법률 상담소를 여는 것은 내게 특별한 의미가 있었다. 내 고향 사람들을 돕는 것이 내 삶의 가장 기본이요, 우선이라는 생각에서였고, 그것을 실천하기 위해서였다.

1998년 김대중 정부가 출범하고 신한국당은 야당이 되었다. 권력의 구도가 바뀐 것이다. 우리 지역 장영철 의원을 포함 25명의 신한국당 의원이 탈당하여 양지(陽地)를 쫓아 민주당으로 입당하였다. 탈당한 의원들은 지역발전을 위해서 탈당한다고 말을 했지만, 실상은 전혀 그렇지 않았다. 심지어 언론에서도 약점 있는 의원들이 모두 여당으로 간다고 보도되기도 하였다. 나는 부끄러움을 느꼈다. 슬플 때나 기쁠 때나 함께하는 것이 동지애고 의리라고 생각한다.

그렇게 칠곡과 대구를 오가면서 16대 국회의원 선거를 준비하던 중, 선거가 한 달도 채 남지 않은 상태에서 나는 엄청난 상대와 맞붙게 되었다. 원래는 나를 포함해 총 세 명이 칠곡군에서 접전을 펼치고 있었는데, 갑자기 장영철 의원(민주당)이 후보 탈퇴를 해서 1:1 대결을 하게 되었다. 그 맞상대는 바로 이수성 전 총리였다. 그 당시 이수성 후보는 서울대 총장, 국무총리 등 화려한 경력으로 항상 '거물급' 이라는 별명으로 불리는 말 그대로 '거물' 이었다. 그리하여 칠곡군이라는 작은 지역구에 전국의 이목이 집중되었다. 부담스럽기 그지없는 맞상대였음은 틀림없었다. 장영철 의원이 사퇴해서 이수성 후보를 돕는 듯한 모양이 되면서 다윗과 골리앗 싸움이 되어 버렸다.

게다가 이수성 후보는 내가 서울대 법대 재학 때 그분으로부터 형법 등의 수업을 들었기 때문에, 우리 접전 앞에 '사제 간의 경쟁' 이라는 수식구가 붙기도 했다. '제자가 스승의 앞길을 막을 것이냐, 스승이 제자의 10년 닦아 놓은 것을 가로챌 것이냐' 등 신문 기사나 뉴스 기사가 나돌기도 했다. 말 그대로 스승이 제자의 피땀 흘려 10년 동안 갈고 닦은 길을 차지할 것이냐, 제자가 스승의 그림자를 밟듯 제자로서의 도리가 아니라는 등 그다지 별 문제가 아닌 것이 오히려 크게 다뤄졌다.

선거는 시작됐다. 나는 정말 외롭고 힘든 싸움을 펼쳐 나갈 수밖에 없었다. 내 주변의 사람들이 적극적으로 나를 도와주기는 했지만, '거물급' 이수성 후보에 비하면 모든 면에서 턱없이 부족하고 모자랐기 때문이다. 넥타이를 맨 사람은 모두 이수성 후보 쪽으로 갔다는 말이 돌 정도였고, 이수성 후보는 전국적으로 지명도가 높았기 때문에 전국 팔도에서 지원이 이어졌다. 게다가 이수성 후보는 든든한 문중의 지원을 받고 있었다. 상대 후보지만 문중에서 많은 사람들이 이수성 후보를 돕는 것을 보고 정말 부러웠다. 그에 반해 나의 사무실에는 넥타이를 매지 않은 사람들이 주로 왔다. 그때 뼈저리게 느낀 것은 군 단위에서 선거를 하려면 대문중이나 어떤 세력을 등에 업을 수 있는 사람이 훨씬 유리하다는 것을 알았다. 그래도 뒤처지지 않기 위해, 지금으로서도 이해할 수 없는 열심으로 최선을 다했다.

두 번에 걸쳐 합동유세를 이수성 후보와 펼쳤는데, 왜관초등학교에서의 첫 번째 합동유세에서는 내가 이수성 후보보다 앞서 나간다는 것을 박수 소리로 느꼈다. 그러나 선거 2~3일 전 약목중학교 두 번째 합동유세 때는 이수성 후보가 입장할 때 박수 소리가 더 컸다. 우려했던 것이 직접적으로 가시화되는 순간이었다. 그리고 각 신문사를 비롯한 TV에서 이수성 후보가 나보다 '백중우세' 함을 연일 보도했다. 그럼에도 불구하고 나는 포기할 수 없었다. 아니 포기할 생각이 없었다. 자신의 모든 것을 포기하고 나를 도와준 사람들이 너무나 많았기 때문이었다. 특히 내리는 비를 온몸으로 맞으면서까지 함께 운동해 준 당원들의 노고를 봐서라도 반드시 끝까지 최선을 다해야겠다는 다짐을 얼마나 반복했는지 모른다. 아내 역시 이러한 마음을 잘 알고, 혼신을 다해 선거를 도왔다. 세상 모든 사람이 내 편이라는 생각을 그때 처음 해 봤다.

이윽고 선거 전 마지막 연설이 내게 주어졌다. 이미 모든 언론은 이수성 후보의 승리를 장담했고, 이수성 후보 쪽은 승리의 분위기로 들썩였다. 그리고 그날은 나에게 남은 마지막 하루였다. 지금도 그 하루는 잊지 못한다. 나는 그날 항상 유지했던 박력 있고 자신감 넘치는 목소리로 유세를 하지 않았다. 굉장히 강한 어조였지만 차분했고, 자신감이 넘쳤지만 겸손하게 목소리를 이어 갔다. 연설 전에 나는 아내와 아들 종민(고2)과 딸 나리(중2)의 손을 잡고 유권자 앞에서 큰절을 했다.

저는 칠곡군 왜관읍에서 소작농의 아들로 자란 가난한 사람일 뿐입니다. 저는 아무것도 가진 것이 없습니다. 은행 대출금으로 결혼을 했고, 지금은 대구에 작은 아파트에서 아내와 자식들이 살고 있습니다. 저는 10년 동안 변호사를 하면서 무료 변론, 장학 사업 등을 해 왔지만, 늘 소박함과 검소함을 잊지 않으려고 노력했습니다. 아내에게 멋진 옷 한 벌 사 줄 능력은 있었지만, 가난한 사람들을 위해 돈을 써야 한다고 생각해서 아내에게 근사한 옷한 벌 사 주지도 못했습니다. 그리고 저는 왜관읍 석전3리 718번지에서 살고 있습니다. 맞습니다. 낡고 오래된 집입니다. 그 집에서 저는 살고 있습니다. 대구의 변호사 사무실로 매일 출퇴근하고 있습니다. 여기가 바로 나의 집이기 때문입니다. 그러나 이수성 후보는 저와 달리 경력도 화려하고 재능 있는 사람입니다. 하지만 그분은 낙선되면 바로, 당선이 되더라도 서울로 올라갈 분이지 여기에 계실 분이 아닙니다. 이수성 후보의 집은 서울이기 때문입니다. 하지만 저는 당선이 되던, 낙선이 되던 왜관읍 석전3리 718번지에서 변함없이 살 것입니다. 여기가 바로 나의 집이기 때문입니다. 여러분이 모두 나의 친척이며, 저는 이곳에서 여러분을 위해 살겠습니다.

나는 마지막 연설을 차분하게 마무리했다. 모든 것은 이제 유권자들에게 달린 것이다. 남은 기간 최선을 다했다. 대부분의 당원들은 우리의 승리를 쉽사리 예상하지 못했지만, 모두들 차분하게 선거일을 맞이했다. 당선 축하 파티 같은 것은 아예 생각하지도 않았다. 그저 기다렸다.

모두의 예측은 빗나갔다. 막판 역전으로 나는 이수성 후보를 누르고 16대 국회의원으로 당선되었다. 우리는 서로 축하하기보다는 울었다. 기뻐서 울기보다는 그동안의 싸움이 너무 고되고 힘들어서 울었다. 너무나 감사한 일이었다. 모두의 영광이었고, 모두의 승리였다. 나는 나와 함께해 준 사람들과 일일이 포옹과 악수를 하며 감사의 마음을 전했다. 그들 역시 고개를 끄덕이며 축하를 내게 건네주었다.

그 선거로부터 12년간 국회의원직을 맡는 동안, 나는 그때 그 약속을 지키기 위해 왜관읍 석전3리 718번지에 살았으며, 서울의 원룸에 혼자 기거하면서 대구의 집과 왜관의 집을 오갔다. 일주일 중 3박 4일은 칠곡·고령·성주에서 살고 있었다. 그래서 나의 공적 주소지는 여전히 왜관읍 석전3리 718번지이다. 그리고 사적 주소지 역시 왜관읍 석전3리 718번지이다. 나는 그곳에서 자랐고 또 내 영혼은 언제나 그리로 돌아간다. 내가 다른 곳을 다니고 그곳에 머물지라도 나의 집은 언제나 석전3리 718번지(석전로 3길 20)이고 나는 그 집을 위해서 싸우고, 그 집에 도달하기 위해 다른 곳을 경유할 뿐이다. 18대 국회의원을 물러난 후에도 나는 그곳에서 계속 살아가고 있다.

잘못된 공천

지난 2007년 1월 나는 국회 여수엑스포 특위위원장 자격으로 동료 의원들과 함께 그리스 방문 중에 있었다. 그때 김무성 의원으로부터 국제전화가 왔다. 그해 8월 한나라당 대통령 후보 경선이 있는데, 나 보고 박근혜 경선캠프의 경북선대본부장을 맡아 달라는 것이었다. 나는 모든 일정을 마치고 곧바로 국내로 복귀하여 박근혜 후보를 돕는 일에 정면으로 나서게 되었다.

나는 내 지역구와 상관없이 경상북도 전역을 두루 다니면서 박근혜 대표의 경선을 도왔기 때문에, 박근혜 대표가 경선에서 꼭 승리하기를 간절히 기대하고 소망했다. 그때 분위기는 한나라당의 대통령 후보가 곧 대통령 당선이 확실하다고 여겨질 정도로 한나라당 대통령 후보 경선 경쟁이 치열했다.

그런데 경선을 앞두고 4월경 김형오 원내대표로부터 전화 한 통을 받았다. 갑자기 여수엑스포 특위위원장 자리를 내려놓으라는 것이다. 이유를 거듭 물었더니, 이유를 말해 주지 않았다. 나는 5월에 BIE(세계박람회기구) 실사단이 다녀갈 때까지 기다려 달라고 대답하였다. 그러자 김형오 원내대표는 실사단이 다녀간 후 특위위원장 자리를 내려놓을 것을 수차례 강조하였다.

불쾌했지만 왜 그랬는지 곰곰이 생각해 보았다. 이유를 알 수 없었다. 얼마 뒤 알아보니, 특위위원장 자리를 이명박 후보를 도울 의원에게 줄 요량이었던 것이다. 그러나 특위위원장 자리를 경선의 도구로 이용한다는 것이 과연 옳은 일인가. 용납되지 않았다. 나는 며칠 고민 끝에 김무성 의원과 박근혜 대표에게 상의를 드렸다. 두 분 모두 그 자리를 내놓으면 안 된다고 단호하게 말했다. 유치가 성공할 때까지 최선을 다해야지, 중간에 자리를 내놓는 것은 옳지 않다는 것이 그분들의 판단이었고, 나 역시 그 말에 동의했다. 그래서 김무성 의원, 박근혜 대표께서 김형오 원내대표에게 그 부당성을 지적하기도 했다. 그랬더니 김형오 원내대표가 전화로 나에게 "왜 그분들에게 알렸느냐."고 심하게 화를 내었다.

그러나 치열한 경쟁 끝에 박근혜 대표가 경선에서 패하게 되었고, 그 허탈감을 극복하는데 꽤 오랜 시간이 소요되었다. 며칠 내로 아쉬움과 허전함이 극복되지 않았고, 몇 달 정도 힘들었던 것으로 기억된다. 그러던 차에 대통령 선거를 앞두고 한나라당 전국시도당 위원장 선출이 있었는데, 박근혜 캠프에서는 시도당위원장 경선에 출마하기로 가닥을 잡았었다. 나는 그때 경북도당위원장 경선에 출마하게 되었고, 3선인 친이명박계의 김광원 의원과 경선에서 맞붙게 되었다.

2007년 9월 어느 날, 시도당위원장 경선을 앞두고, 이상득 부의장이 나를 국회부의장 사무실로 호출하였다. 이유는 간단했다. 도당위원장 경선에 나가지 말라는 말이었다. 내년 총선에 공천받는 것은 거의 확실하고, "내가 공천을 책임지겠다."라고 말하며 공천 걱정하지 말고 도당위원장 경선에 나가지 말라는 압박이었다. "인구가 훨씬 많은 칠곡 출신인데 무슨 걱정 있겠느냐."며 말이다. 그러나 나는 그때 공천이 걱정된 것이 아니라, 박근혜 선거운동 캠프 분위기상 출마해야 함을 밝혀 두었다. 사적인 이익이 아니라 공적인 명분에 의해 출마한 것을 질타하는 이상득 부의장의 요구를 수용할 수 없었고, 나는 그의 방을 나왔다.

바로 그날 지역구로 내려가는 기차 안에서 한 통의 전화를 받았다. 이방호 사무총장의 전화였는데, "의장님이 출마하지 말라고 하면 하지 말지, 무슨 고집으로 출마하냐?"는 고함에 가까운 말을 수화기 너머로 들었다. 나는 "사무총장이 출마에 간섭할 자격이 있는가?", "내가 국회의원 선거할 때 도와준 일이 있는가?" 하고 되묻고 통화를 짧게 끝냈다. 이러한 일련의 전화 통화는 불길한 전조였지만, 마음을 추슬러 18대 총선을 준비하였다.

2008년 2월 공천을 신청하여, 주진우 전 의원과 경쟁하는 구도가 되었다. 그러나 주진우 전 의원은 당헌 당규 등에 의한 배제 사유가 문제되어 사실상 내가 혼자 공천 후보로 남게 되었다. 누가 보더라도 내가 공천 후보가 될 것이라는 것을 의심치 않았다. 물론, 공천심사위원장에 검사장 출신인 안강민 변호사가 임명되어 조금 불길한 예감이 들었고, 들리는 소문에 의하면 친박계를 중심으로 공천 학살이 일어나고 있다는 말이 있었다.

공천에 혼자 남았는데, 여전히 공천자 발표가 나지 않았다. 궁금한 나는 한나라당 윤리위원장 인명진 목사(당시 나는 윤리위 부위원장)를 찾아가 공천 문제를 상의했으며, 그 후 인명진 목사가 안강민 위원장을 만났는데 안강민 위원장이 "나는 'one of them' 이다. 즉 공천위원 중 한 명에 불과하다."라고 말한 것을 내게 전했다. 그러나 안강민 위원장이 "경찰 출신 국회의원의 씨를 말려야 한다."는 말을 했다는 소문도 있었다. 경찰 출신이 국회의원이 되면 수사권 독립에 대한 문제가 다시 일어날 게 뻔하다는 예측에서 그런 것이리라.

아니나 다를까, 총선 19일 전 3월 19일 저녁 7시 즈음 김무성, 허태열, 유기준 의원 등과 저녁 식사를 하는 도중 추가 공천자 발표가 YTN 뉴스 자막을 통해 흘러나왔는데, 나를 포함한 몇 명이 탈락되었다. 공천자로 발표된 사람은 공천 신청도 하지 않은 ○○○라서 모두들 의아했다. "어떻게 이런 일이 있을 수 있는가?" 하며 모두들 허탈해했다. 언론에서는 '친박계 대학살이 일어났다' 고 연일 보도가 되었고, 그제서야 나는 공천에서 떨어진 이유를 확실하게 알게 되었다.

그다음 날, 나는 곧바로 기자회견을 열었다. 한 나라의 법을 만드는 헌법상 기관인 국회의원을 선출하는 공천에, 공천 신청도 하지 않은 사람이 공천이 되었다는 것은, '변칙'과 '반칙'으로 민주주의의 기반을 무너뜨리는 것이나 다름없다고 나의 소견을 분명히 밝혔다. 공천 심사는 언론과 국민들이 후보로서 능력과 자질이 있는지, 윤리성과 도덕성은 어떤지 검증 절차를 거치는 중요한 과정이다. 더욱이 공천 신청 없이 공천이 이뤄질려면 '전략 공천'을 선포해야 한다. 그러나 전략 공천은 대도시에서 더 좋은 후보를 찾기 위해서 하는 것이지, 시골이라 할 만큼 작은 지역구에서 전략 공천한 적은 여태까지 한 번도 없었다.

따라서 나는 무소속으로 국회의원에 출마할 것을 선언했다. 내가 당선되어야겠다는 개인적 욕심보다는 진심으로, 잘못된 공천과 잘못된 절차를 바로잡아야 한다는 집념과 개혁 의지가 강하게 나를 사로잡았기 때문이다. 비단 나뿐만이 아니었다. 모든 당원들과 나를 믿고 따르는 모든 사람들이 '분기탱천'하여 끝까지 투쟁할 것을 선언하고 선포하였다. 물론 할 수 없이 탈당하였지만, 당선되면 바로 복당하겠다고 말해 두었다. 그리고 군수, 도의원과 군의원 등도 대부분 그때 나와 함께 뜻을 같이했는데, 지금도 그때 함께 탈당해 뜻을 같이한 그분들께 정말 인간적으로 죄송하고 미안하다. 그 마음 평생 안고 갈 것이다.

무소속으로 출마하여 차라리 투쟁에 가까운 선거운동을 총선 당일까지 쉬지 않았다. 투표가 끝나는 오후 6시까지 비가 오는데도 불구하고, 여성 당원들은 우산도 없이 비를 모조리 맞아 가며 최선을 다하고 있는 것을 보고 눈시울이 붉어졌다. 이제 당선의 문제는 나만의 문제가 아니었기 때문이다. 당선의 문제는 모두의 문제였고, 모두의 집념이었으며, 모두의 절박함이었다.

하지만 오후 6시 출구조사에서 나는 상대 후보에게 한참이나 밀렸다. 시간이 조금 지나자, 출구조사 격차가 너무 심한 탓에 2위에 내 이름조차 나오지 않았다. 그 상황을 지켜본 순간, 나를 믿고 한나라당에서 탈당한 군·도의원들 얼굴이 주마등처럼 스쳐 지나갔다. 특히 젊은 군·도의원의 앞날이 걱정되었고, 나 때문에 앞길이 막히는 것이 아닌가 하고 정신이 번쩍 들었다. 그들의 장래에 대한 걱정에 말로 형용할 수 없는 미안함이 개표가 시작되는 저녁 시간까지 끝 간 데 없이 마음에 번져 갔다.

이윽고 저녁 8시부터 개표가 시작되었다. 1등만 보이는 개표 현황에 내 이름은 없었다. 나와 함께했던 당원들은 모두 절망의 충격에 빠졌는지 휴대폰을 꺼 버린 채 절과 교회와 산으로 흩어졌고 나 혼자 남게 되었다. 사무실 앞 주차장에는 차 한 대도 남아 있지 않았다.

이에 반해 상대 후보 진영의 사무실 근처에는 수많은 차들이 늘어섰고, 당선 축하 파티를 준비하는 발길이 분주하다는 소식을 전해 들었다. 투표 당일 오후부터 상대 후보 진영에서는 당선 파티에 쓸 술과 음식들을 실어 나르고 있다고 들었다. 아무 말 없이 개표 현황을 바라보는 그때, 정적 속에서 째깍이던 시계 초침 소리는 아직도 잊지 못한다.

그러나 아들 종민이는 여러 상황을 고려해 우리의 승리가 확실하다고 순간 판단을 하였다. 저녁 9시가 넘어 개표 현황에 나의 이름이 2등으로 올라갔고, 10시가 넘자 추격 끝에 전세가 역전되었다. 11시가 넘으면서 나와 상대 후보 사이에는 뒤집을 수 없을 정도의 격차가 났고, 눈이 퉁퉁 부은 당원들이 연락두절 상태에서 뒤늦게 하나둘씩 모여들었다. 그렇게 나는 드라마틱한 역전승을 펼치며, 제18대 국회의원에 당선된 것이다! 축하 파티를 준비하지도 않은 우리 사무실 앞에 당선을 축하하기 위한 차들이 속속 모여들기 시작했다. 반면 상대 진영 사무실 근처에 모여든 차들이 거리에서 흔적도 없이 사라졌다는 상황 또한 전해 들었다.

다음 날 아침 7시 나는 왜관읍 우방사거리에 나가 비 오는 궂은 날씨에도 불구하고, 비를 맞아 가며 유권자들에게 무릎을 꿇고 큰절을 올렸다. 오래 고개를 들지 못했다. 그리고 내 머리 위에 다음과 같은 글귀를 적은 플래카드를 내걸었다.

잘못된 공천을 바로잡아 주셔서 대단히 고맙습니다.
박근혜 대표님을 끝까지 지키겠습니다.

그해 7월, 나는 한나라당에 다시 복당(復黨)하였다. 아니, 복당이 아니라 유권자들의 승리였다. '사필귀정(事必歸正)'이라는 단어가 그 어떤 단어보다 이 상황에 적절해 보였다. 나의 당선, 그것은 유권자들의 깨어 있는 정신이었고 선택이었으며, 그 정신이 민주주의 정신이라 말한다 해도 지나치지 않을 것이다. 나는 앞으로도 성실·정직·신뢰·정의가 승리하는 사회를 만들기 위해 온몸을 던질 것이다. 복당 후 복당파를 중심으로 여의포럼을 통해 정책 공부를 하고 따뜻한 정을 나누었다.

공천은 공명정대해야 하고, 사심 없이 당헌 당규라는 원칙대로 공천이 이루어져야 한다. 18대 공천은 '친박계 학살'이었고 공천(公薦)이 아닌 사천(私薦)이었고 정치적 보복이었으며 편법이었다. 다시는 공당(公黨)이 사당(私黨)처럼 권력을 휘두르는 일이 없어야 한다. 공천권은 국민에게 되돌려 주어야 한다. 상향식 공천으로…….

호국 평화공원과
국과수 대구·경북 분원 유치

낙동강 호국 평화공원

6.25전쟁은 1950년 6월 25일부터 1953년 7월 27일까지 3년이 넘는 기간 동안 한반도에서 발발한 전쟁으로 한국군 사망자만 99만 명, 민간인 사망자 220만 명, 20만여 명의 미망인과 10만여 명의 전쟁고아를 발생시켰으며 1천만이 넘는 이산가족의 비극을 불러온 민족의 뼈 아픈 역사이다.

6월 25일 새벽 1시에 시작된 북한군의 기습적인 남침은 7월 말에 이르러 낙동강을 도하하기에 이른다. 북한군은 대구와 부산을 잇는 우리 국군의 대동맥을 끊으려 끊임없이 침투를 시도하였고 이에 미8군 사령관 워커 장군은 북한군의 공격에 대한 최후의 방어선으로서, 낙동강과 그 상류 동북부의 산간 지역을 잇는 자연 지형을 이용한 방어선을 구축하여 이를 사수하게 된다. 이 방어선은 '워커라인' 이라고

도 불린다.

8월 4일 새벽 1시 당시의 낙동강 방어선은 남북 160km, 동서 80km
의 타원형을 이루었는데, 낙동강 일대의 방어는 주로 미군이, 동북부
산악 지대의 방어는 우리 국군이 담당하였다.

한편, 북한군은 수안보(水安堡)에 전선사령부를 두고, 미군 정면에
제1군단, 국군 정면에 제2군단을 배치하여 이른바 8월 공세와 9월 공
세의 두 번에 걸친 대대적인 공격을 감행해 왔다.

낙동강 방어선 전투는 전쟁을 조기 종식하여 남한 점령을 앞당기겠
다는 의지로 전 병력을 집중하였던 북한군의 전력이 약화됨에 따라
아군의 인천상륙작전 성공을 불러오는 기회가 되기도 했다.

낙동강 전투는 남한과 북한이 사생을 걸었던 격전이자 우리로서는
전세를 역전시킨 역사적으로도 매우 중요한 전투 중 하나로 손꼽힌
다. 그만큼 많은 국군과 민간인이 희생되었다.

경상북도 칠곡군 석적읍 중지리 자고산 일대는 6.25전쟁 당시 낙동
강 전선을 끝까지 지켜 냈던 호국의 뜻과 정신 그리고 역사가 고스란
히 배어 있는 역사의 현장이다. 바로 이 일대 7만 3천 평 부지에 525
억 원의 예산을 들여 '낙동강 호국 평화공원' 이 조성된다.

하지만 이 사업이 처음부터 순조롭게 진행된 것은 아니다. 2010년
정무위원회 예산심사 과정에서 뜻하지 않은 무산 위기에 놓이게 되었
다. 지난 2010년 11월 16일 국회 정무위원회 예산심사소위원회의
2011년 국가보훈처 예산 심사과정에서 2011년 낙동강 호국 평화공원
조성 사업 예산이 전액 삭감되는 일이 벌어졌다.

당시 '국회 정무위원회 우제창 예산결산소위원장' 을 비롯한 위원

들은 "박영준 차관의 정치적 행보를 돕는데 국가 예산이 이용되어서는 안 된다."며 예산 전액을 삭감하겠다는 입장을 고수하였다. 특히 민주당의 우제창 위원장이 강력히 주장했다.

이는 낙동강 호국 평화공원 조성 사업과 관련하여 정부의 박영준 차관의 공이 컸다는 지난 6월 25일자 경북 지방 언론의 보도가 있었고 국가 예산이 특정인의 정치적 수단으로 이용되는 것을 좌시할 수 없다는 이유에서였다. 그동안 본인을 비롯한 칠곡군 그리고 경상북도가 함께 전방위로 노력해 왔던 과정들이 한순간에 무너지는 순간에 봉착한 것이었다.

그저 단순한 개발이나 유치 사업이 아니었다. 낙동강 호국 평화공원 조성은 약 12만여 명 칠곡 군민의 염원이었고 나라를 지키기 위해 희생되었던 순국선열 및 참전 유공자의 혼백과 같은 고귀한 무엇이었기에 지켜볼 수만은 없었다.

당장 정무위원회 예산심사소위원회를 방문하여 예산의 필요성과 취지를 설명하며 설득에 전념하였고 얼어붙은 소위원회 위원들의 마음을 풀기 위해 최선을 다했다. 그리고 허태열 정무위원장을 찾아가 소위원회의 오해 과정을 풀어 드리고 설득을 하였다.

2010년 11월 24일, 최선을 다한 노력이 결실을 맺었다. 국회 정무위원회 전체 회의를 통해 기사회생으로 소위 말하는 죽었던 것이 다시 살아나게 된 것이다.

〈칠곡 낙동강 호국 평화공원 예정대로 조성, 이인기 의원 예산 확보 활약〉
—영남일보 2010년 11월 30일

칠곡 낙동강 호국 평화공원 조성 사업이 무산될 위기에서 극적으로 벗어났다. 당초 이 사업은 내년도 예산과 관련, 국비 지원액이 한 푼도 반영되지 않을 것으로 보여 추진이 불투명했다.

국회의 해당 상임위인 정무위 소속 민주당 의원들은 이 사업을 칠곡 출신인 박영준 지식경제부 2차관이 신경 쓰고 있다는 이유로 '왕차관 사업' 으로 규정, 예산 반영 불가 입장을 굽히지 않았다.

하지만 칠곡이 지역구인 한나라당 이인기 의원(고령 · 성주 · 칠곡)이 여러 경로를 통해 관련 예산 책정을 강하게 촉구한 끝에 이 사업의 설계비가 정부안(2억 5천 800만 원)대로 국회 예산결산특별위원회에 상정되는 것으로 마무리됐다.

이에 따라 칠곡에는 예정대로 전국 최대 규모의 호국 평화공원이 조성될 것으로 보인다. 호국 평화공원이 조성되면 칠곡은 명실상부한 '전쟁과 평화의 고장' 으로 자리매김하면서 국제적인 관광명소가 될 것으로 보인다.

국립과학수사 연구원 대구 · 경북 분원

나는 평소 국회의원으로서 지역구에 번듯한 국가기관이 없는 것에 대해 많은 아쉬움을 갖고 있었다. 군민들도 역시 국가기관의 유치를 희망하고 있었기에 국회 행정안정위원으로 있을 때 국과수 대구 · 경북 분원을 유치하기로 마음을 먹었다.

행정안전위원회 회의 등을 할 때 끊임없이 그 필요성에 대해 정부에 질의 요구를 했으나 잘 이루어지지 않았다. 그러던 차에 결판을 지어야겠다는 생각이 들었다. 2010년 12월 30일 예산 통과 하루를 앞두고 예결위 소위원회를 찾아가 윤증현 기재부 장관, 맹형규 안행부 장관을 만나 국과수 대구·경북 분원을 설치할 수 있는 예산 확보를 해 달라고 어떻게 보면 윽박을 지른 셈이다. 그래서 그 자리에서 극적으로 타결을 보아 소위 말하는 쪽지 예산으로 통과시키게 되었다.

그래서 국과수 대구·경북 분원의 건설 역사가 시작되게 된 것이다. 2011년 12월 그 기공식에는 참석을 했으나 그 후 국회의원을 물러났기 때문에 준공식을 참석한다고는 생각하지 않았다. 그런데 2014년 1월 16일 국과수와 경찰청에서 준공식에 꼭 참석을 해 달라는 부탁의 연락이 왔다. 그래서 내가 설명하기를 "후임 국회의원이 있는데 전 국회의원이 그런 행사에 참석하는 것은 모양새가 좋지 않다."고 정중하게 사양하였다. 그러나 경찰청 등에서는 "위원장님이 예산을 만들어 이 분원을 짓게 된 것을 우리가 다 알고 있습니다. 만약에 안 오시면 준공식 행사를 무기 연기해야 합니다."라고 말을 하여 할 수 없이 참석하게 되었다. 준공식에 가 보니 쪽지 예산으로라도 힘들게 국과수 대구·경북 분원을 멋지게 유치한 것이 큰 다행이라고 생각하게 되었다.

5,000원짜리 밥

　나는 16대에서 18대까지 국회의원으로 길을 걸어오면서, 소외받고 힘없는 국민들을 위한 정치를 꿈꿔 왔고 이를 실현하기 위해 고군분투해 왔다. 내가 그들보다 우월하기 때문이 아니다. 오히려 나는 그분들과 같거나, 그분들보다 낮은 위치에 있다. 나 자신이 소작농의 아들로 어렵고 힘겨웠던 시간들을 살아왔고, 그런 사정과 정서를 그 누구보다 잘 알기 때문이다.

　지역구에 다니면서 주민 또는 당원들과 정책간담회를 마치고 나서 식사할 때 애로사항이 많았다. 식사 비용을 어떻게 처리하느냐의 문제가 그것인데, 선거법상 유권자에게 밥을 사는 것이 금지되어 있기 때문이다. 그렇다고 잘 아는 처지의 사람에게 비용을 대신 지불하라고 말할 수도 없는 노릇이다. 국회의원 활동을 하려면 지역구민들과의 자리를 갖지 않을 수도 없는 일이다.

성주군에서 환경미화원 일일 체험(2009. 8)

매년 택시기사 영업을 직접하면서 애환을 함께—비록 짧은 시간이지만 그 만남을 통해 민의도 살피고, 경제의 어려움을 교감하며 덕담도 나누는 시간이었다.(2009. 1)

그래서 나는 비용이 저렴한 식당에 가서 각자 분담하는 것으로 원칙을 세우고, 가급적 5,000원 이내의 비용이 드는 곳만 골라 함께 식사했다. 술 없이 물로만 건배사를 제의하곤 했다. 5,000원짜리 밥. 그 원칙을 12년 동안 지켜 나갔다. 이런 뜻을 이해해 주고 즐거이 '물 건배'로 항상 함께해 주신 당원들을 비롯한 모든 고마운 분들께 이 자리를 빌려 감사의 뜻을 전하고 싶다.

16대 국회의원에 당선되자, 나는 경찰 출신으로서 약자의 위치에 있다는 것을 스스로 느꼈다. 여러 위협과 압박이 들어왔고, 강자 혹은 권력으로부터 나 자신을 지키려면, 스스로 엄격한 규율에 의한 통제를 해야겠다는 생각이 들었다.

따라서 나는 다음과 같은 원칙을 스스로 세우고 지켜 나갔다.

첫째, 선거구민, 지역구민으로부터 떨어지지 않게 왜관읍 석전3리 718번지에 살면서 서울로 이사 가지 않겠다고 정했다. 여의도에 있을 때는 여의도 근처 원룸에서 생활했다. 대구의 집과 왜관 시골집을 오가며 12년을 살았던 것이다.

둘째, 선거법을 솔선수범해서 지켜야겠다고 정했다. 아예 논쟁의 불씨를 없애기 위해 '5,000원짜리 밥'을 지켜 갔다. 당원들은 국회의원들이랑 식사를 하면 맛있고 비싼 것을 먹는 것으로 알고 있었는데 5,000원짜리 밥이라니…….

5,000원이라는 회비를 걷을 때마다 식사에 참여한 사람들의 불편한 기색이 역력했다. 심지어는 귓등 너머로 욕을 들은 적도 있었으니 말이다.

나와 함께 원칙을 지켜 준 당원들과 지역구민들에게 늘 미안하고 죄송하게 생각한다. 또한 진심으로 감사하게 생각한다.

도전은 아름답다

한국전쟁의 화마가 휩쓸고 폐허가 된 이 땅에서 소작농의 아들로 태어난 나는, 거듭되는 실패 속에서 늘 다시 새롭게 도전하는 삶을 살아왔다. 고비마다 나는 대체로 실패했고, 다시 도전해야 했으며, 그리고 끝내는 성취하는 삶을 살아 냈다. 중학교를 재수해 입학할 때도 그랬고, 서울대학교에 3수로 입학할 때도 그랬다. 사법시험에 5전 6기로 합격할 때도 그랬고, 총선 낙선과 공천 탈락도 그랬다. 내게 성공의 가치를 알려 준 것은 대체로 실패의 과정이었다. 사람은 성공이 아니라 실패를 통해서만 배운다고 말했던 사람은 누구였던가. 그리고 그 '실패'와 '도전' 사이에 언제나 '선택'이라는 실존적 상황이 나를 몰아부쳤다. 누구나 그렇겠지만, 나 또한 내 선택에 책임을 지는 시간을 살아 내야 했다. 그 과정 자체가 내 인생의 에센스라고 해도 과언은 아닐 것이다.

경북중학교와 계성중학교 사이에서 집안 형편을 생각해 6년 장학생으로 계성중·고등학교를 다녔다. 아침 7시 통근열차를 타고 40분 거리를 걸어가며 학교를 다녔고, 밤 10시 대구역 플랫폼에서 허기진 배를 채우기 위해 밥 대신 수돗물을 마셨으며, 전등 대신 침침한 호롱불 밑에서 공부를 했다. 정신적 지주였던 큰형님의 갑작스런 사망의 충격에서 미처 벗어나지 못한 나는 대학 입시에 연이어 낙방했다. 하루에 3시간 이상 잠을 자지 않고, 시험이 끝날 때까지 독서실 바닥에 눕지 않겠다는 결심으로 3수 끝에 서울대학교에 합격하였다.

5전 6기로 사법시험에 합격하였을 때, 나는 남들과 다르게 경찰에 지원하였으나, 부하 직원의 실수를 대신 감당하여 사표를 내기도 하였다. 뒤이어 무명의 변호사에서 출발한 나는 15대 국회의원에 낙선하였지만, 결국 16, 17대 국회의원에 당선되었다. 18대는 '친박'이라는 이유로 공천 탈락했으나, 무소속으로 출마하여 당선되었다. 또한 형사소송법 개정과 관련된 나의 도전과 결단은 고스란히 보복 수사와 공천 탈락으로 되돌아왔다. 그럼에도 불구하고 나는 이런 시련이 있을 때마다 결코 후회하거나, 좌절한 적이 단 한 번도 없다. 고통과 인내의 시간들은 모두 '과정'일 뿐, '결과'가 아니다. 아직 내 인생이 끝난 것은 아니기 때문이다.

이와 같은 삶의 시간을 '도전'이라 부른다면, 그것의 다른 이름은 '꿈'이 될 수도 있을 것이다. 도전은 늘 실패를 등 뒤로하고 앞을 향해 걷는 것이지만, 그 방향에는 언제나 하나의 길이 있었다. 보다 바람직한 삶, 보다 충실하고 보람 있는 삶을 살아야 한다는 꿈으로 이루어진 길. 그런 꿈이 있기 때문에 실패도 할 수 있었던 것이고, 다시 일어서는 것 역시 가능했다. 그리고 그 길에는 언제나 나를 바라보고 도와주는 사람들이 있었다. 사법시험에 연거푸 떨어졌지만, 다시 일어나야 할 이유를 가르쳐 주는 그들이 없었더라면 나는 다시 도전하지 못했을 것이다. 무엇보다 나를 응원해 주고 곁에서 지켜 주는 소중한 이들이 그들이다. 정화수를 떠 놓고 기도하시는 어머니, 부족한 내 뜻을 존중하며 가정을 지켜 준 아내와 가족들이 있어 가능했던 삶이었다.

특히 아내는 성장 환경과 가치관이 전혀 다른 나를 만나 얼마나 마음고생이 많았겠는가. 내가 안주하며 편안함보다는 개척하며 도전하는 삶을 살아가려 했기 때문에 더욱 그랬을 것이다. 세상의 모든 남편이 그렇겠지만, 아내를 바라보면 고맙다 못해 마음이 벅차고, 정겹다 못해 미안하다. 세월의 흐름 속에서 아내도 헌신적 모습으로 많이 변한 것 같다. 더 단단해지고 강해졌다. 6바라밀(六波羅蜜, 보시(布施)·지계(持戒)·인욕(忍慾), 정진(精進)·선정(禪定)·지혜(智慧))의 보시, 인욕 바라밀을 직접 실천하면서 살아가는 아내의 모습에 나는 고마울 뿐이다. 남편과 아들딸들을 위해 함께 살아가고 있는 아내에게 고맙다.

2014년 설 무렵 아내에게 왜 오랜 기간 퍼머를 하지 않느냐고 물으니 아들 종민이가 1월 말에 재무상담사(financial advisor) 시험을 준비하고 있으니 내가 그 합격을 위해 일심(一心)으로 기도를 하고 있으며 혹시 머리를 자르면 기운이 빠져나갈지 몰라 시험 끝날 때까지 머리를 손대지 않는 것이라고 결연한 의지를 보였다. 어머니가 아들인 내게 했듯이 아내가 아들인 종민에게 하고 있는 것에 전율을 느꼈다. 어찌 보면 어머니를 대신해 제2의 어머니처럼 나를 지켜 주고 보호해 주는 것 같아 미소를 짓게 한다.

그러므로 도전은 '혼자' 하는 것이 아니다. 설혹 혼자했다고 하더라도 그것의 가치는 결코 높지 않을 것이다. 사람살이가 함께 더불어 일 때만 가치 있듯 도전 역시 그러한 것이다. 사람들은 쉽게 이야기한다. 도전은 아름답고, 가치 있는 것이며, 혼자서 외롭게 투쟁하는 것이라고 말이다. 그러나 그것은 도전의 절반만 본 것이다. 그 도전에는 더불어 함께 살아가야 했던 과정과 흔적이 있어야 할 것이다. 그러한 방향과 길 감 없이, 결과로만 도전의 가치를 매기는 것은 진정한 '가치'가 아니라 한낱 '값어치'에 지나지 않는다.

내가 끈질기게 도전하고 다시 도전했던 것은 나 자신만을 위한 것이 아니었다. 만약 그랬다면 더없이 외로웠을 것이고, 지금까지 잘 버텨 오지 못했을 것이다. 그리고 끝내는 허무했을 것이다. 좌절의 순간마다, 내가 힘을 낼 수 있었던 것은 내 스스로의 강인함과 용기가 아니라, 내가 아닌 다른 사람의 존재였다. 물론 나에게 힘이 되어 주는, 내가 힘을 내야 하는 사람들로 인해 용기가 샘솟는 것은 사실이다. 그러나 중요한 것은 그들이 있어 용기를 내는 것이지, 나 스스로 용기를 내기 때문에 그들이 나를 응원하는 것이 아니다.

대구·경북 경찰관(경위)과의 정책간담회(2009. 4. 9)

칠곡소방서 일일 체험(2011. 1. 17)

소작농의 아들로 출발한 나와 같이, 비슷한 처지에 있는 사람들도 누구나 열심히 삶을 개척해 나가고 끝까지 좌절하지 않는다면, 삶의 가치를 어느 정도 찾을 수 있다는 희망을 보여 주고 싶었다. 그러므로 나는 그들을 배반할 수가 없다. 그들에게 '도전하는 삶은 여전히 아름답다' 는 것을 증명해야 하며, 그들에게 '희망의 증거' 가 되어야 한다.

형사소송법 관련하여 표적 수사를 '당하고', 공천에 탈락되었을 때 그대로 받아들였다. 그저 나아갈 길을 향해 신발 끈을 다시 묶었을 뿐이다. 남들은 '실패' 와 '좌절' 이라는 단어로 그 상황을 설명하지만, 나에게 있어 그것은 다시 '시작' 이자 '도전' 일 뿐이다. 꿈은 여전히 현재진행형이기 때문이다. 그리고 그 꿈은 나의 것이 아니라, 우리 모두의 것이었으면 한다.

그 당시에는 실패라고 생각될지 모르지만, 실패는 그다음의 순간에 다시 정의되게 마련이다. 다시 도전했을 때 그것의 이름은 더 이상 실패가 아니다. 실패를 인정하면서 그것에 침윤되거나 고립되지 않고, 앞을 향해 한 걸음씩 내딛을 때 과거의 실패는 더 이상 실패가 아니다. 그것은 교훈이고 경험이며 더 잘할 수 있는 기회의 다른 이름이 되어 주었다. 그것을 삶 속에서 배운 나는 지금도 무너지지 않았고 좌절하지도 않는다.

운은 도전하는 사람에게만 온다. 도전하면 할수록 위험도 높지만, 더불어 운이 따를 확률도 높아진다. 도전하지 않는 한 운은 따르지 않는다. 운은 도전해서 노력하는 사람에게 온다.

　－스즈끼 도시

　삭풍이 항상 부는 것은 아니다. 소나기도 하루 종일 오지 않는다. 어려움 뒤에 반드시 기회가 온다. 그 기회를 잡으려면 평소에 노력하고 부지런해야 한다. 삶은 희망이고 모든 것은 용기의 문제이다. 용기를 잃지 않으면 누구나 성공할 수 있다.

　－설정 스님

　나는 지금 또 한 번의 실패를 가로지르고 있다. 목적지는 '성공'이 아니라 '도전, 그 자체', '도전하는 삶' 그것이다.

다시 도전의 길로

—변호사업을 재개(再開)하며

형사소송법 관련하여 표적 수사를 당했고, 공천에 탈락하게 되었다. 그리고 나는 다시 왜관읍 석전3리 718번지 시골집으로 낙향(落鄉)했다. 도연명(陶淵明)의 〈귀거래사(歸去來辭)〉처럼 이미 지난 일을 탓해야 소용없으며, 앞으로 바른 길을 좇는 것이 옳다(悟已往之不諫 知來者之可追)라는 잊혀진 구절이 가슴 저 밑에서부터 마음의 표면으로 떠올랐다. 머리는 아직 복잡했지만, 마음은 차분하고 평화로웠다. 모든 것을 내려놓고 세상 순리대로 살아가리라 다짐했다. 박근혜 대통령의 당선을 위해 '대통령 중앙선대위 직능위원장'으로 동분서주하였으나, 다시 시골집으로 내려오는 것이 사실 나에겐 잘 어울린다. 사실, 나는 내 고향집을 한 번도 떠난 적이 없었다고 말해도 과언이 아닐 것이다. 나는 집으로 돌아오기 위해 떠났고, 떠나서도 언제나 집은 나의 베이스캠프였다. 야구 선수가 홈으로 들어오기 위해 루(壘)들을 거쳐 가는 것과 비슷할 터였다.

그렇게 마음이 홀가분했다. 선거운동이나 다른 많은 일들로 시간에 쫓기면서 KTX 특실에 올라탔던 지난 시간들과 달리 KTX 일반석의 역방향 혹은 입석표를 끊고 여유를 즐기면서 창밖을 자주 바라보았다. 그러자 열차 창밖의 풍경이 눈에 들어왔다. 그리고 그 풍경이 아주 아름다웠음을 발견했다. 특실에서는 좀처럼 발견하기 쉽지 않았던 풍경이었다. 이어서 사람들이 눈에 들어왔고, 사람살이가 더 잘 보였다. 서울과 지역을 오가는 사람들의 얼굴 표정들, 그분들의 옷차림, 그리고 우리들의 희로애락이 바로 내가 탄 기차 안에 함께 숨 쉬고 있었다. 나는 그제서야 할 일들을 구상하느라 바빴던 마음을 내려놓고 어린아이들을 바라보며 미소 지을 수 있었고, 연로하신 어르신들에게 인사말도 건넬 수 있었다.

그동안 나를 오래 기다려 주었던 가족들에게 빚져 왔던 시간을 갚아 주고 있다. 그동안 함께하지 못했던 시간을 조금이라도 메워 보고 싶기 때문이다. 아내와 아들 '종민' 내외와 딸 '나리' 와 함께하는 요즘, 가족들 얼굴의 환한 미소 속에 부처님의 미소가 들어 있다는 말이 깨달아질 지경이다. 그렇게 또다시 가족이 얼마나 소중한 것인지 되새겨 보는 시간을 보낸다. 그 어느 때보다, 한눈에 반했을 때보다, 결혼을 결심하게 된 그때보다, 더 아름다운 아내의 얼굴을 물끄러미 바라본다.

유채씨를 지난 가을 시골집 마당에 심었다. 올해 봄에 마당에 만발하게 될 유채꽃을 기대하면서 토닥토닥 조심스레 심었다. 그리고 최근, 심었던 그 자리에서 노랗게 싹이 올라온 것을 발견할 수 있었다. 유채꽃도 노랗게 피우기 위해 6개월이라는 인고의 시간을 필요로 한 것이며, 얼어 버려 아무것도 없어 보이는 땅속에서 죽지 않고 살아서 엄동설한을 견디고 새싹을 틔워 낸 것이다. 땅을 뚫고 올라온 싹을 보면서, 내 삶을 다시 돌아보게 된다. 유채꽃은 자신을 감상할 사람 따위를 염두에 두고 인고의 세월을 지낸 것이 아닐 것이다. 그것은 그저 자신이 한 송이 꽃이기 때문에 피어났을 것이다. 그저 자기 자신으로 존재하기 위해 겨울을 버티고 사무치도록 노란 자신의 색깔로 세상의 아름다움에 한 점을 보태었을 뿐이리라.

땅속의 그 유채꽃 싹을 보면서 편안하게 안주하며 살아갈까 하는 마음을 단번에 버리기로 했다. 유채꽃을 피우기 위해서 그 씨앗은 엄동설한의 몇 달을 참고 견뎠겠는가. 여러 유혹들이 있고, 남은 삶을 편안하게 해 줄 선택지가 내 손에 쥐어지기도 했지만, 그것들 모두를 포기하는 것 또한 또 다른 차원의 '도전'일 것이다.

시골 왜관읍에서 국회의원 하는 동안 중단하였던 변호사업을 재개(再開)하기로 마음먹었다. 그래서 가난하고 어려운 서민, 농민들, 노인들에게 작은 힘이나마 희망과 보탬이 되고 싶다. 그들이 나의 이웃이라서가 아니고, 내가 그들의 이웃이 먼저 되어 주어야 하기 때문도 아니다. 그게 원래 내가 할 일이고, 하려던 일이며, 해 왔던 일이었기 때문이다. 그것은 국회의원으로 있었을 때나, 어떤 다른 자리에 있었을 때도 내가 늘 해 왔던 일이었다. 새삼스러울 것도 없다. 그런 일을 하는 데는 자리가 중요하지 않을 것임은 자명하다. 그저 자기가 선 자리에서 자기가 할 수 있는 일을 할 뿐이다. 그리고 나뿐만 아니라 세상 누구나 그렇게 하고 있다고 나는 안다. 그래서 세상이 아직도 아름다울 수 있는 것이라고 나는 믿는다.

다시 한 번, 가난하고 힘없는 이들과 함께 어깨동무를 하려고 한다. 나 역시 이들과 다를 바 없기 때문이다. 아니, 내가 바로 그들이고, 그들이 곧 나일 것이므로……. 다만, 내가 조금 더 나설 수 있을 뿐이다.

2014년 봄, 이제 곧 마당 가득 유채꽃이 만발할 것이다. 내 가슴에도 도전과 희망이 넘쳐 설레기 시작한다.

제2부

표적 수사와 공천 탈락

인생이란 길이 언제나 그렇듯,
새로운 위기, 새로운 딜레마가 찾아온 것이었다.
나는 또 한 번의 결심을 해야 했다.
내 인생에서 늘 그렇게 하려고 노력해 왔듯이
나는 사적인 이익을 버리고 대의를 위해서
길고 외로운 싸움과 그 어떤 희생도 당할 각오를 했다.

외로운 싸움
—수사권 독립

18대 국회가 개원되고 얼마 지나지 않아 민주당 김희철 의원에게서 전화가 왔다. 민주당에서는 당론으로 경찰·검찰 수사권 조정을 추진하려고 하는데, 한나라당에는 그런 분위기가 없는 것 같으니 민주당과 내가 손을 잡고 수사권 독립 문제를 추진해 보자고 전화가 온 것이다.

그때 나는 이제야 무소속에서 복당했고, 무소속으로 출마한 탓으로 여러 가지 관리해야 하는 사항들이 있기 때문에 지금 당장은 곤란하다고 전했다. 17대 2005년 6월 15일 형사소송법(이하 형소법) 개정안을 제출하고, 2006년 9월 형소법 개정 입법 공청회를 개최한 바 있는데, 당시 경찰관들이 휴가를 내고 3,000명 이상이 참석했다. 그때 사법연수원 14기 동기 검찰 간부들의 회유가 심했으며, 여러 여건상 아직은 나설 때가 아니라고 생각했다. 더욱이 한나라당 내에서는 협조

검경 수사권 조정을 위한 입법 공청회(2005. 9. 15)—15일 국회 의원회관 대회의실에서 열린 검경 수사권 조정을 위한 입법 공청회에 경찰과 관련자, 시민 등 5,000여 명이 모여 북새통을 이뤘다. 전국의 경우회 등에서 온 인사들은 400여 석의 대회의실에 들어가지 못해 의원회관 로비의 대형 TV를 통해 공청회를 지켜봤다. 한나라당 박근혜 대표는 공청회 축사에서 "수사권 문제는 단순히 수사 주체를 결정하는 것이 아니라 사법 체계의 근본을 변화시키는 것"이라며 "의견 수렴과 검토 과정을 거쳐 인권을 담보한 수사 서비스가 마련되어야 한다."고 말했다.

할 분위기가 전혀 이뤄지지 않았다. 그래서 나는 민주당에서 단독으로 추진하는 것이 좋겠다고 말했다.

그 후 국회에서 사법개혁특위가 구성되어 검경 수사권 조정 문제를 다루었으나 나는 멀리서 지켜보고만 있었다. 또한 국회에 출입하는 경찰정보관 이한천, 김희준 경감 등이 찾아와서 "의원님, 18대에서는 형소법 개정은 추진하지 마세요! 다음 선거도 있지 않습니까!"라고 말하며 나를 적극 만류했다. 검찰 측에서 전방위적으로 나를 내사할 것이라는 말이 돌고 있다는 것을 내게 알려 주었다. 나의 안위를 걱정해서 전해 주는 그들의 말들을 흘려 들을 수만은 없는 일이었기에 일단, 자제하기로 마음먹었다.

2011년 5월 말에 나는 곧 행정안전위원장으로 취임하게 되었는데, 사법개혁특위에서 검경 수사권 조정 문제로 연일 논쟁이 심했다. 그때 이한천 경감 등이 찾아와서 다음과 같은 말을 전했다. "대구지검 서부지청에서 의원님에 대해 이미 내사를 시작했다는 소문이 들립니다. 여기서 형소법 개정에 나서면 내사가 나중에 수사로 진행되니 표적 수사, 탄압 수사를 피할 수 없습니다." 그들은 2012년 4월 총선을 생각해서, 총선이 얼마 남지 않았으니 자제를 하는 것이 좋겠다고 내게 신신당부를 하고 갔다.

나는 깊은 딜레마에 빠졌다. 한나라당에서는 민주당과는 달리 소극적이었고, 19대 총선과 내 개인적인 이익을 위해서는 형소법 개정안

추진에 나서서는 안 되지만 권력 상호 간의 견제와 균형, 경찰·검찰 이중 조사의 불편 방지, 인권 신장 등 국가의 발전과 국민을 위해서는 앞장서야 한다고 생각했다.

2011년 6월. 행정안전위원장으로서 형소법 개정안 추진을 앞으로 닥칠 일을 두려워 피한다면 역사에 비겁한 사람으로 기록될 것이다. 피할 수 없는 운명이었다. 인생이란 길이 언제나 그렇듯, 새로운 위기, 새로운 딜레마가 찾아온 것이었다. 나는 또 한 번의 결심을 해야 했다. 내 인생에서 늘 그렇게 하려고 노력해 왔듯이 나는 사적인 이익을 버리고 대의를 위해서 길고 외로운 싸움과 그 어떤 희생도 당할 각오를 했다.

6월 1일

6월 1일 오후 2시 국회 본회의장에서 투표로 내가 행정안전위원회장으로 선출되자마자, 바로 5분 발언을 다음과 같이하였다.

국회 5분 발언
〈검찰 경찰 수사권 조정 어떻게 할 것인가〉(일부)

지금 우리 시대는 경찰과 검찰 모두에게 시대 흐름과 국민의 요구에 부합하는 역할을 다하도록 할 새로운 수사 패러다임이 필요합니다.

현재 우리 수사 구조는 검사의 독점적 수사권을 정점으로 경찰, 검찰이 상명하복 관계로 결합되어 있는 비민주적 구조입니다.

이날 오전 10시 대구경찰청 대강당에서 대구자율방범대 연합회와 대구지방경찰청 간 '아동 성범죄 예방 활동 협약식'을 가진 직후 인근 초등학교 일대에서 순찰 활동을 하고 있는 이인기 의원(2010. 7. 15)

이날 오후 4시 안동경찰서 대강당에서 경북자율방범대 연합회와 경북지방경찰청 간 '아동 성범죄 예방 활동 협약식'을 가진 직후 안동 서부초등학교 일대에서 순찰 활동을 하고 있는 이인기 의원(2010. 7. 15)

수사상 견제와 균형의 원리가 작동되지 않는다면 국민의 인권침해 우려는 물론 국민의 권익은 보호하기 어려울 것입니다.

대다수의 국민이 원하는 검찰 개혁이 일부 의원들이 발목을 잡고 있다고 비쳐질 수 있습니다.

우리 한나라당은 부자당이라는 비판을 받고 있는데 이번 검경 수사권 조정에 있어서도 "권력을 가진 자의 입장만을 대변하는가."라는 또 다른 비판을 받게 되었습니다.

우리 국회가 국민의 소리와는 동떨어진 특정 소수 그룹의 이익만을 대변하고 있다는 우려가 있습니다.

국회는 국민의 입장을 대변해야지 소수 그룹의 이익을 대변해서야 되겠습니까! 이제 주사위는 던져졌습니다.

5분 발언을 하고 나니 대부분의 사람들이 기대와 우려가 섞인 시선을 던졌다. 이로써 주사위는 던져졌고 후퇴할 길은 없었다. 앞으로 나갈 수밖에 없었다.

6월 15일

총리실에서 조정안이 나왔다. 내용인즉, "경찰은 검사의 지휘를 받아 수사를 해야 한다."는 형소법 196조 문구를 쪼개서 형소법 195조 2항에 "사법경찰관은 수사에 관하여 검사의 지휘를 받는다."라는 조항을 추가하고, 형소법 196조는 "경찰은 범죄의 혐의가 있다고 인식하는 때에는 범인 범죄 사실과 증거에 관해 수사를 개시, 진행하여야 한다."로 개정하는 것이었다. 또한 조정안에는 "사법경찰관은 검사의 지휘가 있을 때에는 이에 따라야 한다."는 조항도 따로 두었다.

이때 대검찰청 고위 간부가 검찰 출신 한나라당 의원 4명의 방으로 대(對)국회 로비 차원에서 찾아왔다. 그 당시 국회의원 중 법조인 출신은 전체 296명의 21%인 61명이 있었고, 사개특위 소속 한나라당 의원 10명 중 5명이 검사 출신이었다. 의원실 관계자가 "법무부와 대검 고위 간부들이 약속도 없이 불쑥 찾아와 의원이 돌아올 때까지 기약 없이 기다리는 경우도 있다."고 말할 정도였다. 물론 경찰 출신 국회 의원은 나 하나뿐이었다.

6월 17일

김준규 검찰총장과 검찰 수뇌부는 6월 17일 오전 회의에서 "사법경찰은 검사의 지휘를 받아 수사를 해야 한다."고 규정한 형소법 제196조 제1항 개정은 절대 수용 불가하다는 결론을 내렸다. 부산지검 고위 간부는 "수사권 문제와 관련해 국민과 학계 그리고 시민단체의 의견도 수렴하지 않고, 국회의원 5명이 마음대로 결정할 수 있는 문제가 아니다. 검찰이 생긴 이래, 이렇게 위기의식을 느낀 적이 없었다. 수사권 병립으로 수사기관이 충돌하면, 그 피해는 국민에게 돌아간다."고 지적했다.

상황이 대결국면으로 전개되기 시작했다. 그러자 앞으로 이 일이 불거져 내게 닥칠 불이익, 공천 문제 등이 불현듯 떠올랐다. 하지만 이렇게 중요한 시기에, 이런 위협 앞에서 물러설 수 없었다. 위험과 위기에 맞서지 않고 사익을 고려하여 비겁하게 행동한다면 지금까지 내가 살아온 삶의 원칙은 물거품이 될 것이었고 나는 거짓말쟁이가 될 것이었다. 무엇보다 나를 믿고 뽑아 준 사람들을 볼 낯이 없다. 나는 의지를 다지며 끝까지 밀고 나가기로 결심했다. 훗날 이 결심은 부당하고도 커다란 파도를 불러오는 결심이라는 것을 그때로서는 정확히 알 수 없었다.

형소법 개정안을 국회에 제출하고, 동시에 형소법 개정을 위한 입법 공청회를 오후 2시에 열었다. 공청회 이름은 〈수사 현실의 법제화 입법 공청회〉였는데, 형소법에 관심 있는 국회의원, 검찰, 전·현직 경찰관 등 3,500여 명이 구름처럼 몰려들었다. 자리에 앉지 못한 1,500명가량은 의원회관 로비와 국회 잔디밭에서 공청회를 지켜볼 정도였다.

국회 사개특위는 6월 17일 오후 이주영 위원장과 한나라당 주성영, 이한성 의원, 민주당 김동철, 박영선 의원이 참여한 5인 회의를 열어 총리실 조정안을 공식적인 중재안으로 볼 수 없다고 결론 내렸고, 20일 전체 회의 전까지 총리실에서 조정안을 다시 보낼 것을 요청했다. 만약 총리실에서 조정안을 다시 보내지 않으면, 그야말로 정면충돌 양상이 벌어질 일촉즉발의 상황이었다.

나는 입법 공청회 축사에서 다음과 같은 말을 남겼다.

경찰이 검찰에 절대적인 복종 의무를 지는 나라는 대한민국밖에 없습니다. 사노(私奴) 만적(萬積)의 말처럼 왕후장상(王侯將相)의 씨가 따로 있습니까?

삭풍이 부는 벌판에 홀로 정의와 역사 발전을 위해 몸을 던져야 할

국회 행정안전위원회 위원장으로 첫 회의를 진행하고 있는 이인기 위원장(2011. 6. 13)

때가 되었습니다. 우리가 주장하는 것은 사실상 경찰이 수사를 하고 있는 현실을 명문화해 달라는 것입니다.

경제협력기구(OECD) 국가 중에서 검찰이 경찰을 지휘하고 경찰이 검찰에 절대적으로 복종하는 형소법을 가진 국가는 대한민국밖에 없습니다. 이는 분명히 잘못된 것입니다.

민주당 김진표 원내대표도 축사에서 다음과 같은 말을 했다.

우리나라 검찰에 권한이 집중되어 있어서 만약, 권력이 독점되면 권력 남용과 부패가 발생합니다. 기획 수사가 표적 수사가 되고, 이래서는 민주화가 되지 않습니다.

그날 저녁과 그다음 날 언론에서는 '검찰 성토대회', '경찰 궐기대회', '수사권 조정결의대회'를 방불케 했다고 떠들썩하게 보도되었다. 그리고 공청회 다음 날부터 판검사들이 잇따른 수사권 조정 대책회의를 열고 서명 결의문을 검찰총장에게 전달하는 등 상황이 숨가쁘게 진행되었다. 판검사들은 한국이 통제 불능의 경찰국가로 치달을 수 있다는 우려와 함께 사개특위는 국민을 편안하게 하는 계획을 세우지 않고 경찰만 편하게 하는 계획을 세우고 있다는 비판의 목소리를 높여 갔다. 모든 피해가 고스란히 국민에게 돌아간다고 말이다.

6월 20일

사개특위는 정부 주재로 검경 만장일치의 형식을 빌려서 합의안을 다시 만들었다.

① 형소법 196조를 개정하여 경찰의 수사 개시·진행권을 부여한다.

② 사법경찰관은 모든 수사에 관해 검사의 지휘를 받는다.

③ 검사의 지휘에 관한 구체적 사항은 법무부령으로 한다.

이 합의안에서 '모든 수사'와 '법무부령'이라는 말이 문제였다. 나는 합의안이 발표되자마자 바로 합의문의 문제점을 조목조목 지적하는 보도자료를 내보냈다.

▶ "사법경찰관은 모든 수사에 관해 검사의 지휘를 받는다."

① 실제로 대부분의 사건을 검사의 지휘 없이 경찰이 수사하고 있음에도, 그 현실에서는 이를 전혀 법제화하지 못하였다.

② 특히 모든 수사에 관해 검사의 지휘를 받는다 하여 현재보다 오히려 검사의 지휘 범위가 더욱 확대될 수도 있다. 경우에 따라 경찰 내사까지 모든 수사 범위에 포함하겠다고 주장할 소지가 있다.

③ 합의 과정에서 '모든'의 의미에 내사는 포함되지 않는 것으로 했으나, 그것은 법적 구속력이 없으며 법조문에 '모든'이라는 표현을 쓴 입법례가 없다. 예를 들면 다른 법률에도 '판사가 재판을 하여야 한다.'가 '판사가 모든 재판을 하여야 한다.'로 표기되어 우스운 모양이 예상된다.

▶ "검사의 지휘에 관한 구체적 사항은 법무부령으로 한다."

① 형사 절차에 관한 구체적인 사항은 형사소송규칙(대법원규칙

2144호)으로 정해져 있다. 경찰의 수사 개시·진행권을 그 이상 형사 절차 사항에도 행정안전부령과 법무부령 합동으로 하거나 총리령으로 정함이 입법 개정 취지에 볼 때 적합하다.

② 법무부만 단독으로 할 경우, 검경 간의 합의와 협의를 기대한다는 것은 사실상 불가능하다. 법무부 단독으로 만들었다는 의도로 볼 수밖에 없다. 법무부령이란 표현은 수정하거나 삭제해야 한다.

6월 22일

나는 행안위와 법사위 연석회의를 24일 오전 10시 법사위에 열자고 요청했다. 그리고 다음과 같은 기자회견을 가졌다.

- 검경이 합의한 개정안에는 경찰에게 수사 개시·진행권을 부여하고 있으며, 수사 지휘에 대한 조항은 결국 경찰 관련 업무임으로 경찰소관위원회인 행안위에서도 검토할 의무가 있다고 법사위에 요청했다.
- 검사의 지휘에 관한 구체적인 사항을 법무부령으로 정한다는 개정안 조항에 대해서 정부 부처 간 상호관계에 대해 특정 기관의 부령으로 정하는 것은 정부 기관의 독립성 원칙에 반하는 것이다. 하위 법령이 위임할 경우에는 합의안처럼 법무부령이 아닌 대통령령에 위임하는 것이 합당함.
- 이 같은 방향으로 형소법안이 다시 손질되지 않으면 본회의 통과에 협조할 수 없다.

- 우윤균 법사위원장을 만나 24일 행안위와 법사위의 연석회의를 요청하였으며, 위원장이 일단 법사위 차원에서 검토한 다음 결정하겠다고 전함.

이에 따라 여러 사람들이 말을 보탰다.

한나라당 주성영 간사는 "우리가 사개특위 전체 회의에서 두 가지 쟁점에 대해 법사위에서 심사를 논의하라고 한 것은 사실이나, 사개특위 의견은 법사위에서 존중해야 한다."고 지적했다.

이귀남 법무부 장관은 "이것은 어떻게 규정하는 게 국민의 인권 보호와 수사 효율성에 유익하느냐를 놓고, 검경 간의 견해 차를 노출한 것으로 본다. 지금 여러 곳에서 이야기들이 많은데 옆에서 갈등을 부추기거나 조장하기보다는 조화롭게 해석될 수 있도록 유도해 줬으면 좋겠다."고 말했다.

민주당 박지원 의원은 "최소한 '모든'을 삭제하고 검사 지휘는 법무부령이 아닌 대통령령으로 해야 한다는 것은 여야 의원들의 공통된 의견이다. 민주당도 그렇게 결정했다. 이 두 가지를 법무부가 받아들여야 문제가 해결된다."고 말했다.

한나라당 의원들 대다수는 사개특위 통과 내용대로 요구되는 것이 맞다고 맞섰다. 나는 결국 한나라당의 도움을 얻기보다는 민주당과 함께 연대하여 외로운 싸움을 계속할 수밖에 없었다. 오히려 민주당 의원총회에서 "한나라당 이인기 의원안을 믿고 따라야 한다."는 말이 나올 정도였다.

이재오 특임장관도 논쟁에 가세하였다.

"내가 봐도 민망하다. 범죄 혐의가 있는 건 경찰이 수사하고, 경찰이 책임 못 지는 것은 검찰이, 기소는 법원의 판단에서 슬기롭게 하면 되는데 몇 달째 질질 끌고 간다."

청와대에서는 검경이 합의를 다해 놓고 싸우는 것은 자기모순에 빠지는 것이고, 경찰 내사 범위를 둘러싼 논쟁에 대해서도 지난 20일 청와대에서 별관회의 때 현실을 인정하자고 양측이 합의한 사안인데 뒤늦게 논쟁을 벌이는 것은 잘못되었다고 지적하였다.

청와대 고위 관계자는 한마디 덧붙였다.

"경찰 내사의 경우 검경 모두 지금까지의 현실을 인정하고 현상을 그대로 유지하면 된다. 현상유지란 경찰이 내사를 사실상 수사에 준하는 것으로 확대해도 안 되고, 검찰 역시 관행인 경찰 내사를 더 제어하려 해서도 안 되는 것이다. 쉽게 말하면 경찰이 더 가져도 안 되고 검찰이 더 간섭해도 안 된다는 것이다."

6월 23일

나는 다음과 같이 의견서를 제출하였다.

- 국회 행정안전위원회(위원장 이인기)는 2011년 6월 23일(목) 행정안전위원회 전체 회의에서 '형사소송법 일부개정법률안'에 대한 의견서를 국회 법제사법위원회(위원장 우윤근)에 제출하기로 의결했다.

- 이 의견서는 지난 2011년 6월 22일(수) 사법제도개혁특별위원회에서 의결된 '형사소송법' 196조 개정안에 대해 수정이 필요하다는 행정안전위원회 차원의 다음과 같은 의견을 담은 것이다.
제196조 제1항에서 "모든 수사에 관하여 검사의 지휘를 받는다." ⇒ '수사'로 변경할 것
제196조 제3항에서 "검사의 지휘에 관한 구체적 사항은 법무부령으로 정한다." ⇒ '법무부령'이 아닌 '대통령령'에 위임할 것.

　그 무렵 원내 대책회의 의원총회장에서는 한나라당의 원내대표나 정책의장 등 주요 당직자들이 수사권 조정 문제에 대해서 언급한 사람은 거의 없었다. 어떻게 보면 나 혼자 유일하게 수사권 조정에 대해 당의 입장을 밝혀야 한다고 말했지만, 아무도 말을 하지 못했다. 의원총회장에서 답답한 나머지 나는 수사권 조정안에 대해서 사개특위는 잘못되었고, 행안위에서 수정안을 냈으니 당에서 협조를 해 줘야 한다고 간곡히 요청하였다. 그러나 아무도 대답하지 않았다. 그럼에도 불구하고 행안위 위원들은 나와 뜻을 함께해 줘서 지금도 고맙게 생각한다. 내가 의원총회에서 수사권 독립의 필요성에 관해 발언을 하고 있으면, 검찰 출신 이범관 의원은 "또 그 소리하느냐."고 고함을 지르며 야유를 하기도 했다.

6월 27일
　행안위와 법사위에 연석회의를 요청한 지도 벌써 며칠이 훨씬 지났으나, 법사위 위원장은 그런 예도 별로 없고 법사위원보다 행안위원

이 더 많아서 연석회의는 곤란하다는 말을 전해 왔다. 그래도 법사위에서는 행안위 위원장의 의견 진술 기회는 드리겠다고 전해 왔고, 나역시 기회를 주면 참석하겠다고 의지를 밝혔다.

6월 28일

6월 28일 오전 10시 경우회 구재태 중앙회장, 시도회장과 함께 프라자 호텔에서 박근혜 대표님을 모시고 정책간담회를 개최했다. 그런데 오전 11시경 경찰의 수사권 조정에 관해 논의하던 중 국회에서 연락이 왔다. 지금 바로 법사위에 출석해서 의견을 진술하라는 것이었다. 나는 급하게 박근혜 대표님에게 자초지종을 설명하고 내가 주최한 간담회에서 미안한 마음을 가득 안고 서둘러 나올 수밖에 없었다.

혹시나 늦을까 봐 택시를 타고 법사위 회의장에 11시 40분쯤 도착했다. 나는 결연한 의지를 갖고 법사위 회의장에 들어갔다. '모두'를 삭제하고, 법무부령을 대통령령으로 바꿔야 하는 이유를 조목조목 설명했다. 설명이 거의 끝날 때쯤 분위기가 내 쪽으로 넘어온 듯한 느낌이 들었다. 물론 한나라당 의원들은 사개특위 합의안을 그대로 통과시키자는 입장을 취했고, 민주당 의원들은 '모두'를 삭제하고 검사의 수사 지휘를 대통령령으로 수정하자고 맞섰다.

민주당 박지원 의원은 다음과 같이 말했다.

"'모든 수사'에서 '모든'을 삭제하고 경찰의 지휘 사항도 '법무부령'이 아닌 '대통령령'으로 해야 한다는 게 민주당의 당론이다."

민주당 박영선 정책위의장도 거들고 나서며 다음과 같이 말했다.

"'모든'을 삭제하거나 단서로 '내사 사건을 제외한다.'고 명확히 하자. 부칙에 부대의견을 달거나 하는 등 어떤 정리가 필요하며 그렇지 않으면 현장에서 결과적으로 국민만 피해를 입는다."

한나라당 이정현 의원은 이렇게 같이 말했다.

"국민들에게 이 문제를 드러내기 전에 정부기관끼리 얼마든지 합의하고 조정할 수 있는 사항을 가지고 조직 간 엄청난 대립을 보이면서 양대 기관 소수 사람들이 법사위 국회의원에게 협박이라고 할 정도로 압박해 왔다. 두 기관 모두 국민에게 사과해야 한다."

나는 이에 질세라

"이 문제는 국민의 기본적인 신체의 자유를 제한하는 것으로 이는 헌법으로 다뤄야 하지만, 불가피하게 위임한 경우는 국무회의를 거치는 대통령령으로 정해야 한다. 영미법계이든 대륙법계이든 수사 권한은 분산되어 있다."

그러자 한나라당 박준선 의원은 다음과 같이 말했다.

"법무부 장관이 모든 수사에 내사는 들어가지 않는다고 분명히 이야기했고, 나도 거듭 확인했다. 법무부령 제정에 대해서도 검경 두 기관이 100% 동의하지 않으면 분란이 계속되므로 경찰과 합의해서 하겠다고 약속하라."

한편 이귀남 법무부 장관은

"경찰의 의견을 듣고 합의안의 결과에 따라 이행하겠다. 모든 수사에 내사가 포함되지 않으며 공안 선거 사건 내사도 검사의 지휘 대상에 포함되지 않는다. 거듭 확인하였다."고 말했고,

조현오 경찰청장은 다음과 같이 말했다.

"합의서에 서명을 해도 다음 날 대검 간부가 언론 인터뷰에서 모든 수사에 내사가 포함되는 게 당연하다고 말하는 등 검찰 지휘부는 합의사항을 지킬 의사가 없는가 하고 의심이 들었다. 합의정신이 파기될 조짐이 있다고 우려된다."

오래 듣고 있던 박지원 의원이 다시 말했다.

"내사도 수사에 포함된다는 판례가 있다. 경찰이 '모든' 수사에 대해 검찰의 지휘를 받는다고 하면, 내사도 포함될 수 있다는 말이니이 부분은 삭제하든지, 아니면 내사를 포함하지 않는다고 명문화해야 한다."

이와 같이 검경 의견이 좀처럼 좁혀지지 않자, 우윤근 법사위원장은 여야의 입장 정리를 위해 정회를 선포했다.

그리고 법무부 장관은 의결 직전까지 이의를 제기했다. 우윤근 위원장은 이후 속개된 회의에서 형소법 개정안에 대해서 '모든 수사'는 그대로 존치하고 해당 시행령은 법무부령이 아닌 대통령령으로 하는데 합의했다. 이에 법무부 장관은 반대했으나, 여야는 의결을 강행했

다. 여야 의원들은 내사를 수사의 범위에 포함시키지 않는다는 부대 의견을 개선안에 적시할지 여부를 논의했지만, 여당 의원들의 반대로 속기록에 발언 내용을 남기는 선에서 마무리하기로 했다.

이날 〈연합뉴스〉 등의 언론에서는 다음과 같은 내용이 보도되었다.

- 회의에서는 경찰청 소관 상임위원인 행정안전위원회 이인기 위원장도 참석했는데 한나라당 의원임에도 불구하고 민주당과 입장을 같이하는 발언을 했다.
- 한나라당 의원들은 원안 통과를 주장하는 반면, 경찰 출신 이인기 행정안전위원장과 민주당 의원들은 두 조항의 수정을 요구하며 팽팽히 맞서다가 오후 6시 30분쯤 여야 합의를 통해 최종 합의에 이르렀다.
- 이날 법사위엔 경찰청 소관 상임위원인 행안위 위원장 이인기가 나와서 "행안위 위원의 만장일치로 채택된 수정 의견이 법사위에서 관철되지 않으면 부득이하게 30일 국회 본회의에 수정안을 제출할 수밖에 없다."며 한나라당 의원들을 설득하였다.

60여 년 만의 형사소송법 제196조 개정

6월 28일 법사위가 끝나고, 검찰은 밤늦게까지 긴급 간부회의를 개최하였다. 대검찰청이 공식 입장을 냈다. "절충안 의결에 충격을 금할 수 없다. 경찰의 집단 반발에 부딪혀 합의안의 중요 내용을 뒤집는 것은 합의정신에 위배되는 일이며, 떼를 쓰면 통하는 나쁜 선례를 만들었다."고 법사위 결정에 강한 이의를 제기했다.

대검은 또 "어렵사리 성사된 검경 합의가 법사위에서 깨졌지만, 당초 합의가 그대로 실현될 수 있게 국회 본회의에서 반드시 시정해야 한다."고 요구했다. 일부 지검에서는 몇몇 검사들이 "29일 중 최대한 빨리 긴급 판검사회의를 열어야 한다."는 제안서를 돌리기도 했다. 김영진 법무부 대변인은 "사개특위에서도 모두의 뜻을 존중하여 전원 일치로 통과시켰는데 법사위에서 수정안을 의결해 매우 당혹스럽고 유감스럽다."고 말했다.

이에 반해 경찰 내부의 반응은 엇갈렸다. 경찰청 대변인실 관계자는 "법무부 장관이 공안 선거 사건도 지휘 대상이 아님을 분명히 했고, 검찰청법 개정안을 통해 경찰의 복종 의무가 삭제되면서 검경 관계에도 변화가 있을 것"이라며 의미를 부여했다.

경찰 지도부는 법사위안을 수용하는 모습을 보였다. 대통령령으로 정하고, 요구사항이 반영됐고 '모든 수사'의 범위에 대해서도 국회 논의 과정에서 기준이 세워졌다는 판단에서다.

경찰 관계자는 다시 '모든 수사'란 경찰이 개시한 사건과 검찰이 경찰에 수사를 하라고 이첩한 사건을 의미한다고 명쾌히 정리된 만큼 검찰이 합의를 깨지 않을 것이라고 예측했다.

그러나 수사와 형사 분야에 근무하는 일선 경찰관 50여 명은 이날 오후 서울 송파구 방이동 호텔에서 긴급 토론회를 열었고, '모든 수사'란 말이 여전히 남아 있어 검사의 수사 지휘권이 무한정 확대될 수 있는 여지를 여전히 남겼다고 불만을 드러냈다.

6월 29일

오전에 홍만표 대검 기획조정부장이 사퇴 의사를 밝히고, 오후에 대검 검사장급 간부 전원과 김준규 검찰총장이 사퇴를 밝혀 검찰의 반발 수위가 시간이 지날수록 높아졌다. 이에 청와대 핵심 관계자는 "오전 회의 때까지만 해도 이 문제가 이렇게 확산될 것으로 보지는 않았기 때문에 심도 있게 논의되지 않았다. 청와대의 중재로 검경이 큰 틀에서 합의했던 사안인 만큼 앞으로 사태 추이를 좀 더 지켜보자."고 말을 전했다.

30일 본회의를 앞두고 검찰과 경찰의 의견이 포함된 수정안이 서로 맞대결하는 상황이 벌어질 수 있기 때문에 국회 내부에서 이런저런 소문이 나돌았다. 검찰 간부가 검사 출신 의원들을 찾아가 대통령령을 법무부령으로 변경하는 수정안을 제출해 달라고 로비를 한다는 구체적 정황이 들어왔다. 일부 의원들이 거절하자 검찰 출신 박민식 의원실에서 수정안을 내기로 했다는 말이 나돌기도 했다.

그러나 나는 분명히 했다. 형소법 개정안의 수정을 요구하며 뜻이 받아들여지지 않을 경우, 본회의에 수정안을 제출하겠다고 말을 전했다. 법사위에서 수사 지휘를 대통령령에 위임하기로 수정된 만큼 별도의 수정안을 내지 않겠다고 말한 것을 증거로 제시했다. 다만 검찰 쪽에서 법무부령으로 바꾸는 수정안을 낸다면 '모든'을 삭제하는 수정안을 다시 제출해 본회의에 심판을 받겠다고 말을 했다. 그 무렵 민주당에서는 "이인기 의원이 수정안을 내면 그 안을 당론으로 민다."고 결의를 했다고 하였다.

나는 민주당 의원들의 전원 협조와 한나라당의 행안위원을 포함한 다수 의원들의 협조를 받을 수 있는 여건을 만들어 놓았기 때문에 승리할 것이라 믿어 의심치 않았다.

6월 30일

검찰 쪽에서 수정안을 내느냐가 초미의 관심이었다. 거의 첩보전을 방불케 했다. 검찰 쪽의 수정안에 대비해서 나도 수정안을 준비했다. 민주당 의총에서 1시 30분경 본회의를 30분 앞두고 다시 회의를 했는데 '이인기 의원의 수정안이 나오면 찬성하는 것'으로 당론이 결집되었다.

드디어, 나는 오후 2시 본회의장에 들어갔는데 다행히 검찰 쪽에서 수정안을 내지 않았고, 박민식 의원이 반대 토론을 하기로 했다. 나역시 수정안을 내지 않았다.

민주당 유선호 의원은 다음과 같이 말했다.

"수사 사항을 법무부령이 아니라 대통령령으로 정하자는 내용에 대해서 대검 간부가 사표를 던지며 항의하는 초유의 사태에 대해 개탄하지 않을 수 없다. 개정된 내용은 여야 합의로 채택된 것이다."

민주당 정범구 의원도 다음과 같이 말했다.

"검찰이 대검 중수부 폐지를 압력과 로비로 좌절시키더니 검경 수사권 조정 문제도 조직적으로 항명하고 있다. 검찰이 국민의 머리 꼭대기에 올라앉아 나라를 호령하려고 한다. 검찰이 조직의 사활을 걸고, 이 문제에 몰두하는 것은 검찰의 조직 이기주의다. 검찰이 지금까지 단 한 번이라도 용공 조작, 인권 침해에 대해 사과한 적이 있는가."

나도 다음과 같이 말했다.

"검찰 개혁이라 부르기에 민망한 수준인 수사권 조정 문제에서조차 검찰의 눈치를 보면, 국민을 대표하는 국회라 할 수 없다. 수사는 어느 한 부처의 사안이 아니기 때문에 법무부령이 아닌 대통령령으로 정하는 게 맞다."

박민식 의원은 다음과 같이 말했다.

"합의안 원안은 국무총리실에서 검경이 어렵게 결과를 도출하고 사개특위가 만장일치로 의결한 것이다. 합의안이 잉크가 마르기도 전에 법사위가 월권해 원안을 수정한 현실에 개탄을 하지 않을 수 없다."

치열한 토론이 끝나고 표결에 들어갈 때 다들 눈치를 봤다. 나는 투표 직전 박근혜 대표님에게 찬성 버튼을 빨리 눌러 달라고 요청한 바 있다. 그래야 다른 중립적인 의원들의 찬성을 유도할 수 있다고 생각했기 때문이다. 아니나 다를까 박근혜 의원의 파란불이 들어오자, 파란불이 연속적으로 계속 들어오는 것처럼 보였다.

결국 재석의원 200명 가운데 찬성 175명, 반대 10명, 기권 15명의 압도적 표차로 가결되었다. 반대의원 10명 중 법조인 출신은 모두 5명이었다. 그 가운데 검찰 출신은 한나라당 박민식, 최병국, 이범관 의원이, 판사 출신은 자유선진당 이영애, 한나라당 김동성 의원이었다. 기권 표를 행사한 15명 의원 중 법조인은 한나라당 장윤석, 민주당 조배숙, 무소속 이인제, 최연희 의원 등 4명이었다.

이명박 대통령은 표결에 앞서 국민경제대책회의에서 "모든 이해를 달리하는 계층 간 마찰이 일어나 국민을 불안하게 만들고 있다. 힘을 가진 사람들이 싸운다고도 볼 수 있다."라고 말하며 사실상 검찰에 자제령을 내렸다.

통과 후 청와대에서 당연하다는 기류가 강했다. 청와대 관계자들은 "법무부령과 대통령령의 차이가 얼마나 크다고 검찰이 저런 반발을 하느냐. 임기를 불과 두 달 남겨 둔 검찰총장이 사퇴한다고 하는데 그게 무슨 말이 되냐."는 등 비판의 목소리가 높아 갔다.

김황식 국무총리는 다음과 같이 말했다.
"검경이 당초의 합의정신으로 돌아가 불필요한 논란을 자제하는 자세를 가져야 할 것이며 앞으로 진행될 대통령령 제정에 있어서도 수사 과정에서 인권 보호와 실체적 진실 발견이 함께 구현될 수 있도록 검경이 최선의 노력을 다해야 한다."

한나라당의 한 중진 의원도 다음과 같이 말했다.
"이처럼 이해 집단 간에 첨예하게 충돌하는 사안에 대해 국회가 한쪽 의견을 깔아뭉갠 것은 보기 드문 일이다. 검찰에 대한 반감이 얼마나 폭넓고 뿌리 깊은지 보여 주고 있다."

여기에 여야를 떠나서 국회의원 사이에 검찰에 대한 감정과 피해의식도 작용했다고 보인다. 검찰은 2010년 말 '청목회 불법후원금수사'로 본격화하면서 여야 의원 11명의 지역구 사무실 등을 동시다발적으로 압수수색하면서 국회의 자존심을 건드렸다.

1954년 형소법 제정 이후, 철옹성 같은 형소법 제196조가 처음으로 개정되었다. 나는 이제 겨우 두터운 벽이 조금 허물어졌다고 생각했다. 그날 밤 만감이 교차하였다. 한편, 앞으로 닥쳐올 불이익에 불길한 예감이 들기도 했으나 홀가분한 마음이 더 컸다. 조현오 경찰청장과 박종준 차장(현 경호실 차장), 이철규 정보국장(그 후 경기지방경찰청장 재직 중 저축은행 로비 건으로 구속되었으나, 대법원에서 무죄 확정)의 노고에 대해 높이 평가하고 싶다. 헌신적인 노력에 경의를 표한다.

국회의원 12년 동안 여러 경찰청장을 만나 수사권 독립에 앞장서야 되지 않느냐고 종용했으나 대다수의 경찰청장들은 소극적이었다. 이에 반해 허준영 경찰청장, 조현오 경찰청장은 적극적이었다. 물론 나름대로 사정이 있었을 것이다. 그러나 나는 이런저런 핑계를 대는 그들에게 "청장의 임기는 제한되어 있고 잠깐이다. 경찰 역사에 족적을 남기는 일을 해야지, 그날 그날 하루를 보내서야……." 하고 말했다.

이후 나는 7월, 8월 두 달 동안 전국 지방경찰청을 격려차 방문했다. 대통령령으로 시행령을 만들어야 하는데 경찰의 의견이 적극 반영되어야 한다고 말했다. "경찰의 위상이 올라가려면 국민의 사랑과 지지를 받아야 하며, 국민의 경찰이 되어야만 한다. 인권 보호에 더 노력해서 국민의 신뢰를 받아야 한다."고 말하며 경찰들을 격려하고 여러 의견들을 경청했다.

대통령령을 만들려면 경찰과 검찰이 회의를 해서 합의안을 도출해내야 한다. 법무부령은 일방적으로 만들 수 있지만, 대통령령은 합의해서 만들어야 한다. 그러나 총리실에서는 7~10월까지 4개월을 '허송세월' 하다가 11월이 되어서야 검경이 한두 번 정도 회의를 하고 합의가 안 된다며 검찰이 준비해 온 안을 거의 수용하여 대통령령을 만들어 버렸다.

11월 23일

나는 결국 행안위에서 의결하여 총리실에 결의문을 넘겼다.

〈형사소송법 개정 취지에 부합하는 검사의 수사 지휘에 관한 대통령령 제정 촉구 결의문〉

지난 2011년 6월 〈형사소송법〉이 개정되면서 검사의 경찰 수사 지휘에 관한 구체적인 사항은 대통령령으로 정하도록 하였고, 이러한 개정 취지는 수사에 있어 견제와 균형을 통해 국민 인권을 보호하고 검경 관계를 개선하여 경찰 수사의 책임성과 경쟁력을 높이고자 함에 있다.

그러나 검사의 지휘 범위를 규정하기 위한 대통령령이 제정되는 과정에서 경찰이 보유하고 있던 내사에 관한 권한이 대폭 축소되는 등 국무총리실이 조정한 내용으로 입법 예고될 예정이다.

이에 우리 행정안전위원회는 지난 6월 형사소송법 개정 취지에 부합하게 검사의 수사 지휘에 관한 대통령령을 제정할 것을 촉구하며,

현재 논란이 되고 있는 대통령령 제정안이 입법 예고되어 검경 간 갈등을 촉발하고 국민을 불안하게 하는 일이 없도록 할 것을 강력히 촉구하며, 다음과 같이 결의한다.

- 국무총리실에서 준비 중인 대통령령안의 입법 예고를 유예할 것을 촉구한다.
- 검경 간의 충분한 협의를 통해 형사소송법 개정 취지에 맞게 대통령령을 제정할 수 있도록 재논의할 것을 촉구한다.

국무총리실이 경찰의 내사를 검찰이 제한할 수 있도록 하는 검경 수사권 조정안을 발표하자 전체 수사경과 경찰관의 10% 이상이 경과를 집단적으로 반납하는 등 거세게 반발하게 되었다. 정치권 역시 여야 할 것 없이 모두 경찰 측에 힘을 실어 주자며 문제 해결을 촉구했다.

경찰청 수사구조개혁단은 11월 24일 낮 12시까지 수사경과 경찰관 22,000명 중에 2,747명(12.5%)이 수사경과 해제 희망원을 제출하였다고 했다. 매우 정확한 집계는 아니었지만, 오후에 이런 상황이 줄기차게 이어졌다. 줄잡아 5,000명 이상은 제출했을 것이다.

치안감 이상 경찰 간부가 총사퇴를 해서라도 조정안 통과를 막고 경찰의 분노를 알려야 했다. 여야 정치권도 국무총리실의 조정안이 지난 6월 개정안 형소법의 취지를 살리지 못하고 있다고 성토했다.

이에 한나라당 홍준표 대표는 최고위원회의에서 "검찰이 경찰의 내사 사건까지 지휘하겠다는 것은 적절치 않다. 내사사건은 경찰에 전권을 주는 것이 옳으며 국무총리실의 수사권 조정안은 이 부분에 관해 재검토해야 한다."고 말했다.

김진표 민주당 원내대표 역시 "검찰이 경찰 통제권을 더 강화하겠다는 것인데 일방적으로 검찰 편을 들었다."고 말했고, 민주당 김유정 대변인은 "어렵사리 이루어진 여야 간 합의를 깡그리 무시한 결정"이라고 말했다. 그러나 청와대는 조정안 성격상 검찰, 경찰 어느 쪽도 만족할 수 없고, 되돌리기는 어렵다고 전해 왔다.

11월 25일

한나라당 김정권 사무총장은 주요 당직자회의에서 "수사 범위를 시행령에서 임의로 확대하는 것은 행정 입법의 범위를 벗어나는 것이고 형소법 개정 취지에 어긋난다. 지난 6월 사개특위에서 이귀남 법무부 장관이 경찰의 내사는 수사 범위에 들어가지 않는다고 분명히 말했다. 형소법 개정 취지와는 다르게 국민에게 권력 다툼의 모양새로 비춰지는 것은 바람직하지 않다."고 언급했다.

형소법을 개정할 시에는 국회가 주도할 수 있어 입법 과정에 적극적으로 관여할 수 있었으나, 대통령령은 국회 밖의 정부의 몫이고, 다시 말해, 나는 형소법 개정에 따른 대통령령이니 대통령이 문제를 해결해야 한다고 생각했다. 그런데 지난 6월 형소법을 개정할 때와는 달리 청와대와 총리실에서 대통령령 제정에 검경 간에 합의를 위한 노력을 그다지 하지 않았고, 그 의지도 부족해 보였다. 그때 많은 여야 의원들이 대통령령을 만들면서 형소법의 취지에 그렇게 어긋나면 서까지 할 줄은 전혀 예상하지 못해서, 이명박 대통령에 대한 실망과 원망이 매우 컸었다. 그래서 나는 다시 11월 29일에 토론회를 개최할 것을 제안했다.

11월 28일 한나라당 홍준표 대표는 "이명박 대통령을 만나서 검찰의 과잉 수사는 옳지 않고, 경찰에 내사와 내사 종결에 관한 전권을 줘야 한다고 말씀드렸다. 다만 경찰의 내사 과정에서 인권침해나 금품수수 등 잘못이 드러날 때는 내사 기록을 검찰에 제출하게 해 사후 통제를 하면 된다고 말씀드렸다."고 했다.

11월 29일

나는 11월 29일 민주당 최인기 의원과 합동으로 〈형소법 개정 대통령령에 대한 토론회〉를 개최했다.

축사에서 나는 다음과 같은 말을 했다.

"이번 검경 수사권 조정안은 경찰의 수사 주체성을 명확히 명문화해 수사기관의 책임성을 높이고 검경 간 명령 복종 관계를 삭제해 변화된 시대에 맞게 양측 관계를 재정립하려는 형소법 개정 취지와 국민의 요구를 철저히 무시한 것이다. 5개월이라는 시간을 줬는데도 검경 대면 토론을 겨우 한 번 한 후 일방적으로 강제안을 만들어 발표했다. 이렇게 갈등을 일으킨 국무조정실장은 국민에게 사과하고 물러나야 한다."

한림대 박노섭 교수도 다음과 같이 말했다.

"검사의 수사 지휘에 관한 내용만 대통령령에 위임하고 있을 뿐인데 대통령령이 수사에 관한 사항까지 확장한다면 위임의 한계를 훨씬 넘어서게 돼 헌법이 보장하는 법률주의 원칙에 어긋난다. 법률로 명시적으로 규정되어 있지 않은 내사를 포함하는 수사의 개념, 입건 지휘, 수사 사무의 위임, 송치 명령 등에 관한 대통령령은 위임 입법의 한계를 벗어난다."

경찰청 이세민 수사구조개혁단장도 다음과 같이 말했다.

"총리실의 조정 과정에서 절차적인 문제점이 있었고 내사에 관한 검사의 광범위한 개입, 수사 중단, 송치 명령, 선거 공안 사건에 내사 입건 지휘는 경찰 수사 주체성을 규정한 개정 형소법의 정신에 위배된다. 경찰 수사에 대한 검사의 일방적 수사 지휘 구조로 되어 있어서 현행 형소법 체제에 문제가 있는 만큼 근원적인 해결을 위해 국회 논의를 통해 형소법을 개정해야 한다."

검찰 측에서는 "경찰이 주장하는 내사까지 포함한 모든 수사 활동에 내사 지휘권은 형소법상 검찰에 있다."고 말했으나, 권재진 법무부 장관은 "국민을 위한 합리적 결론을 도출할 것으로 기대한다. 수사권을 두고 국민 입장의 큰 틀에서 생각하자는 것은 경찰도 인식을 공유하는 만큼 여러 가지 형식으로 다양한 의견을 들을 준비가 되어 있다."고 말했다.

나는 이주영 정책위의장에게 "대통령령이 잘못 만들어지고 있으니,

한나라당에서 나서야 하지 않겠느냐."고 재차 물었으나, 이주영 의장으로부터 "지금 손을 쓸 수 없다. 너무 늦었다."는 대답만 들을 수 있었다. 그리고 나서 사개특위 의원들이 따로 모임을 하는 듯한 움직임이 있었다.

12월 22일

나는 다시 보도자료를 내고 다음과 같은 내용의 기자회견을 했다. 검찰이 경찰의 수사 개시 진행권의 본질을 침해하고 있다. 선거 공안 범죄의 경우 경찰이 수사를 개시할 때 검사의 지휘를 받아, 경찰이 진행 중인 사건에 대해서도 검찰이 수사 중단이나 송치를 지시할 수 있어 수사의 중립성을 훼손할 수 있다. 그리고 수사 중단, 송치 명령은 그동안 검찰의 제 식구 감싸기나 경찰 사건 가로채기로 악용되어 왔다. 나아가 내사에까지 검사의 개입과 통제를 허용하면 검찰이 범죄 정보권까지 손에 넣게 된다고 말이다.

12월 23일

나는 대통령 비서실장에게 제정 촉구 결의안을 올렸다.

〈검사의 수사 지휘에 관한 형사소송법 개정 취지에 부합하는 대통령령 제정 촉구 결의안〉

국회는 지난 2011년 6월 30일 〈형사소송법〉과 〈검찰청법〉을 개정하여 경찰의 수사 개시·진행권을 명문화하고, 검찰과 경찰 간의 일방적인 명령 복종 관계를 폐지하였다.

이러한 〈형사소송법〉과 〈검찰청법〉의 개정 취지는 수사에 있어 검경 간의 견제와 균형을 통해 국민 인권을 보호하고, 경찰의 범죄 수사에 대한 책임성과 경쟁력을 높이고자 함에 있다.

그러나 경찰의 수사 개시 · 진행권을 보장한 〈형사소송법〉의 개정 취지와 달리 입안 예정인 검사의 수사 지휘에 관한 대통령령은 검찰이 경찰 수사를 중단시킬 수 있도록 하는 등 경찰의 수사 개시 · 진행권을 형해화하고, 경찰의 수사 권한을 대폭 축소하는 내용으로 추진되고 있다.

이는 수사권에 대한 검경 간 견제와 균형을 불가능하게 하며, 검경 간의 갈등 조장을 통해 국민을 불안하게 할 뿐만 아니라 국회가 개정한 〈형사소송법〉의 취지를 무력하게 하는 것이다.

이에 우리 행정안전위원회는 현재 검사 수사 지휘에 관한 대통령령 제정을 보류하고, 다시 검경 간의 충분한 논의를 통해 〈형사소송법〉 개정 취지에 맞는 대통령령을 제정할 것을 촉구하며, 다음과 같이 결의한다.

1. 총리실에서 입법 예고한 대통령령은 경찰의 수사 개시 · 진행권을 명문화한 형사소송법의 개정 취지에 부합하지 않으므로, 대통령령의 제정을 보류할 것을 촉구한다.

① 수사가 아닌 내사 단계의 기록도 검찰에 송부하도록 한 것은 기존의 검찰의 수사 권한을 오히려 강화하는 것인 바, 수사권의 견

제와 균형이라는 형사소송법의 개정 취지에 반하는 것이다.

② 대공·선거 범죄 등 중요 범죄의 경우 수사 개시부터 검사의 지휘를 받도록 한 것은 형사소송법상 경찰의 수사 개시권을 침해하는 것이다.

③ 경찰 수사에 대한 검사의 수사 중단·송치 명령은 형사소송법상 경찰의 수사 진행권을 침해하는 것이다.

2. 국민의 신뢰를 회복하고 수사권의 견제 및 균형이라는 〈형사소송법〉 개정 취지에 부합할 수 있도록 검경 간 충분한 협의 후 대통령령을 제정할 것을 촉구한다.

마침내 2011년 12월 27일, 국무회의에서 대통령령이 통과되었다. 기나긴 싸움이었고, 힘겨운 나날들이었다. 그때의 감회는 말로 다 형용할 수 없다. 물론 형소법이 완전히 바라던 대로 개정된 것은 아니었지만, 소기의 목적은 이루었다는 것에 만족해야 했다. 그리고 나는 여러 가지 교훈과 깨달음을 얻었다. 가장 먼저 대통령은 국가의 지도자로서 갈등이 있고 어려울 때는 얼버무리려고 하지 말고 결단을 내려서 무엇이 정의이고 헌법 가치에 부합하는가 그 잣대로 신속하고 정확하게 판단해야 한다는 것을 느꼈다. 그러나 이명박 대통령은 대통령령이 형소법의 입법정신에 명백히 위배됨에도 불구하고, 우유부단하여 결단을 내리지 못하는 것을 보고 많이 안타까웠다.

국회에서는 권력의 분산, 견제와 균형 등 헌법적 가치를 지키기 위해서 국회의원들이 힘을 모아 주고 있었으나, 국회 밖으로 나가서 살펴보면 권력의 분산과 견제와 균형을 지원해 줄 행정부 내의 인적자원이 없다. 더욱이 경찰이 국민의 지지와 사랑을 받기 위해서 뼈를 깎는 노력을 해야 한다는 것 역시 교훈으로 얻었다.

그래서 나는 결심하기를, 이 잘못된 시행령을 바로잡기 위해서라도 형사소송법을 추가로 개정해야겠다고 마음먹고 다시 개정안을 준비했다. 아직 제출하지는 않았지만, 개정안을 준비한다는 말을 검찰이 듣고 누가 서명했는지, 언제 낼 것인지 등을 아주 궁금해했다. 그러나 이 법안은 2012년에 들어와서 18대 국회가 끝날 무렵이기 때문에, 법안을 만들어 놓고 제출하지는 못했다.

〈제안 이유〉

2011년 6월 30일 국회는 형사소송법과 검찰청법의 개정을 통해 사법경찰관에게 수사 개시·진행권을 부여하고 검사의 직무상 명령에 대한 사법경찰관의 복종 의무를 폐지하였으며, 사법경찰관에 대핸 검사의 수사 지휘는 이러한 입법 취지를 존중하여 행해져야 함.

그러나 형사소송법 제196조 제3항의 위임에 따라 수사 지휘의 구체적 사항을 정하기 위해 제정된 대통령령은 경찰 내사 통제, 입건 여부 지휘, 수사 중단·송치 명령을 가능하게 하는 등 경찰의 수사 개시·진행권을 침해하고 수사 이외의 사항까지 지휘 영역을 확대하여 광범위한 영역에서 법률의 위임 범위를 초과하고 있음.

따라서 이번 개정 법률안을 통해 사법경찰관에게 수사 주체성을 부여하고 사건 송치 전 단계에서 검사의 수사 지휘권을 배제하여 경찰의 독자적 수사권을 인정하되, 송치 후 검사의 보완 수사 요구권을 인정하여 경찰 수사권 남용에 대한 우려를 불식하는 한편, 검사가 각종 영장·허가서를 청구하지 않은 경우나 검사의 위법·부당한 보완 수사 요구에 이의를 제기할 수 있도록 하여, 궁극적으로 견제와 균형의 원리가 정상적으로 작동되는 수사 구조를 만들고자 함.

〈주요 내용〉

- 사법경찰관은 범죄의 혐의가 있다고 인식하는 때에는 수사를 하여야 한다는 의무규정을 신설하여 사법경찰관의 수사 주체성을 인정하고, 국가경찰공무원의 사법경찰관리의 범위는 〈경찰법〉에서 정하도록 함(안 제195조)
- 검사와 검찰청 직원에 의한 수사는 다른 사법경찰관리의 수사와 별도로 규정함(안 제196조)
- 검사와 사법경찰관리는 수사에 관해 서로 협력하도록 하고(안 제196조의 2 제1항 신설), 수사 및 공소 유지 등을 위해 상호 협조가 필요한 사항은 검찰총장과 경찰청장이 협의하여 정하도록 함(안 제196의 2 제2항 신설)

표적 수사
—공천 탈락

2012년 2월 17일경, 새누리당은 공천을 앞두고 지역 여론조사를 통해 공천을 결정하기로 되어 있었다. 이에 따라 국회의원 출마 후보자들은 자기들의 지지율을 높이기 위해서 지역구에서 지지 호소를 해야 할 상황이었다. 그러던 차에 난데없이 대구지검 서부지청으로부터 확인할 일이 있으니 출석해 달라는 전화를 받았다. 나는 재차 무슨 일이냐고 물었으나, 검찰에서는 나와 보면 안다는 식으로만 대답해 왔다. 그래서 나는 2월 29일 중앙선거관리위원 인사청문회가 있는데 내가 위원장이라서 회의를 진행해야 하니 인사청문회 끝나고 가면 안 되겠느냐고 동의를 구했더니, 내 부탁을 승낙해 주었다.

2월 22일이었다. 지역구에서 선거 준비를 하고 있는데, 지역 TBC 방송에서 〈이인기 의원 검찰에서 공직 선거법 위반으로 소환〉이라는 보도를 하였다. 놀라 확인해 보니, 한겨레신문 2월 23일자 신문에 크게 기사가 실리게 되어 있었다. '그동안 우려했던 바가 드디어 현실화되는구나.' 라는 불길한 생각이 들었다. 검찰에서 보복을 시작해 온 것이었다. 23일자 한겨레신문을 살펴보니 단위농협 총회장 등에서 내가 축사를 했는데 그것이 문제라는 내용이었다.

2월 23일 조선일보, 중앙일보, 동아일보, YTN, TV 방송 등 언론지와 방송에서도 〈선거법 위반, 검찰 소환〉이라는 기사가 대서특필되었다. '선관위나 경찰이 아니라 검찰에서 소환하는 것을 보니 이인기 의원이 뭔가 큰 잘못을 한 것이 아닌가' 하고 소문이 지역에 급속히 나돌았다. 이대로 지역구에 가만히 있는 것은 아무런 도움이 될 것 같지 않았다. 나는 곧바로 상경하였다.

〈검(檢), 새누리 이인기 의원 소환 통보〉
—동아일보 2012년 2월 23일 목요일

지역구서 사전선거운동 혐의
검경 수사권 분쟁 후폭풍 설(設)도

대구지검 서부지청은 22일 선거구민을 상대로 4.11 총선에서 지지를 호소하는 발언을 한 혐의(공직 선거법 위반)로 국회 행정안전위원회 위원장인 새누리당 이인기 위원(59, 경북 고령·성주·칠곡)에게 소환을 통보했다.
검찰에 따르면 이 의원은 예비 후보로 등록하기 전인 지난달 초 선거구인 경북 성주군의 한 교회에서 신도들에게 "선거에서 잘 부탁한다."는 취지의 발언을 한 혐의를 받고 있다. 또 비슷한 시기 성주농협 직매장에서 자신에 대한 지지를 부탁한 것으로 알려졌다. 이 의원은 이날 국회 일정을 이유로 소환에 불응했다. 이 의원 측은 "중앙선거 관리위원회 위원 인사청문회 관계로 29일까지 출석이 불가능하다." 며 "사전 선거운동이 아니라 일반적인 의정 활동에서 축사를 한 정 도"라고 해명했다.

경찰 내부에서는 제일저축은행 로비 의혹으로 21일 이철규 경기지 방경찰청장이 검찰 출석 통보를 받은데 이어 경찰 출신인 이 의원까 지 검찰 조사 대상에 오르자 '검경 수사권 분쟁 후폭풍'이 아니냐는 말도 있다. 치안본부(현 경찰청) 기획과장을 지낸 이 의원은 지난해 검경 수사권 조정과 관련된 형사소송법 개정 과정에서 경찰 입장을 대변하며 법 개정 작업을 주도했다.(대구 윤희각 기자, 신광영 기자)

〈사전 선거운동 혐의/새누리당 이인기 의원/대구지검, 소환 통보〉
—조선일보 2012년 02월 23일 목요일

대구지검 서부지청은 4.11 총선을 앞두고 사전 선거운동을 벌인 혐의로 새누리당 이인기(59, 경북 고령 · 성주 · 칠곡) 의원에게 검찰 에 나와 조사 받으라고 통보했다고 22일 밝혔다.

검찰에 따르면, 이 의원은 예비 후보로 등록하기 전인 지난달 초 선 거구인 경북 성주군의 한 교회에서 "선거에서 잘 부탁한다."는 지지 를 부탁하는 발언을 하고, 비슷한 시기 성주농협 직매장에서 자신에 대한 지지를 부탁한 혐의를 받고 있다.

검찰 관계자는 "지역 선거관리위원회가 이 의원이 발언한 내용을 담은 동영상과 녹음 자료를 확보해 수사 의뢰함에 따라 이를 확인하기 위한 차원"이라고 말했다. 국회 행정안전위원회 위원장인 이인기 의원은 이날 국회 일정을 이유로 소환에 불응한 것으로 알려졌다.

(대구 최재훈 기자)

〈검찰, 경찰 출신 이인기 의원 소환 통보〉
—한겨레신문 2012년 02월 23일 목요일

총선 후보 등록 전 지역구서 사전 선거운동 혐의
동영상 · 녹음파일 확보… 이 의원 "의정 활동 일부"

이 의원은 오는 4월 치러질 제19대 국회의원 예비 후보로 등록하기 전인 지난 1월 자신의 지역구인 경북 성주 소재 교회에 찾아가 예배하러 온 신도들과 악수를 하며 "잘 부탁한다."는 취지의 발언을 하고, 2월 초에도 성주농협 정기총회장에 찾아가 돌아오는 총선에서 자신을 지지해 달라고 부탁하는 발언을 한 것으로 전해졌다.

나는 이러한 신문 기사를 보고, 보도가 될 만한 가치도 없는 내용인데 어떻게 보도를 하게 되었는지 의문이 들었다. 한겨레신문에서는 서울중앙지검 법조 출입 기자가 정보를 얻어 국회 출입 기자에게 넘겼고, 지방 언론에는 대구지검의 간부가 22일 기자들을 불러서 소환하는 내용을 알려 주었다고 한다.

〈새누리 공천 경쟁, 검경 갈등으로 얼룩〉
—내일신문 2012년 02월 24일 금요일

수사권 조정으로 불거진 검찰과 경찰의 갈등이 새누리당 공천 경쟁에 영향을 미친 것이 아니냐는 우려가 나오고 있다. 수사권 조정 갈등 당시 경찰 쪽 입장을 대변했던 이인기 새누리당 의원에 대해서는 검찰이 수사를 하고 있다.

이 의원은 "일상적인 의정 활동의 연장선상에서 '예배 잘 봤다'고 말하고 축사했을 뿐"이라며 "적극적인 지지를 부탁하는 얘기는 아예 없었다."고 해명했다.

경찰 출신이면서 수사권 조정 과정에서 적극적으로 경찰 입장을 대변한 이인기 의원에 대해 검찰은 공세적으로 수사하고 있고, 이 의원이 검찰 수사에 대해 "당락에 결정적인 영향을 미치지 않을 정도의 내용을 공천심사 과정에서 흘리는 것은 보복성"이라고 반발하는 것은 이 때문이다.

〈선거법 위반 혐의 이인기 의원 소환 통보〉
—영남일보 2012년 2월 24일 금요일

〈검찰, 선거법 위반 이인기 이어 진정사건 주성영 소환-두 의원 모두 18대 국회서 검찰 개혁 목소리 높여〉
—조선일보 2012년 2월 25일 토요일

대구지검 서부지청은 앞서 22일 이인기(59, 경북 고령·성주·칠곡) 의원을 사전 선거운동 혐의로 소환 통보했었다.

두 의원은 공교롭게도 18대 국회에서 검찰의 이익에 반하는 활동을 했다. 경찰 출신인 이인기 국회 행안위원장은 작년 수사권 조정 논란 당시 경찰의 독자 수사권 강화, 검찰의 내사 지휘 반대 등을 주장하며 경찰 편을 들었다. 이 때문에 새누리당 일각에서는 "검찰이 보복 차원에서 두 의원을 수사하는 것 아니냐."는 얘기가 나왔다.

〈검찰 개혁 앞장선 의원 겨냥한 검찰의 보복?〉
—한겨레신문 02월 27일 월요일

이인기 소환 통보… 시점 등 석연찮아 민주당도 "선거 개입이고 정치 공작 냄새 진하다."

검찰 개혁에 앞장섰던 의원들을 검찰이 손보고 있나? 여의도 국회 주변에서는 "그렇다."는 답변이 압도적이다.

경찰 출신으로 경찰 수사권 부여 등에 앞장섰던 이인기 의원은 이 달초 지역구 단위농협 총회의 축사 등과 관련해 사전 선거운동 혐의를 받고 있다. 이 의원 쪽 한 관계자는 이날 "선관위 녹취록에 있듯이 축사 내용에 아무 문제가 없는데도 마치 수사 의뢰를 당한 것처럼 검찰에서 언론에 흘렸다."며 "이는 당 공천을 위한 여론조사를 앞두고 검찰이 이 의원의 공천 탈락을 노리고 있는 증거"라고 말했다.

앞서 검찰 개혁 작업이 한창이던 지난해 6월에도 사법개혁특위 위원장인 이주영 새누리당 의원 등에 대한 검찰의 계좌 추적설 등이 설득력 있게 나온 바 있다.

〈야(野) 의원들에 검(檢) 비판 가세〉
—동아일보 2012년 2월 28일 화요일

예비 후보 등록 전 교회에서 인사를 하며 지지를 부탁했다는 선거법 위반 혐의로 소환 통보를 받은 새누리당 이인기 의원도 동아일보와의 통화에서 "공천위의 여론조사를 앞두고 선관위의 고발이나 수사 의뢰도 아닌 구두 경고를 받은 경미한 사안에 대해 검찰이 갑자기 수사에 나섰다."면서 "검찰이 선거에 영향을 끼치고 있다."고 주장했다. 경찰 출신의 이 의원은 경찰의 수사권 독립을 추진해 왔다.

3월 5일 한나라당에서 일부 지역 공천자를 발표하였다. 그리고 발표하지 않은 나머지 지역에 대해서는 앞으로 어떻게 공천할 것인가 방법을 발표하였다. 전략 지역으로 설정하거나 경선 혹은 심사를 하는 방식으로 공천을 하겠다고 말이다. 그러나 고령·성주·칠곡 지역은 어떤 방법으로 공천을 하겠다는 발표 자체가 누락되었으므로, 불길한 예감이 들기 시작했다.

나는 2월 27일과 2월 29일, 그리고 3월 15일 공천심사위원회에 세 차례 소명서를 제출하였다. 그리고 공천과 관련하여 뭔가 크게 잘못되었다는 생각이 들었다. 당에서는 공천을 위한 자료를 모으기 위해 여론조사를 실시하게 되는데, 여론조사는 공정해야 한다. 그러나 사전에 검찰 조사를 받게 된다는 내용을 언론에 흘려보내니, 그 자체가 불공정한 절차가 아닌가 하고 강한 의문이 들었다. 여론조사를 앞두고 검찰에 소환된다는 보도를 들었으면 여론조사 시 그 사람을 지지하기는 어려울 것이다. 이것은 마치 복싱 선수에게 발목을 묶고 링에 올라가 불공정하게 시합하라는 것과 같은 것이다.

〈소명서〉

2012. 02. 24~2012. 02. 28 기간에 새누리당에서 실시한 경북 고령 · 성주 · 칠곡 지역 여론조사의 객관성 및 공정성에 간과해서는 안 될 큰 문제가 있어 소명하고자 합니다.

본 의원에 대한 2011. 02. 22~2011. 02. 25 동안 언론에 보도된 '사전 선거운동 혐의 이인기 의원 대구지검 소환 통보' 는 검경 수사권 조정 문제와 관련한 본 의원의 의정 활동에 대한 검찰의 명백한 정치적 보복, 정치적 탄압 차원에서 이루어진 것으로밖에 볼 수 없습니다. 특히 여론조사 기간에 맞춰 집중적으로 여러 언론을 통해 보도케 한 것은 여론조사의 공정성을 현저히 훼손한 것이었습니다.

더군다나 검찰 소환 운운의 이번 사안은 지역구 국회의원으로서의 일반적인 의정 활동의 범주에 속하는 것으로 사전 선거운동도 아니었습니다. 본 의원이 2012. 02. 02, 오전 11:00 성주군 대가농협 정기총회에서 축사를 한 것을 상대 후보 측에서 검찰에 신고한 것으로 추정됩니다.(현장에 상대 후보 처가 있었음) 당시 대가농협 정기총회 현장에 도착했을 때에는 이미 총회가 진행되고 있었으며, 본 의원의 참석을 인지한 조합장이 축사 시간을 만들어 주어 본 의원이 축사한 것입니다. 축사 내용은 한 · 미 FTA, 한 · 중 FTA, 한우값 폭락에 대한 대책 등이었습니다.

당시 현장에는 녹취 및 녹화를 위해 성주군 선거관리위원회 소속

직원들이 있었으며 현장 선관위 입장은 지역구 국회의원으로서 의례적인 축사의 범주이나 가볍게 구두 경고를 한 바 있습니다. 단위농협에서 지역구 국회의원의 축사가 문제가 될 수 있었다면 이는 선관위 차원의 경고 혹은 현장에서의 구두 경고사항으로 처리할 사안이고 이미 현장에서 구두 경고가 이루어졌습니다.

또한 언론에 보도된 내용 중 '지난달 초 성주군 한 교회에서의 지지 호소 발언'의 내용은 지역구 국회의원으로서 의례적인 교회 방문에 대한 문제 제기입니다. 정확히 문제되고 있는 교회가 어디인지 모르겠으나 저희 시골 교회에서는 통상적으로 12:10~20분 예배를 마치면 목사님, 장로님 옆에 서서 예배를 끝낸 교인들에게 "오늘 예배를 잘 봤습니다."라며 의례적으로 인사를 한 것에 불과합니다.

더욱이 성주군 선거관리위원회 및 경북선거관리위원회는 본 사안을 검찰에 수사 의뢰한 적이 없음을 확인하였습니다.

02. 17 검찰로, 02. 22 출석하라는 요구서가 도착하여 검찰 측에게 구두 및 서면(02. 21)으로 중앙선거관리위원회 후보자 인사청문회 건(02. 23, 02. 29)으로 인해 출석이 어려우며, 국회 일정을 마친 이후에 출석을 하겠다고 밝힌 바 있습니다. 물론 검찰 쪽에서 그렇게 하라고 하였습니다. 하지만 검찰 측에서는 22일 악의적으로 지역방송을 시작으로 언론사에 본 의원에 대한 소환 통보가 이루어졌고 불응했다는 내용을 알렸습니다.

경북 지역에서는 이미 언론 보도를 통해 새누리당의 여론조사가 02. 23부터 며칠간 이루어질 것으로 알려져 있었습니다. 검찰에서는 당 여론조사 기간을 앞두고 악의적으로 언론에 소환 통보했다는 것을 보도되게 함으로써 여론조사에 영향을 미치고자 하는 명백한 목적을 가지고 있다고밖에 볼 수 없습니다. 그로 인해 본 의원에 대한 심각한 피해를 끼친 것 또한 자명한 사실입니다.

02. 22 이후 TV·라디오 방송 및 신문의 보도 등으로 주민들은 선관위, 경찰도 아니고 검찰에서 소환하는 것을 보니 큰 사건이 있는 것 같다는 소문이 퍼져 02. 23 이후부터는 선거운동을 더 이상 지속할 수 없어 사실상 중단한 상태입니다. 본 의원도 지역의 활동을 중단하고 상경해 대응 중에 있습니다. 주민들은 소환의 내용보다는 검찰 소환 자체에 크게 반응을 보이고 있습니다.

지난 18대 한나라당 공심위(안강민 위원장)에서도 경찰 출신인 본 의원에게는 공천을 주지 않았습니다. 당시 본 의원과 공천 경쟁을 펼치던 주진우 전 의원이 도덕성 문제로 인해 탈락했음에도 친박이라는 이유로, 경찰 출신이라는 이유로 공천을 주지 않고, 공천 신청을 하지도 않은 제3자 ㅇㅇㅇㅇ에게 공천을 준 바 있습니다. 그때 본 의원은 공천을 빼앗긴 것입니다.

지난 17대, 18대 국회에서 경찰의 수사권 독립을 위해 형사소송법 개정안을 주도했고, 2011년 형사소송법 대통령령 제정에 있어 정부의 강제 합의안에 대한 재논의 요구에 앞장서 왔던 본 의원에 대한 검찰의 연속된 정치적 보복, 정치적 탄압으로 볼 수밖에 없습니다.

전국의 13만 경찰과 120만 대한민국재향경우회 회원들은 이러한 검찰의 정치 보복에 많은 우려를 하고 있습니다.

여론조사를 앞두고 공정한 경쟁을 할 수 있어야 하는데 위의 악의적인 보도로 인해 링 위에 올라간 권투 선수 한 사람에게는 팔, 다리를 묶어 놓고 시합을 하라는 것과 같지 않겠습니까?

견제와 균형, 국민 편리 증진, 권력 분산을 통한 인권 신장을 위해 경찰과 검찰의 수사권 조정은 반드시 필요하다는 것은 저의 정치적 신념입니다. 어떠한 탄압과 강압 속에서도 저는 저의 정치적 신념을 저버리거나 정도(正道)를 포기하지 않을 것입니다.

본 의원은, 첫째, 검찰의 정치 보복, 정치 탄압으로 얼룩져 버린 이번 새누리당의 고령 · 성주 · 칠곡 1차 여론조사에 대한 결과를 받아들일 수 없습니다.

둘째, 향후 2차 여론조사 실시를 중단해 줄 것을 요청합니다. 어떤 불법적인 사실도 없는데도 소환이라는 절차를 남용해 큰 상처를 주어야겠다는 검찰의 의도에 휩쓸리는 결과가 예상되기 때문입니다.

셋째, 여론조사, 경선 이외의 방법으로 후보자 공천을 결정해 줄 것을 요청합니다.

넷째, 본 의원에게 공직후보추천심사위원회 공식적인 진술 기회를 줄 것을 요청합니다.

다섯째, 본 의원은 02. 29 중앙선거관리위원회 후보자 인사청문회 이후 검찰의 2차 소환에 응할 수 없습니다. 2차 소환에 응하면 또다시 검찰 소환이라는 언론 보도가 이루어질 것이고, 응하지 않는다면 불응했다는 내용으로 언론에 보도될 것이기 때문입니다.

2012. 02. 29
국회 행정안전위원장 새누리당 고령·성주·칠곡 국회의원 이인기

〈감히 우리를 건드려? 검찰의 '교묘한' 보복〉
—한겨레신문 2012년 3월 6일

검찰 개혁 추진에 이인기·주성영 의원 연이어 소환 통보
언론에 소환 사실 흘리기도… 주 의원 "반드시 개혁해야"

새누리당 공천 심사를 위한 경북 지역 1차 여론조사가 지난달 23일부터 25일까지 이뤄졌다. 조사를 며칠 앞둔 17일 성주·고령·칠곡의 예비 후보인 이인기 의원은 대구지검으로부터 선거법 위반 혐의로 조사할 게 있으니 22일 나와 달라는 소환 통보를 받았다.

"누군가 신고를 했으니 수사기관에서 조사하는 것은 당연하지 않

겠는가라고 처음엔 생각했어요. 그래서 국회 일정 등을 감안해 29일 이후에 나가겠다고 답변했지요." 이 의원은 6일 〈한겨레〉와의 통화에서 이렇게 말했다.

그러나 이 의원이 받은 답변은 일정 연기가 아니라 홍수처럼 쏟아진 검찰발 언론 보도였다. 22일 저녁 한 지역방송을 시작으로 다음 날부터 주요 신문과 방송에서 일제히 이 의원의 소환 사실이 보도됐다. 일부 언론에서는 지역 선관위의 수사 의뢰에 따른 수사라고 전했다. 하지만, 지역 선관위에서는 이 의원에 대한 수사를 의뢰하거나 고발한 사실이 없다.

이 의원은 이를 "검찰의 교묘한 언론 플레이의 결과"라고 확신했다. "여론조사를 앞둔 민감한 시기에 선관위가 수사 의뢰를 했다고 보도가 됐으니 일반인들이 어떻게 받아들이겠어요. 이인기의 정치 인생이 이제 끝났다고 생각하지 않겠어요? 나중에 경위를 알아봤더니 대구지검 한 간부가 기자들과 저녁 자리에서 얘기를 했더군요. 서울 쪽에서도 소환 사실을 검찰이 따로 언론에 흘린 흔적이 강하고요."

검찰이 문제 삼고 있는 사안의 위법성 정도도 모호하다. 성주 선관위 등에 따르면 이 의원은 2월 2일 성주군 대가농협 총회에 참석해 인사말을 하면서 "이인기가 인기 없는 것 알고 있다. 겸허하게 받아들이며, 앞으로 열심히 하겠다."는 취지로 말한 것으로 알려졌다. 이에 당시 현장에 있던 선관위 관계자는 "선거법에 저촉될 수 있는 발언"이라며 자제를 요청했다. 이 관계자는 6일 "의정 활동 보고나 단순한 축사의 범위를 벗어났다고 판단해 현장에서 경고를 했다."며 "하지만 심각성이나 지속성 면에서 다른 조처를 취할 사안은 아니었다."고 말했다.

경찰 출신인 이 의원 쪽은 그동안 검경 수사권 조정과 관련해 경찰 쪽 편을 든 게 원인이라고 판단하고 있다. 그는 지난해 6월 검경 수사권 조정 때와 연말 대통령령 개정 때 경찰에도 수사권을 부여해야 한다는 입장을 피력했다. 또, 지난 1월 말에는 경찰의 수사권을 아예 형법에 담는 내용의 형법 개정안을 마련했다.

이 의원실 한 관계자는 "형법 개정안을 마련한 직후 검찰에서 언제 발의하느냐, 누가 동의했느냐 등등에 큰 관심을 보였다."면서 "이 의원이 검찰의 힘을 줄이려고 하는데 대한 앙갚음을 하고 있다."고 말했다. 그는 "이 정도 사안으로 검찰이 이 의원에게 소환장을 보낼 정도라면 그동안 고소고발되거나 선관위가 수사 의뢰한 다른 사람들에 관한 보도는 왜 전혀 나오지 않고 있느냐."고 반문했다. 실제로 선관위가 19대 총선과 관련해 선거법 위반 혐의로 수사 의뢰한 것만 해도 97건에 이르지만, 이 의원의 경우처럼 별도로 소환 통보를 받았다는 보도는 한 건도 없었다.

검찰의 '플레이'는 최근 불출마 선언을 했던 주성영 의원의 경우에도 발견된다.

애초 5일로 예정됐던 이인기 의원에 대한 새누리당의 공천 여부는 일단 보류됐다. "여론조사를 앞두고 다분히 다른 목적으로 소환한 것을 언론에 노출시킴으로써 억울한 사정이 있음을 감안해 달라."는 탄원서를 당 지도부에서 고려한 결과로 보인다. 이 의원은 6일 "당의 공천은 검찰이 뿌린 재를 거둔 뒤에 공정하게 이뤄져야 한다."며 "권력 분산 차원에서 검찰 개혁과 검경 수사권 재조정이 다음 국회에서 반드시 추진돼야 한다."고 밝혔다.

두 의원에 대한 소환 사실이 언론에 대서특필된 지 꽤 시간이 지났지만, 검찰은 현재까지 추가 소환 통보나 일정 조정 요청을 전혀 하지 않았다. 양쪽 의원실 관계자는 "자기들 목적이 달성됐는데 다시 오라고 하겠느냐."고 말했다.(김종철 기자)

〈경찰 "판사, 검사 출석하라"… 초유의 소환 방침〉
—조선일보 2012년 3월 10일 토요일

양측 대질 신문도 검토
검, 경 갈등 재점화 가능성

한편 경찰 간부가 수사 지휘 검사를 고소한 사건과 관련, 고소를 당한 박모 검사가 지난해 검경 수사권 논란 당시 경찰 측 입장을 대변한 A의원을 내사하고 있었다는 사실이 드러났다.

〈검사가 경찰(경찰 출신 국회의원) 측 내사에… 경찰, 담당 검사 고소〉
—조선일보 2012년 3월 10일 토요일

검찰 "수사권 논쟁 때 경찰 대변한 의원 내사에 보복"
경찰 "검찰 스스로 불순한 동기로 조사했다는 뜻"

이번 검경 갈등이 다시 불거지게 된 핵심엔 A의원 내사사건이 있다. A의원은 경찰 출신으로 검경이 사활을 걸고 맞붙었던 수사권 조정 당시 경찰의 입장을 대변한 인물로 검찰 측 불만의 표적이었다. 그러던 A의원에 대해 총선을 앞두고 검찰이 내사를 하자 경찰이 내사 검사에 대해 '보복성 기획 고소'를 한 데 이어 곧바로 수사에 착수했다는 것이다.

〈대검의 반격… "경찰의 검사 고소, 보복하겠다〉
―조선일보 2012년 3월 12일 월요일

사실 관계 규명해서 경찰의 부당함을 밝히려는 의도
경찰청도 고소인 조사 "검사 해명과 상당 부분 차이"

검찰은 이 같은 경찰의 움직임은 박 검사가 검경 수사권 조정 논란 과정에서 경찰 입장을 대변한 새누리당 A의원을 내사한 데 따른 '기획 고소, 보복 수사'라는 시각을 갖고 있다. 서부지청의 공안, 선거 사건 담당 검사인 박 검사는 지난달부터 A의원의 사전 선거운동 등 3~4개의 비위 혐의를 내사해 왔다고 한다.

〈검경 '검사 고소' 정면 충돌〉
―서울신문 2012년 3월 13일 화요일

"축소 수사? 경찰 과잉 수사해 막은 것" 해명에
이인기 의원 겨냥 '기획 고소' 논란도

일선 수사 현장의 검경 갈등이 고소 사건으로 번지자 검찰 일각에

선 '기획 고소' 의혹도 제기됐다. 박 검사가 근무 중인 대구지검 서부지청이 지난달 말 경찰 출신으로 수사권 조정 당시 경찰 입장을 대변한 이인기 새누리당 의원에 대해 사전 선거운동 혐의로 소환 통보하자 경찰이 이에 불만을 품고 고소를 기획했다는 것이다.

〈밀양 사건(검찰의 검사 고소), 검경 수사권 갈등 2차전으로 가나〉
—중앙일보 2012년 3월 13일 화요일

검찰 내부에서는 2월 대구지검 서부지청으로 발령 난 박 검사가 경찰 출신인 새누리당 이인기(59) 의원의 선거법 위반 혐의 등을 수사하자 경찰이 이 의원을 보호하기 위해 '기획 고소'한 게 아니냐며 의심하는 목소리도 나온다. 실제로 대검 공안부는 지난주 대구지검으로부터 이 의원 수사 진척 상황에 대한 보고를 받기도 했다.

18대 공천심사위원장이 검찰 출신인 안강민 위원장이었는데, 19대 역시 검찰 출신 정홍원 공천심사위원장으로 발표되자 여러 모로 불길한 예감이 든다고 주변에서 말을 했다. 게다가 권영세 사무총장(공심위 간사)마저 검찰 출신이라서 제도적으로 공천이 배제될 위기에 처해 있었다.

19대 국회의원 공천은 4년 전 한나라당의 공천을 받아 낙선한 ○○○와 나, 두 사람이 공천을 신청하였다. 3월 10일경 내가 잘 아는 김○○로부터 공천심사위원회에서 공천을 줄 테니 출마할 생각이 있느냐고 연락이 왔다고 내게 전했다. 본인인 김ㅇㅇ를 포함해서 다른 사람 신ㅇㅇ에게도 연락이 간 것 같은데, 김ㅇㅇ와 신ㅇㅇ 모두 출마하지 않겠다고 뜻을 전달했다고 했다.

그때 내 생각에 나는 어차피 표적 수사로 인해 공천이 배제될 것이고, ㅇㅇㅇ도 공천을 안 주려고 하는구나 하는 느낌이 들었다. 그러나 김ㅇㅇ 등이 모두 출마하지 않겠다 하니, 공심위에서 할 수 없이 ㅇㅇㅇ에게 공천을 주려는 것 같았다. 그런데 칠곡 12만, 성주 4만, 고령 3만의 인구 분포에서 칠곡 출신을 배제하고 성주 출신을 공천하게 되면, 인구 분포 등 여러 가지를 상식적으로 고려할 때 분명히 잘못된 공천이다. 하지만 나는 어차피 표적 수사로 공천이 배제될 것이기 때문에 불출마를 선언하기로 결심하고 3월 14일 백의종군 불출마 기자회견문을 작성하였다. 3월 15일 ㅇㅇㅇ를 공천 후보자로 발표하자 나는 전날 작성해 놓은 기자회견문을 바로 발표하였다.

이것은 공천 탈락이라는 불만에서 제기된 것이 아니었다. 내 신념의 문제였으며, 검찰과의 보이지 않는 싸움과, 원칙을 벗어난 당의 불투명하고 불합리함을 고발하기 위한 내 스스로의 '결단'이었다. 그 누구도 이 순간, 나의 편이 아니었다. 오직 나 혼자만의 문제였다.

〈당의 결정을 겸허하게 수용, 정권 창출 위해 백의종군할 것〉
—2012년 3월 15일

저는 이번 당의 공천심사 결과를 겸허히 받아들이고, 새누리당의 총선 승리와 정권 창출을 위해 백의종군하겠습니다.

이번 19대 총선 그리고 연말 실시되는 대통령 선거는 대한민국의 국운이 걸린 중대한 갈림길이 될 것입니다. 저는 이제 나라의 근간을 뿌리채 뒤흔들고 국민의 삶을 파탄으로 몰고 갈 종북좌파 세력의 집권을 막는데 힘을 보태겠습니다.

저희 지역의 공천심사 과정에 있어 여론조사를 앞두고 단위농협 총회에서 축하한 경미한 사안을 검찰에서 '검찰 소환'이라고 신문과 방송에 집중 흘리는 검찰의 선거 개입이 있었으며, 이것은 검경 수사권 조정에 앞장섰다는 후폭풍일 수도 있습니다. 억울한 면도 있습니다만 살다 보면 억울할 때보다 운 좋을 때가 더 많이 있지 않습니까. 원망과 미움은 지워 버렸습니다. 후회는 하지 않습니다. 수사권 조정은 국가와 국민을 위한 대의(大義)라고 믿고 있기 때문입니다.

지난 12년간 저는 농민, 보훈가족, 경찰, 장애인 등 사회적 약자의 권익 신장을 위해 최선의 노력을 해 왔습니다만 아직도 부족하고 아쉬운 부분이 있습니다. 그리고 저는 국민에게 신뢰를 주는 깨끗한 정치, 정직한 정치를 위해 한길을 걸어왔습니다.

소작농의 아들로 자란 저를 3선 의원으로 키워 주시고 보살펴 주신 고령·성주·칠곡 주민 여러분들께 진심으로 감사드리며, 앞으로도 고령·성주·칠곡 발전을 위해 묵묵히 노력하겠습니다. 지난

지방선거 공천 과정에서 마음에 아픔과 상처를 느끼신 분들께는 죄송하다는 말씀드리겠습니다.

마음을 비운 사람은 공을 세우고, 업을 이룬다 했습니다.
저 이인기 늘 여러분과 함께할 것입니다.

고령 · 성주 · 칠곡 새누리당 국회의원 이인기

○○○가 여성비하 발언 논란으로 공천이 취소되게 되었다. 공천권 자진반납 소동 속에 ○○○가 물러나게 되었다. 이제 공천 신청자 중 남은 사람은 나 혼자였다. 주변에서는 할 수 없이 나를 뽑을 것이라고 생각했지만, 나는 원천적으로 공천이 배제되어 있을 것이라고 생각하였다. 그런데 공천 신청을 하지도 않은 이완영을 공천자로 발표했다.

나를 공천 배제시키는 것은 좋은데, 공천 절차를 밟지 않은 사람을 공천 주는 것은 크게 잘못되었다고 생각이 들었다. 공천은 언론과 국민들로부터 최소한 검증을 거치라고 만든 장치인데, 그 검증을 거치지 않고 공천을 주는 것은 잘못된 것이다.

상황을 알아보니, ○○○의 공천이 취소되게 되자 외부에서 공천자를 불러와야 하는데 칠곡군 출신 중에는 앞에서 언급했듯이 외부에서 공천자를 데려올 수가 없었다. 그래서 공심위에서 칠곡군 다음으로 인구가 많은 성주군 출신 1명을 공천 주자는 이야기가 떠돌았다고 한다. 이완영이 성주군 출신이었던 것이다. ○○○에서 이완영으로 공천이 변경된 셈이다. 인구 12만의 칠곡군이 아니고 인구 4만의 성주

쪽에서 공천을 하는 것은, 인구 형평상이나 지역 민심 여건상 상식에 어긋난 일이라고 볼 수 있을 수도 있다.

3월 16일 박근혜 비대위원장은 취재 기자들을 만나서 ○○○ 후보에 대한 문제를 미리 알고 있음에도 불구하고 공심위가 공천을 했다는 소문이 있다는 질문에, "자세히는 모르지만 문제를 알고 했다면 그것도 문제겠다."고 발언하였다. "공천을 하기 전에 제가 비대위 회의에서도 얘기를 한 바가 있다. 그런 경우에는 후보 자격을 박탈하겠다. 도덕성에 문제가 생기면 처음에 약속 드린 대로 공천위에서 진행을 할 것"이라고 엄정한 의지를 나타내었다.

당 공천위는 ○○○ 후보로부터 직접 소명을 들었다. 그러나 상당수 공천위원이 ○○○ 후보의 4.11 총선 출마가 적절치 않다고 알려져 17일 오후 전체 회의에서 공천 철회가 결정된 것으로 알려졌다. 권영세 사무총장이 회의 후 기자들에게 "○○○ 후보는 내용에 따라서 다르게 볼 수 있지만 제일 중요한 것은 국민 눈높이에 따라 발표할 것"이라고 말했다.

이상돈 비상대책위원도 기자 인터뷰에서 "○○○ 후보 공천에 대해 그대로 지나갈 수는 없는 일이며, 비대위원들도 15일 어제 의견을 교환했는데, 그냥 넘어갈 수 없고, 그냥 통과되기는 어려울 것"이라고 말하였다.

공천 결과에 깨끗한 승복
—백의종군

3월 17일 오후 3시경 당 공천위는 ○○○ 후보를 포함해 도덕성에 문제가 제기되고 있는 후보들에 대한 공천 취소 여부 등 지역구 공천 작업 마무리를 위한 최종 조율 작업을 하고 있다고 발표하였다.

이상돈 비상대책위원은 "○○○ 후보의 발언은 상식적으로 있을 수 없는 일"이라면서 "분위기를 돋우기 위해 그런 발언을 했다는 것은 상식적으로 납득이 안 되는 언동"이라고 강하게 비판하였다. 이어서 말하기를 "공천위에서 결론이 아직 안 나왔지만, 우리 생각대로 공천 취소 조치를 할 것으로 보이며, 그것이 순리"라고 말하였다.

오후 8시쯤 당 공천위는 ○○○ 후보 등에 대한 공천 취소 여부를 포함한 미확정 지역에 대한 공천 결과를 18일 오전 10시 30분 발표할 예정이라고 전해 왔다.

그런데 예정된 3월 18일, 공천 취소 발표가 나오지 않았다. 오히려 ○○○ 후보는 여의도 당사에서 공천을 반납하고 무소속으로 출마한다는 기자회견을 하려 했고, ○○○ 후보가 기자회견을 하는 사이에 공천위가 ○○○ 후보에 대한 공천을 취소할 예정이었다. 그러나 ○○○ 후보는 스스로 공천을 반납하고 무소속으로 출마하겠으니 공천 취소는 하지 말아 달라고 요청하였고, 대신 ○○○ 후보는 현역 의원인 이인기에게만큼은 공천을 주지 말아 달라고 부탁했다고 한다. 그리고 12시에 이완영 후보가 공천 발표되었다.

〈정수성 · 이완영 '어부지리'… 전하진 · 강석훈 '깜짝 발탁'〉
—한국경제신문 2012년 3월 17일 17:42 입력

경북 경주에선 공천을 받았다가 지역 기자들에게 돈을 돌린 혐의를 받고 있는 손동진 전 동국대 경주캠퍼스 총장 대신 공천 탈락했던 정수성 의원이 다시 공천을 받았다.
여성비하 발언으로 문제가 된 ○○○ 전 KT 부회장이 반납한 경북 고령 · 성주 · 칠곡의 후보 자리는 ○○○ 당 환경노동위 수석 전문 위원이 '공짜 공천'을 받는 행운을 누렸다.

〈돌고돌아 살아남은 친박연대 4명… 박근혜 의리 공천 아닌가〉
—중앙일보 2012년 3월 24일 00:35 입력

"6명 중 여성비하 발언 '여성이 남성보다 더 진화했다. 여성은 XX 하나가 더 있지 않느냐.' 로 낙마한 ○○○ 후보는 결국 무소속 출마를 선언했다. ㅇㅇㅇ 후보는 논란이 커지자 새누리당에 자진해 공천장을 반납하겠다는 의사를 전달해 왔다고 한다. 대신 현역인 이인기 의원 한테만 공천을 주지 말아 달라고 부탁했다고 한다. 새누리당은 이를 받아들여 당시 전혀 출마 준비를 하지 않았던 이완영 수석 전문위원 을 찾아 공천했다. 정치 신인을 공천하자 ㅇㅇㅇ 후보는 무소속 출마 를 선언했다. 새누리당은 ㅇㅇㅇ 후보가 무소속으로 출마하려고 이인 기 의원은 공천하지 말아 달라고 한 것으로 의심하고 있다."

새누리당은 공천위의 결정을 받아들여 당시 전혀 출마 준비를 하지 않았고 검증을 받지 않은 이완영을 공천했다. 정치 신인인 이완영을 공천하자, ㅇㅇㅇ 후보는 무소속 출마를 선언했다. 공천 절차와 그 타 당성이 매우 그릇되었기 때문에 나는 다음과 같은 공천 재심을 요구 하는 서한을 여러 차례 새누리당과 공천위에 보냈다.

물론 답신은 없었다. 나의 외로운 싸움이 한동안 계속될 것이라는 예감과 내 신념이 무엇이었는지, 무엇이 옳은 것인지 스스로 되물었 다. 억울함과 같은 '감정'에 '신념'이 흔들려서는 안 되겠다고 생각 했다. 당의 결정에 깨끗하게 승복하기로 했다. 새누리당의 승리를 위 해 이완영 후보의 편에서 선거운동을 도와주기로 마음을 굳히고, 한 편으로는 잘못된 절차, 잘못된 관행을 바로잡기로 결단했다.

〈고령 · 성주 · 칠곡 지역 새누리당 공천 재심 요구〉
—2012년 3월 18일

새누리당의 고령·성주·칠곡의 총선 후보 공천은 공정성도 결여되었고, 절차까지 무시한 공심위의 구태적 전횡으로 반드시 재심이 이뤄져야 합니다.

저는 새누리당의 공천 심사 중 저에 대한 검찰 측의 의도적인 언론 플레이로 인한 지역 여론의 왜곡, 그리고 사전 선거운동 등의 혐의를 받고 있는 인사에 대한 문제 제기를 했습니다.

공천위원 다수는 그러나 이에 아랑곳하지 않고 부적격한 후보를 끝까지 비호 두둔하면서 문제의 후보를 공천, 새누리당의 이미지를 심대하게 훼손했습니다. 하지만 저는 새누리당의 총선 승리와 정권 재창출을 위해 선당후사의 심정으로 지난 3월 15일 공천 결과를 수용하고 백의종군을 선언했었습니다.

공추위는 그러나 여성비하 발언을 한 부도덕한 인사를 공천한데 대해 여론의 뭇매를 맞고도 며칠이나 우왕좌왕하다 결국 공천한 후보를 취소시켰습니다. 일부 공천위원은 공천 신청자 중 가장 부적격한 후보를 공천해 놓고도 심지어 고령·성주·칠곡에 마땅한 후보가 없다는 등 지역 주민들과 예비 후보들을 모독하고 자존심을 상하게 했습니다.

그리고는 오늘 고령·성주·칠곡에 공천 신청도 하지 않은 인사로 '낙하산 공천'을 했습니다. 공천을 신청하지 않은 외부 인사를 공천하려면 최소한 '전략 지역'으로 먼저 선정해야 합니다. 공추위가 기

본적인 절차까지도 무시한 전횡을 했고 이는 삼척동자가 봐도 원칙
도 없는 부당한 처사임에 분명합니다.

저의 이 같은 정당한 요구가 받아들여지지 않을 경우 저는 고령·
성주·칠곡의 새누리당 당원 및 지지자들의 의견을 수렴, 향후 저의
거취를 결정코자 합니다. 그리고 재심 여부나 총선 결과가 어떻게 나
오든 연말 대통령 선거에서는 종북좌파 정권의 재등장이라는 심히
우려되는 사태를 막는데 저의 온 힘을 바칠 것입니다.

고령·성주·칠곡 새누리당 국회의원 이인기

〈새누리당 공추위에 공개질의〉
―2012년 3월 19일

첫째, 지난 3월 18일 고령·성주·칠곡의 새누리당 공천은 절차에
있어 매우 중요한 흠결이 있습니다.

공천의 원칙상 신청자 이외의 즉, 공천 신청을 하지 않은 후보를 해
당 지역에 공천하려면 먼저 전략 지역 선포를 해야 합니다. 그런데 3
월 18일 고령·성주·칠곡 공천 발표는 전략 지역 선포없이 공천 신
청도 하지 않은 이완영 씨를 공천자로 발표했습니다. 공추위에서는
이렇게 절차를 무시하고 자의적으로 낙하산 공천을 한 것에 대한 입
장을 밝힐 것을 요구합니다.

(3월 18일 공천 재심 신청했음)

둘째, 공천이 발표된 이완영 씨는 공천 신청도 하지 않은 사람으로서 검증이 전혀 되지 않았습니다.

권영세 위원은 고령·성주·칠곡에 마땅한 후보가 없어 ㅇㅇㅇ를 발표했다고 언론에 밝혔는데 그 기준이 무엇인지, 국회 행안위원장으로 3선의원인 본 의원 또한 마땅한 기준에 포함되었는지 묻고 싶습니다. 권영세 위원의 이러한 발언은 고령·성주·칠곡 군민들을 모독하고 자존심을 상하게 하였기에 공개적으로 사과할 것을 요구합니다.

셋째, 공천 신청을 하지 않아 전혀 검증되지 않은 사람을 공천 심의 막바지에 혼란을 틈타 전략 공천 선포 없이 발표해야 하는 이유가 있으면 밝혀 주시고, 지금이라도 전략 지역을 선포해 합법적인 절차를 밟아 주시길 바랍니다. 고령 3만, 성주 4만, 칠곡 12만 인구수를 볼 때, 칠곡 출신을 배제할 합리적인 이유가 있는지 묻고 싶습니다.

고령·성주·칠곡 새누리당 국회의원 이인기

연이어 3월 19일 절차 누락에 대해 공개질의서 제출했다. 새누리당 비상대책위원회에서는 브리핑을 통해 "오늘 제19대 국회의원 선거 제5차 전략 지역 선정안이 있었는데, 경북 고령·성주·칠곡 지역에 대해 불가피하게 비대위에서 전략 지역으로 선정한 의결안을 추인했다."고 밝혔다. 이는 고령·성주·칠곡 지역구 공천자 발표에서 공천위가 여성비하 발언 논란으로 공천권을 자진 반납한 ㅇㅇㅇ의 공천을 사실상 취소하고, 공천 신청도 하지 않은 이완영을 전략 공천한 데 대해 내가 전략 지역 선정도 않은 채 전략 공천한 것은 절차상 하자라고 반발하자 이를 보완하기 위한 조치로 풀이되었다.

3월 21일 불출마 기자회견문을 다시 하였다.

〈불출마 기자회견문〉
—2012년 3월 21일

존경하는 고령·성주·칠곡군민 여러분!

여러분도 잘 아시다시피 새누리당의 4.11 총선 후보 공천은 저 이인기뿐만 아니라 주민 여러분들께서도 납득하기 어렵고 심지어 자존심이 상하는 부당한 공천이었습니다.

하자가 있는 후보를 공천한 뒤 취소하고 또 이어 공천 절차를 무시한 '낙하산' 공천을 자행한 새누리당 공천위에 재심을 청구했으나 전혀 받아들여지지 않았습니다.

최근 지역의 새누리당 당원 그리고 상당수의 주민 여러분들께서 잘못된 공천을 바로잡고 진정한 민의(民意)를 보여 주기 위해서는 제가 새누리당을 탈당해 무소속으로 출마해야 한다고 강력히 권했습니다.

저 이인기, 지난 12년 동안 한결같이 애정을 쏟아 온 새누리당에 섭섭한 마음이 참 많습니다.

하지만 지난 3월 15일 기자회견에서 새누리당의 총선 승리와 연말 대선에서의 정권 창출을 위해 백의종군하겠다고 선언한 바대로 당에 남아 헌신하도록 하겠습니다.

출마해야 된다고 끝까지 저를 지지해 주신 분들께는 정말 죄송하다는 말씀드립니다. 또한 무한한 감사를 드립니다. 그 고마움을 제 가슴속에 늘 간직하겠습니다.

존경하는 주민 여러분!
나름대로 깨끗하고 정직한 정치를 하려고 노력했지만 여러모로 많이 부족한 저를 3선의원으로까지 만들어 주셨음에 진심으로 감사를 드립니다. 가까이에서 늘 여러분과 함께하겠습니다.
감사합니다.

고령 · 성주 · 칠곡 새누리당 국회의원 이인기

공천 발표가 9차에 이르기까지 공심위는 우리 지역에 어떤 전략을 갖고 접근하는지에 대해서는 단 한 번도 발표한 적이 없었다. 경선을 한다든지, 전략 공천을 한다든지, 심사를 하든지 어떤 방법론을 사용할 것인지 9차 공천까지 한 번도 발표된 적이 없었던 것이다.

통상적으로 전략 지역 선포는 서울, 부산, 대구 등 대도시권에서 그야말로 당의 지지를 높이기 위한 선거 전략적인 차원에서 이뤄진다. 그동안 시골 농촌 군지역을 전략 지역으로 선포한 예는 없었다. 더욱이 공천 신청을 하지 않은 사람을 공천한 사례도 역시 없었다.

절차에 의한 검증을 하지 못하더라도, 전략 지역으로 선포해야 공천 후보에 대해서 단 며칠이라도 검증을 할 수 있다. 19대도, 18대와 마찬가지로 공천 신청을 하지도 않은 사람을 공천자로 발표하였는데, 그러면 그 후보에 대해 검증할 시간이 전혀 없게 된다. 더구나 공천 신청도 하지 않은 사람을 공천한다는 것은 최소한의 민주주의의 절차도 지키지 못한 것이다. 다시는 고령·성주·칠곡 지역구에서 이런 부당한 일이 되풀이되어서는 안 되겠다. 헌법상 기관인 국회의원의 공천을 하는데 사적인 감정으로 공천권자가 공천권을 남용하는 시대는 끝을 내야 한다. 국회의원 공천 후보자의 선택권을 당원과 국민들께 이제 돌려주어야 한다. 그런 시대가 도래했다고 본다.

주변에서는 무소속 출마를 권유했으나, 나는 3월 15일, 이미 백의종군 선언을 했기 때문에 불출마를 재선언하였다. 당시 박근혜 비대위원장께서는 나에 대해 무척 걱정하셨다. 그러나 나는 흔쾌히 공천을 받은 사람과 힘을 합쳐서 지역구 선거에서 승리할 수 있도록 애쓰겠다고 말씀드렸다.

나는 이완영 후보와 일면식도 없었고, 얼굴도 이력도 몰랐지만, 공천 발표 후 곧 이완영 후보에게 연락을 취해 시골 식당에서 처음 만났다. 그리고 나는 "당신이 선거하는 동안 나는 당원들, 조직들의 힘을 합쳐서 당신이 당선할 수 있도록 모든 노력을 하겠다."고 말했다. 우선 이완영 후보자와 그 배후자 수행원을 정하는 게 급선무라서 핵심 당원인 한향숙, 박종달, 박순범, 이영애 등을 추천해 주었다.

그 당시 박근혜 비대위원장께서 대구·경북에서는 유일하게 고령·성주·칠곡 지역구 지원 유세를 나오셨는데, 이완영 후보와 나, 그리고 박근혜 비대위원장이 함께 손을 잡고 이완영 후보 당선을 위해 유세를 지원하였다. 또한 박근혜 비대위원장께서 일정을 끝내고 상경하면서 김천 구미 KTX 역사 귀빈실에서 다음과 같이 말씀하셨다. "오늘 이인기 의원이 자신도 공천을 받지 못해 마음이 아플 텐데, 당에서 공천한 이완영 후보를 돕기 위해 직접 나서서 힘을 합쳐 주니 참 보기가 좋습니다. 다른 당협에서도 이인기 의원을 본받았으면 좋겠습니다."

그런데 공천 발표 후 며칠이 지났는데 군·도의원과 핵심 당원들이 적극적으로 선거에 나서지 않고 있다는 말이 들려왔다. 나는 곧바로 고령·성주·칠곡 선거사무실로 가서 군·도의원, 당원들을 모아 이완영 후보를 나 이인기 이상으로 도와야 한다고 피력하였다. 나는 백의종군한 사람이니, 당원들은 사적인 감정에 휩쓸려서는 안 되고 공적으로 당을 도와야 한다고 말했다. 그래야 12월에 박근혜 후보를 대통령으로 만들 수 있다고 말하면서 당원들의 협조를 구했다.

그날부터 당원들은 선거에 최선을 다하였다. 그리고 이완영 후보가 국회의원으로 당선된 후 나는 미련 없이 당의 조직과 인적, 물적 자원들을 이완영 당선인에게 흔쾌히 넘겨주었다.

선거법 위반 등으로 검찰의 첫 소환조사는 2월 22일 언론 보도 후 총선이 끝나고도 1개월가량 지난 5월 중순에 이루어졌다. 이렇게 급하지 않은 일인 것 같았으면, 공천 여론조사 직전인 2월에 굳이 언론에 소환 통보를 흘릴 필요가 있었을까? 삼척동자도 검찰의 의도를 헤아릴 수 있다. 국회의원 12년 동안 동료 국회의원들이 지역구 행사장에서 축사한 내용을 문제 삼아 조사를 하거나, 입건한 예는 단 한 건도 찾아볼 수 없다. 국회의원이 지역구 각종 행사에서 축사를 하는 것은 당연한 의정 활동이자 어떤 면에서는 의무사항이 아닌가. 그럼에도 불구하고 막무가내로 선거법을 위반했다며 기소를 하여 나는 1심, 2심에서 벌금 80만 원을 선고받았다. 다시 대법원에 상고해 무죄 판결을 받아 내기까지 다투고 싶었으나, 법률관계의 불안정이 장기화되는 것보다는 조기에 안정하는 게 좋을 것 같아 대법원에 상고하지 않아 확정되었다.

17대 국회의원들 중 정치 후원금 모금에 있어, 나는 국회의원들 가운데 모금액 최상위에 들었다. 2007년에는 후원금 상위 1위에 랭크되기도 했다. 소액 다수의 기부를 하는 이른바 '개미군단'들이 형성되어 있었기 때문이다. 그 무렵부터는 후원금 모금은 자동적으로 이뤄지는 체제가 되어 나는 사실 후원금 모금에 관여를 하지 않았고 관여할 필요도 없었다.

검찰은 18대 국회의원 재직 4년간의 후원금 입금 내역에 대해서 전수조사를 하였다. 내가 자주 가는 식당과 골프장도 조사를 한 듯하다. 후원금 전수조사 가운데 4대강 골재업자들의 후원금 건에 대해서 집중 조사를 받았다. 아시다시피 4대강 사업은 22조 원의 예산이 소요되는 거대한 국책사업이나, 그 진행에 있어서는 세심하지 못하고 거칠었다. 말 그대로 안하무인격이었다. 특히 4대강 골재사업자들에게는 공사하는데 방해가 된다며, 모래 채취선 등을 무조건 철거하라고 요구하였다. 그분들에게는 골재 채취선이 '생명'인데, "고철들을 빨리 치워라." 하면서 막 몰아붙인 것이다.

전국에 130여 개의 골재업체가 있고, 근로자수도 1,000명이 훨씬 넘는다. 이제 골재업자는 모두 폐업의 위기에 몰렸고, 일꾼들 역시 실직의 위기에 처해 있었다. 2012년 6월 9일 대구의 한 골재업자 사장이 유언을 남기고 자살을 했다. "정부가 많은 국민이 반대하는 사업을 추진해서, 원망스럽다. 4대강 사업으로 생업을 유지하지 못해 힘들다. 이렇게 무자비하게 보상금 한 푼 없이 내쫓는 식으로 기업을 버리는 나라 살림이 또 어디 있는가!'

이때 전국의 4대강 골재업자 대표들이 사무실에 찾아왔다. 나는 "여러분의 지역구 국회의원들에게 찾아가서 상의하는 것이 좋다. 우리 지역이 아니라 처리하기 어렵다."는 식으로 요구를 고사했다. 그러나 그들은 끝까지 나를 붙잡고 문제의 해결을 요청했다. 아무도 나서지 않는다는 것이었다. 왜 이렇게 되었는지 직접 확인해 보니, 과거의 잘못된 관행으로 인해 골재 채취업자들과 업무관계 맺기를 꺼리는 분위기가 있다는 것을 알게 되었다. 그래서 해당 지역구 의원들이 이들을 외면하고 피하게 된다는 것을 알게 되었다.

사람이 자살을 하고, 국가가 리바이어던의 거대한 힘만 믿고, 들은 체도 않고 사람을 쫓아내는 분위기. 한평생의 일터가 사라지게 생겼는데……. 입장을 바꿔 생각할 때 나는 울분이 치밀어 올랐다. 국회의원으로서 당연히 해야 할 의무이자 임무였다.

나는 이 일을 맡기로 결심했다. 이달곤 행정안전부 장관, 정종환 국토해양부 장관을 만나서 4대강 사업으로 억울하게 아무런 보상도 없이 생존의 일터를 빼앗긴 사람들을 위한 대책을 강구할 것을 강하게 요구했다. 당정회의에서 정몽준 대표가 지방 출신 의원 대표로 참석하라고 해서, 골재업자들 대책을 세워야 한다고 회의에서 발언을 하기도 하였다. 또한 정부의 의견을 전달하고 서로 대화하는 토론회의 자리를 마련하기도 하였다. 골재업자들은 이러한 나의 변변치 않은 수고에 무척 고맙게 생각하여 일정 금액의 후원금을 보내왔으나, 나는 그 당시 후원금에 관여하지 않은 상황이라 알지도 못했다. 물론 회계 책임자가 그 후원금을 중앙선관위에 신고를 하고 정상적으로 처리를 했기에 문제가 전혀 없었다.

그러나 후원금 전수조사의 담당 검사가 나를 심문하는 과정에서 "국회의원이란 작자가 말을 이렇게 하느냐."라고 힐난하였다. 담당 검사는 "설렁탕 주인이 하루에 자기 가게에서 설렁탕 몇 그릇 파는지 정확히 알지 않겠느냐. 그런데 국회의원이 후원금 큰 돈이 들어오는데 일일이 파악해야 하는 것 아니냐."며 나에게 거칠게 물었다. 헌법기관인 국회의원의 후원금 업무를 식당 주인의 영업과 비교하다니 상식적으로 비유가 걸맞지도 않을 뿐더러, 국회의원인 나에게도 이렇게 험한 말을 쓰면서 윽박지르는데, 일반 국민들에게는 어떨까 하는 생각에 몸서리가 쳐졌다.

이는 인권 보호 차원에서도 상당히 우려스럽다. 전혀 경험하지 못한 상황에 대해서는 적어도 알아보거나 이해하려는 노력을 해야 하는데, 상황을 이해하거나 조금도 알아보지도 않고 자기 눈으로만 파악한다니……. 자기 기준으로 일방적으로 파악한 그는 후원금이 무엇인지, 용도가 무엇인지, 어떻게 후원금이 쓰이는지에 대한 기초적인 조사와 이해가 되지 않는 듯했다. 또한 국회의원 12년 재직기간 동안 살피건대 중앙선관위에 합법적으로 신고한 후원금만을 조사해 입건한 예는 없는 것으로 알고 있다. '청목회' 사건 외에는.

그 후 1년 6개월간에 수사와 재판 과정을 거쳐 2013년 8월 22일 사법부의 현명한 판단으로 잘 마무리되었다. 긴 여정은 종료되었다. 나는 보복 수사와 표적 수사에 무너지지 않게 굳건히 싸웠다. 검찰은 수사와 재판 과정에서 나에 대해서 피선거권을 제한 받는 벌금 100만 원 이상이 선고되도록 심혈을 기울였으나, 80만 원밖에 선고되지 않아 검찰로서는 소기의 목적을 달성하지 못하게 된 셈이다. 나는 100만 원 미만 선고로 피선거권이 제한되지 않게 되었다. 정치자금법 건은 무죄로 확신했기에 대법원의 판단을 받고 싶었으나, 법률관계를 신속히 안정시킬 필요가 있다는 의견이 주변에 많아서 아쉽지만 상고를 포기하였다. 골재 채취업자들을 돕다가 이런 고초를 겪었지만, 지금도 그때의 의정 활동은 한 점 후회가 없고 당연히 해야 할 일을 했다고 생각한다.

국회의원이 서민들의 애로사항을 듣고 이를 해결하기 위해 국토부 장관 등에게 억울함을 해결해 주어야 한다고 말하는 것은 당연한 의정 활동이라고 지금도 확실히 믿고 있다.

사필귀정, 뒤늦게 국정감사를 통해 나의 억울한 누명이 완전히 벗겨졌다. 2012년 10월 16일 서울고등검찰청 등 국정감사장에서 검경 사건 조정 논의 과정에서 경찰 측 주장에 우호적인 발언을 했던 의원들을 검찰이 내사했다는 주장이 국정감사에서 나왔다. 1년 4개월이 지나서 나온 결과였다.

박영선 민주당 의원은 다음과 같이 말했다.
"지난 해 6월, 사개특위의 비공개 회의 내용이 보도된 후, 대검찰청 지시로 〈살생부〉가 나왔다고 폭로했다. 검경 수사권과 관련해 경찰 쪽에 우호적인 발언을 한 사람은 공천받지 못하게 하라고 지시가 있었다. 이에 실제로 공천을 받지 못한 정치인이 있었고, 그중에 이인기 의원도 포함되었다. 경찰에 우호적인 발언을 한 의원들에 대해 공천을 받지 못하게 하라는 작업이 이루어진 것이다."

민주당 박지원 의원 또한 "당시 의견을 냈던 이인기 한나라당 의원이 크게 피해를 받았다. 이 의원은 19대 국회에 들어오지 못했다."고 말했다.

그렇게 총선은 끝났다. 나는 왜관읍 석전3리 718번지 시골집으로 돌아가기로 마음먹었다. 생각해 보면, 원래 내가 있었던 곳이 아니었

박근혜 대표님과 함께 팔공산 동화사를 찾아서(2005. 9)

는가. 대구에서 변호사 일을 다시 시작해야겠다고 생각하고 시골집을 수리하기 시작했다. 국회의원 시절에도 집수리를 하고 싶었는데, 동네 사람들로부터 오해를 살까 봐 수리를 하지 못했으나, 이제 내가 살 곳이고, 국회의원도 아니니 마을 주민들로부터 시골집 수리를 해도 좋다는 허락을 받고 두 달간 옛집을 수리하였다.

그리고 2012년 6월 중순경 박근혜 후보로부터 부름을 받았다. 서울로 올라와서 선거일을 도와달라는 것이었다. 고민 끝에 김천 구미역에서 서울역으로 KTX를 타고 출퇴근하기 시작했다. 그러나 며칠 지나고 생각해 보니, 대통령 선거를 도와야 하는데 서울에 와서 전력투구를 해야 하지 않겠느냐는 생각이 들었다. 그래서 7월 10일 간단하게 짐을 챙겨 다시 여의도 원룸으로 이사를 왔다. 그 즈음 대통령 경선 국민행복캠프 직능위원으로 위촉되었다.

박근혜 후보는 나에게 "의원 생활할 때부터 직능단체를 많이 알고 있으니 그분들과 함께 우리 캠프의 외연을 확대하는데 노력해 달라."고 임무를 부탁했다. 그 후 박근혜 후보가 대통령이 될 때까지 대통령 후보 직능위원장으로서 전국 각개 각층의 유권자와 택시운전자, 6.25 참전용사, 각종 직능단체 등과 미팅하며 박근혜 후보의 지지를 호소하였다.

그해 겨울, 박근혜 후보가 제18대 대통령으로 당선되었다. 그리고 나는 2013년 8월 변호사 업무는 휴직 처리했다. 나는 지금도 세 가지 새로운 꿈을 꾸고 있다. 그 꿈의 실현을 위해 끊임없이 달려갈 것이다.

끝나지 않은 꿈과 박근혜 대통령

2012년 6월경 나는 박근혜 후보의 부름을 받아, 경선을 앞둔 국민행복캠프의 직능위원으로 임명되었다. 그 후 대통령 선거에서 박근혜 후보의 직능위원장으로 임명되어 전국 각지를 다니면서 직능 대표들에게 박근혜 후보의 지지를 호소했다.

특히 제67회 경찰의 날을 앞두고 2012년 10월 19일(금) 오전 10시 30분에 박근혜 대통령 후보께서 경찰 관련 공약을 다음과 같이 발표를 했다.

〈검찰과 경찰 간에 협의를 거쳐 합리적인 '수사권 분점'이 이루어지도록 하겠습니다〉

지난해에 형사소송법을 개정해서 경찰에 수사 개시·진행권을 허용했지만, 수사 절차가 번잡하고, 같은 내용에 대해 이중의 조사를 받는 국민의 불편은 여전히 개선되지 않고 있습니다.

수사권 조정의 초점은 검찰과 경찰의 권한 다툼이 아니라 국민의 편익이 되어야 합니다. 효율적이고 책임 있는 수사를 위해서는 검찰과 경찰 간에 견제와 균형의 원리에 따른 합리적 역할 분담이 필요합니다. 저는 검찰과 경찰을 서로 감시하고 견제하는 관계로 재정립해서 국민들이 바라는 안정적인 치안 시스템을 만들겠습니다.

이를 위해 '수사·기소를 분리' 해야 하지만, 현실적인 여건을 감안해서 우선, 검경 협의를 하여 '수사권 분점을 통한 합리적 배분' 을 추진하겠습니다. 그래서 경찰의 수사권이 확립되고, 수사 역량이 최대한 발휘되도록 노력하겠습니다.

나는 자동차 안에서 라디오를 통해 이 뉴스를 듣는 순간, '검경 협의를 하여' 라는 부분이 상당히 문제가 되겠다고 생각했다. '경찰의 날' 을 맞이하여 박근혜 후보가 메시지를 던졌는데, 경찰관들의 마음을 온전히 사기는 어렵겠다는 생각이 들었다.

그날 오후 민주당 대통령 후보인 문재인 후보도 뒤따라서 경찰 관련 공약을 발표했는데, 박근혜 후보보다 훨씬 더 앞서간 수사권 독립을 발표했다. 그날부터 일선 경찰에서는 박근혜 후보의 공약과 문재인 후보의 공약 중 어느 것이 나은지 논의했다고 한다. 대부분 문재인 후보의 공약이 자기들에게 유리하다고 보았다.

그래서 나는 직능위원장으로서 지지층을 더 넓히기 위해 전국 각지

박근혜 대통령 후보 중앙선대위 직능위원장 임명장을 받으며(2012. 10. 11)

의 경우회원 경찰들을 만나서 그들의 의견을 듣는데 힘썼다. 특히 2012년 11월 16일 아침부터 대전, 청주, 춘천 등지에서 모범운전자와 경우회 회원들을 만났는데, 경우회 회원들은 일선 경찰서에서 박근혜 후보의 공약에 대해 반발이 심하다고 했다. 문재인 후보의 공약은 마음에 드는데, 박근혜 후보의 공약에서 경찰과 검찰이 협의하자는 것은 결국 하지 말자는 것이 아니냐는 것이다. 그날 저녁 늦은 시간에 춘천 닭갈비집에서 강원도 경우회 회장단과 대화를 했는데, 박근혜 후보는 좋은데 공약 때문에 일선 경찰관들이 지지를 보류하고 있다는 말을 듣게 되었다. 나는 매우 심각한 문제라고 생각하여 곧바로 박근혜 후보께 보고하기로 했다.

그날 서울로 오는 길에 밤 9시경, 박근혜 후보께 보고 말씀을 드렸다. 우리 공약에 대해서 수사권 분점을 하겠다는 것은 좋은데, '협의'에 대해 경찰관들이 수정을 요구하고 있다는 것을 말씀드렸다. 그러자 후보께서는 그 자리에서 결단을 내리셨다.

"수사권 분점을 시켜야 한다!"

라고 말이다. 수사권을 독립시키겠다는 뜻이었다. 마침 11월 21일 경우의 날 행사 참석하기로 되어 있으니 그날 정리하면 좋겠다고 말씀드렸다. 그리고 만약 경찰의 날의 공약을 수정발표하려면 사전에 회의를 하여야 하는데 선대위 내부 여건상 합의 도출이 쉽지 않을 것이므로 언론에 미리 발표하지 않고 경우의 날 축사할 때 구두로 바로 공약 수정안을 발표하기로 조정하였다.

그 순간, 위기에 처했을 때 박근혜 후보께서 신속하게 결단을 내리는 것을 보고, 박근혜 후보가 꼭 대통령에 당선될 것이라 확신하였다.

"많은 경찰관들은 검사장 출신 안대희 위원장이 박근혜 후보 주변에서 각종 정치쇄신 공약을 발표했는데 그 장면을 볼 때마다 저승사자를 보는 것 같다는 말을 하는데 참고해 주십시오."

라고 말씀을 드리니 박근혜 후보가

"안대희 위원장을 그렇게 싫어합니까?"

라고 물으셨다.

"현재 경찰관들의 정서가 그렇게 흘러가고 있습니다."

라고 말씀을 드렸다.

드디어 11월 21일 '경우의 날'이 다가왔다. 오후 3시 행사에 앞서 나는 전직 경찰 총수들과 점심 식사를 가졌다. 안응모, 이해구, 유흥수, 권복경, 김효은, 이종구 등 경찰청장과 점심을 같이했는데, 오늘 박근혜 후보가 오는데 경찰의 날에 발표된 공약이 좀 수정되어야 한다는 말이 식사 도중에 나왔다. 만약 오늘 박근혜 후보가 연설을 할 때, 수정된 공약이 발표되지 않으면 우리가 다른 대책을 세워야 한다는 말까지 나왔다. 이에 김효은 경찰청장이 박근혜 후보의 연설이 끝나면 질문을 준비해서 공약이 수정되어야 한다고 건의하기로 약속하였다.

이윽고 행사 시각인 오후 3시가 되었다. 100미터 정도를 행사장 안으로 박근혜 후보를 뒤따라 걸어가면서 "오늘 말씀하십니까?" 하고 조용히 물었다. 박근혜 후보는 "확실하게 정리할게요."라는 짤막한 대답을 하고 단상에 올라갔다.

박근혜 후보는 연설 중에 다음과 같은 말을 했다.

저는 경찰과 검찰을 상호 견제와 균형의 관계로 재정립해서 국민이 바라는 안정적인 치안 시스템을 구축할 것입니다. 수사권과 기소권의 분리를 분명한 목표로 하고 우선은 경찰 수사의 독립성을 인정하는 방식의 수사권 분점을 통한 합리적 배분을 차기 정부에서 추진하겠습니다. 그래서 경찰의 수사권이 확립되고 경찰 역량이 발휘되도록 해서 경찰 제복이 자부심을 가질 수 있는 사회를 만들겠습니다.

나는 확실하게 정리하겠다는 말을 박근혜 후보로부터 들었을 때, 박근혜 후보가 아주 자신 있고 당당해 보였다. 10월 19일에 발표했던 '검경 협의를 하여'에서 '협의'를 빼고, 경찰 수사의 독립성을 인정하겠다는 연설을 박근혜 후보가 했을 때 20여 차례 우레와 같은 박수를 들을 수 있었다. 그리고 이날 문재인 후보 등 다른 후보들은 아무도 행사장에 오지 못했다.

나는 전국의 경우회원 경찰관들을 만나러 다니면서 재차 박근혜 후보의 수정된 공약을 강조하였다. 대부분 10월 경찰의 날에 발표한 것만 기억했기 때문이다. 나는 다시 박근혜 후보께 수사권 독립에 대해 다시 한 번 강조할 것을 부탁했다. 마침 11월 30일 박근혜 후보께서 검찰 개혁안을 발표할 일이 있었는데, 그때 다시 수사권 조정 언급을 하셨다. 요약하자면 다음과 같았다.

검경 수사권을 조정하겠습니다. 검찰의 직접 수사 기능을 축소하겠습니다. 현장 수사가 필요한 사건을 포함하여 상당 부분의 수사는 검찰의 직접 수사를 원칙적으로 배제하겠습니다. 수사의 기소의 분리를 목표로 하되 우선은 경찰 수사의 독립성을 인정하는 방식의 '수사권 분점을 통한 합리적 배분' 을 추진하겠습니다.

나는 박근혜 후보께서 국민들의 의견을 잘 듣고 수용해서 발표하는 과정을 보면서 박근혜 후보가 내면적으로 민주주의의 절차가 몸에 배였다고 생각하였다. 그리고 나는 제주도-해남, 진도-여수, 목포-거제-하동-무주, 진안, 장수-제천-담양 등 전국 각지를 다니면서 박근혜 후보의 지지를 호소하였다. 그해 12월 14일에는 강원도(춘천, 홍천, 원주, 청주)를 가는 것으로 일정을 계획했는데, 눈이 너무 많이 와서 도저히 갈 수 없는 악천후였으나, 눈보라를 뚫고 가기도 하였다.

12월 15일경 경찰관들이 수사권 조정에 대해 아직 믿음이 덜 가니 야간 유세를 마치고 밤 11시경 강남, 수서경찰서 등 형사계 사무실을 방문해 수고한다고 격려하면서 수사권 조정에 대한 의지를 다시 말씀드렸으면 좋겠다고 건의를 드렸다. 박근혜 후보는 검토해 보겠다고 하신 후, 나는 혹시 연락이 오면 야간에 형사계 사무실 방문을 동행하려고 준비하고 있었다.

12월 18일 20시 광화문에서 마지막 유세 일정이 있어 나는 19시부터 광화문 플라자 호텔 로비에서 혹시나 싶어 기다리고 있었다. 19시 50분경 유세 직전 연락이 왔다.

"이미 며칠 전부터 안양, 용인, 부천 등 수도권 유세에서 여성 유권자들을 상대로 성폭력 예방 등을 위해 경찰에 힘을 실어 줘야 한다. 그러기 위해서는 경찰관 증원이 필요하고 수사권 독립도 해야 한다고 이야기하고 있다. 밤에 소방서, 검찰도 있는데 경찰서만 방문하는 것은 모양이 좋지 않다. 내 뜻을 경찰들에게 잘 전달해 달라."

라고 하셨다. 나는 현장에서 물러나 그 뜻을 전국 각지에 빠른 속도로 전달하였다. 그 급박한 시간에도 수사권 조정에 의지를 보이신 박근혜 후보에 감탄을 할 수밖에 없었다.

그리고 12월 19일 대선이 치러졌고, 박근혜 후보가 대통령에 당선되었다. 박근혜 대통령의 재임기간 동안 시간이 얼마나 걸릴지는 모르겠지만, 약속하신대로 수사권 독립이 개선되고 이뤄질 것이라고 나는 기대한다.

꿈꾸며 걷는 길

길은 사색의 길이자 문명 교류, 문화 전파의 길이다. 인류 역사는 길의 역사라고 해도 과언이 아니다. 그 옛날 '팍스 로마나(PAX ROMANA)'가 가능했던 것은, 모든 길이 로마로 통했기 때문이다. '모든 길은 로마로 통한다.' 는 속담이 그렇듯이 길을 떠나서 로마 제국을 생각할 수 없다. 로마는 다름 아닌 '길의 제국' 이었다. 로마의 속국으로부터 로마의 심장까지 이어진 길들은 전쟁의 빠른 대처와 무역의 번창을 가능케 했다. 그러나 그것은 길의 효과와 사용 목적에 의해 구성된 길의 '역할' 일 뿐이다. 나에게 길은 그보다는 소박하지만 훨씬 여운이 있고 울림이 있는 의미로 다가온다.

나는 잘 정비된 도로와 길보다는 한적하게 걷는 길을 좋아한다. 특히 산길로 난 작은 오솔길을 좋아한다. 신선이 길을 걸으면 나무가 생겨나고, 사람이 숲길을 걸으면 오솔길이 생긴다고 말한 이는 누구였던가. 석양을 보고 걷는 것도 좋아하고, 자동차를 운전할 때는 일부러 꾸불꾸불한 옛길을 찾아 운전하기도 한다. 옛길에서는 나뭇잎이 떨어지는 모습과 다양한 삶의 모습들을 하나하나 놓치지 않고 볼 수 있기 때문이다. 가끔 폭설이 내려 도로가 통제되면 일부러 갓길에 차를 세우고 하염없이 내리는 눈을 보며 바쁜 일정에 아랑곳하지 않고 설경 감상에 빠지기도 하였다.

한번은 내가 얼마나 걷는지 궁금해서, 종로2가 길가 노점상으로부터 만 원을 주고 만보기를 구입해 내가 하루에 얼마나 걷는지를 측정해 보기로 했다. 그런데 보통 오후 5시쯤 되면 만보가 훨씬 넘어 버려, 며칠 착용하다가 측정을 포기하기로 하였다. 얼마나 걷는 것이 중요한 게 아니라, 얼마나 가치 있는 일을 했는지가 더 중요했기 때문이다.

사람은 자기의 길을 '누구나' 스스로 개척해 나간다. 오래 걸어온 길에 대한 애착은 대부분의 사람마다 절실해서 혹시 그 길이 잘못되었다 해도 쉽게 다른 길로 돌아서지 못한다. 나에게 어울리지 않는 옷을 입었는데 다른 여분의 옷이 없다면 그 옷을 계속 입고 있어야 되는 것과 같은 이치다. 나는 내가 가야 할 길에 대해 정확히 볼 수 있는가. 만약 내가 가야 할 길이 올바른 길이라면, 그것을 알아차릴 수 있는가. 언제나 용기가 필요하다.

"인생은 무거운 짐을 지고 가는 먼 길과 같으니 절대로 서두르지 마라."는 도쿠가와 이에야스의 말처럼 나는 오늘도 서두르지 않고 천천히 걷는다.

지금도 나는 하루에 한두 시간 이상을 걷는다. 걸을 때마다 기분이 좋고 자유로우며, 사색에 쉽게 잠긴다. 새롭게 떠오른 아이디어를 메모하거나, 좋은 생각들을 수시로 메모한다. 걸으면서 생각하고, 생각하며 걷는 것이다.

길을 걸어가면서 다음과 같은 문장들을 떠올리며 고민하기도 했다.

실패를 두려워하지 마라. 누구도 실패를 좋아하진 않지만, 실패는 인생의 필수적인 부분이고, 배움에 꼭 필요하다.

−버냉키 전 연방준비제도이사회 의장

부귀와 명예가 도덕으로부터 온 것이면, 마치 숲 속의 꽃과 같이 스스로 무럭무럭 자라고, 공적으로부터 온 것이면, 마치 화분 속에서 자란 꽃과 같이 이리저리 옮겨지기도 하고 흥망이 있게 된다. 그런데 만약 그것이 권력으로부터 얻어진 것이라면, 마치 꽃병 속의 꽃과 같아서 뿌리가 없으므로 그 시들어 가는 모습을 선 자리에서 기다려 지켜볼 수 있을 것이다.

−채근담, 〈세상을 살아가는 마음가짐〉

그리고 '상선약수(上善若水, 최고의 선은 물과 같다. 물은 능히 만물을 이롭게 하되 다투지 아니하고 모든 사람들이 싫어하는 낮은 곳에 처하므로 도(道)에 가까운 것이다)', '절차탁마(切磋琢磨, 옥이나

돌 따위를 갈고 닦아서 빛을 낸다)' 등의 깊은 의미에 대해 상념에 잠기기도 했다.

나는 아내와 만나면 우선 걷는다. 도로, 구민운동장, 조용한 아파트 길 등을 걸으며 못 다한 이야기를 나눈다. 여유가 있으면 근처 커피숍에도 가지만, 아내는 주로 말을 하고 나는 듣는 편이다. 2013년 1월, 대선 후 편안한 마음으로 아내와 모처럼 제주도 서귀포에 갔다. 제주도 올레길을 일부러라도 걷자며 무작정 나와 2시간가량 걷고 나서 바닷가 외딴 식당에서 점심 식사를 하기도 했다.

나에게 길을 걷는 습관은 계성중학교 입학시험을 보기 위해 걸어갔던 길로부터 시작된 것 같다. 남들은 버스로 통학할 때 나는 걷고 또 걸었으나, 전혀 부끄럽지 않았다. 그것은 어쩌면 운명이었을지도 모른다. 돌이켜보면 그 길은 학교로 향해 있었지만, 상점과 시장 사이로 난 길이었고, 그곳에는 늘 사람들이 살고 있었다. 좁고 구불구불하지만 골목길로도 항상 사람들이 다녔고, 그 길에는 언제나 사람들이 있었고, 사람들의 살이가 있었다. 그리고 나는 바로 그 길 위를 걸어서 사람들을 만났고, 아파했고, 잠들지 못했으며 그렇게 오늘 여기에 이르렀다. 그 길의 앞에는 항상 아버지와 어머니 그리고 큰형님이 걸어가고 계신다.

뿐만 아니라 나의 머릿속에 아스라이 펼쳐진 그 큰길 속에는 멀게는 구도의 길을 떠났던 혜초나 의상대사를 비롯해 그들보다 좀 더 가

대선 후 아내와 제주도 서귀포에서(2013. 1)

까운 거리에는 내가 존경하는 분들이 걸어가고 있다. 그들은 모두 신념이나 바른 삶을 향해 걸어 나갔던 길이다. 나에게 그 길은 지금도 여전히 내가 걸어가야 할 길로 남아 있으며, 언젠가는 다른 이들의 길로 이어지게 될 것이라는 확신을 가지고 있다.

내 주변의 사람들도 그러했다. 자신이 믿고 있고, 뜻하고 있는 바를 강하게 의지하여 묵묵히 자신만의 길을 걸었다. 그리고 그 길이 올바른 길인지 늘 의심하고 고민했으며 예민했다. 조금이라도 올바르지 않은 길에 들어서면 과감히 걸음을 멈추는 용기를 잃지 않았다. 앞으로도 굽 높고 딱딱한 구두를 등산화처럼 신으며 내게 주어진 길을 묵묵히 걷고자 한다. 걸으려고 발을 디딜 때 그 길은 비로소 길이 될 것이다.

등산을 한다는 것은 정상에 올라갔기 때문에 의미가 있는 것이 아니라, 정상을 향해 올라갔기 때문에 의미가 있는 것이라고 생각한다. 성공이나 실패라는 결과의 문제보다는, 어떤 과정을 거쳐 왔는지가 더 중요하다. 목적지를 향해 걸을 때 중요한 것은 목적지에 얼마나 빨리 도착했느냐가 아니라, 목적지에서 내가 해야 할 일을 얼마나 잘 알고 있느냐다. 되돌아가는 길이 오히려 빠른 길일지도 모른다.

돌아가더라도, 길 감 속에서 목적을 향해 걷는 것이 바로 여행이고, 그 여정이 곧 삶이며, 사람이란 결국 길을 걷는 사람을 말한다. 여기서 길찾기로서의 삶은 인간의 실존으로 확장된다. 삶이란 길을 찾는 작업이며, 이 길을 찾아내고 그 길을 가는 사람이 바로 인간이다. 이

것이 나의 도학(道學)이며, 사람들과 더불어 길을 가는 방법으로서의 길의 학(hodology)이다. 길을 찾아내기 위해서 여행하는 인간으로서의 이인기.

길은 길과 통하고, 휴식할 수 있는 장소인 마을을 만들면서 사람과 사람을 만나게 한다. 길은 언제나 사람을 보편적으로 만든다. 산은 산이고, 물은 물이라면, 길은 언제나 길이다. 내가 떠나는 길은 사실, 인류가 언제나 모두 걸어갔고 지금도 변함없이 유지되고 있는 우리의 삶과 문화, 그리고 사람살이에 다름 아닌 정치의 통로이다. 정치란 사람을 좀 더 사람답게 만드는 일에 다름 아니기 때문이다.

강나루 건너 밀밭길을
구름에 달 가듯이 가는 나그네.

박목월 시인이 시 〈나그네〉에서 노래한 것처럼 길은 마침내 '감(行)'이고 그래서 그가 간 곳은 언제나 길이 된다. 길은 나그네만 가는 건 아니다. 두보는 '인생은 자고로 여행이다.(人生自古有行旅)'라고 했다. 길은 하늘과 땅, 사람들의 흐름 그 자체이다. 그리고 나는 언제나 그랬듯 이 길을 갈 것이다. 그것을 '도전'이라고 말하고 싶다. 함께 길을 걸어왔던 분들, 함께 걸어갈 분들, 앞서 가고 계시는 분들, 그리고 언젠가 나를 보며 자신의 길을 걸어갈 분들에게 부족한 이 글을 바친다.

제3부

꿈꾸는 세상

박목월 시인이 시 〈나그네〉에서 노래한 것처럼
길은 마침내 '감(行)'이고
그래서 그가 간 곳은 언제나 길이 된다.
길은 나그네만 가는 건 아니다.
두보는 '인생은 자고로 여행이다.(人生自古有行旅)'라고 했다.
길은 하늘과 땅, 사람들의 흐름 그 자체이다.
그리고 나는 언제나 그랬듯 이 길을 갈 것이다.
그것을 '도전'이라고 말하고 싶다.
함께 길을 걸어왔던 분들, 함께 걸어갈 분들, 앞서 가고 계시는 분들,
그리고 언젠가 나를 보며 자신의 길을 걸어갈 분들에게
부족한 이 글을 바친다.

6.25와 월남 참전유공자의 명예를 위해

16대 국회의원(초선의원)으로 재직하며 국회 보훈특별위원회 간사로 있을 때였다. 보훈 가족들과 정치 간담회를 갖게 되었는데, 그들로부터 6.25전쟁에 참전한 분들이 정부로부터 제대로 된 보상을 받지 못하고 있다는 것을 듣게 되었다. 극빈층의 사람들에게만 '생계보조비' 라는 이름으로 월 5만 원씩 아주 적은 보상을 정부에서 시행하고 있을 뿐이었다. 그것마저도 자랑스럽게 받지 못해, 손자 손녀에게 창피해서 입 밖에 꺼내지도 못할 정도라고 들었다. 2001년 당시 고령으로 생계 곤란을 겪고 있는 참전유공자분들의 노후 생활 안정에 도움을 주기 위한 생계지원 제도가 마련되어 있었으나, 그 지원 정도가 미약하여 근본 취지를 무색하게 했다.

일단 명칭부터 바꾸기로 마음먹었다. '참전용사' 의 '생계보조비' 가 아니라, '참전유공자' 의 '참전명예수당' 으로 명칭을 바꿀 것과,

가난한 극빈층 5%에게만 지급하는 것이 아니라 70세 이상의 모든 유공자에게 지급하도록 법안을 제출하였다. 금액의 문제가 아니었다. 그것은 '명예'의 문제였다. 나라를 위해 목숨까지 내놓고 싸운 분들에게 그 정도의 보상은 오히려 부족하고 미흡하다고 생각되었다.

이러한 법 개정 소식이 널리 알려지자, 베트남 참전용사들과 6.25전쟁에 소년병으로 참전했던 분들에게도 연락이 왔다. 제대로 된 정부의 예우를 받지 못하고 있음을 토로했다. 이에 나는 적극적으로 법안을 제출하기 위해 차근차근 준비해 나갔다. 6.25 참전 소년병 및 베트남전 참전유공자들이 참전명예수당을 보다 일찍 받을 수 있도록 70세 이상에서 65세 이상으로 지급 대상의 나이를 낮추는 법안을 다시 제출하였다. 16대 국회에서 〈참전 군인 등 지원에 관한 법률〉을 개정하여 명칭을 바꿔 나갔고, 2002년에 이르러 처음으로 월 5만 원의 참전명예수당을 6.25전쟁 및 베트남전 국가유공자들에게 지급할 수 있게 되었다. 전쟁이 끝나고 50여 년이 지난 뒤 국가에서 처음으로 참전용사 분들께 예우를 갖춘 셈이었다.

특히 월남전은 1964년 7월부터 1973년 3월까지 8년 8개월 동안, 국가의 명을 받들어 연 병력 325,517명이 목숨을 걸고 참전하여 전사 5,099명과 부상자 11,232명의 큰 희생을 치르기도 한 파병이었다. 국가의 부름에 자신의 젊음을 바친 분들과 그 일을 계기로 한국의 경제발전이 속도를 얻을 수 있었다는 것은 이미 널리 알려진 일이기도 하다.

월남전 파병 이후 참전용사들의 참전수당 2억 5천만 달러, 기업체의 수출/용역/건설 등 5억 달러, 기술자 송금 1억 6천만 달러, 국군장비 현대화 지원금 15억 달러, 유상 차관 및 무상 원조 43억 달러 등, 총 67억 달러를 상회하는 막대한 자금이 국내로 유입되었다. 당시 우리나라의 총 외화보유고는 고작 1억 1천만 달러, 1인당 GNP는 겨우 100달러, 국가 총 수출액 1억 달러 정도에 불과했던 당시로서는 그야말로 천문학적 규모였던 것이다.

'참전 군인 등 지원에 관한 법률 일부 개정 법률안'을 대표 발의한 것이 그 첫걸음이었다. 개정안은 지급 대상을 70세 이상의 참전 군인 등으로 확대하는 내용과 참전 군인 등에 대하여 복리증진 및 명예선양 등 각종 예우를 행하여 국민 애국정신의 고취를 목적으로 하고 있으므로 그 제명을 '참전 군인 등 예우 및 지원에 관한 법률'로 하여 참전 군인 등에 대한 예우를 명백히 하고 '생계지원'이라는 명목은 명예에 누가 될 여지가 있기에 이를 '참전명예수당'으로 변경하여 참전 군인의 영예로운 정신을 기리기 위함이었다.

이 일부 개정 법률안은 2011년 12월, 국회 본회의에서 통과되어 2002년 10월부터 종전 후 처음으로 월 5만 원의 참전명예수당이 지급되게 되었다. 그다음 해 지급 대상 연령을 70세에서 65세로 낮추어 소년병과 베트남전에 참전한 분들에게 5년 일찍 수당을 받도록 하였다.

2005년 4월 '국가유공자 등 예우 및 지원에 관한 법률 일부 개정 법률안'을 발의하였다. 법안은 참전유공자의 명칭을 국가유공자로 변경하여 예우를 행함으로써 이분들의 권익을 보호하고 명예 회복을 도모하도록 하였다. 당시 6.25전쟁 참전유공자 대부분의 연령이 70세 이상의 고령인 점을 감안하면 이들이 조국 수호에 의해 공헌한 데 대하여 명예만이라도 인정받기를 간절히 원하고 있었으며 이분들의 명예를 위해서는 국가유공자로 규정하는 것이 매우 시급한 실정이었다.

2008년 2월 26일 6.25 참전유공자가 국가유공자로 승격되었고 6.25 참전유공자회가 공법단체로 인정되었다. 2009년 3월 7일에는 대한민국 6.25참전유공자회로부터 그간의 공을 인정받아 명예회원으로 위촉되었고, 2011년 4월 28일에는 베트남참전유공자회로부터도 명예회원으로 위촉되었다. 그리고 2011년 정기국회에서 월남참전유공자회도 공법단체로 승격되었다.

이후 세 차례에 걸쳐 〈참전명예수당 인상에 관한 청원〉을 국회에 제출하여 2010년 9만 원까지 인상할 수 있게 되었으며, 2011년부터는 월 11만 원, 2013년부터는 월 15만 원, 2014년부터는 월 17만 원씩 지급하고 있다. 향후 5년간 1만 원씩 이상 인상하기로 되어 있는데, 나는 계속 혼신의 힘을 다할 것이다. 비록 많은 금액은 아니지만, 이들이 기뻐하시는 모습을 보고 국회의원으로서 많은 보람을 느꼈다.

나는 행정안전위원회 소속이기에 국회 정무의원 소관인 보훈단체 업무에 직접적 관련성은 없다. 그럼에도 불구하고, 박희모 6.25 중앙회장, 우용락 월남 중앙회장이 꼭 나를 찾아와 보훈 관련 업무를 부탁했다. 나의 소관이 아님에도 불구하고 나를 믿고 의지하는 그들을 위해 나는 상임위원 이상으로 열과 성을 다할 수밖에 없었다. 직접 우용락 회장과 손을 잡고 정무위원회 법안소위원회에 찾아가기도 하였다. 참전유공자 처우에 대한 제도상의 문제를 개선하고자 의원 생활 12년 내내 발 벗고 나선 셈이다.

2012년 10월 12일에 월남참전자회 48주년 기념식이 잠실종합운동장에서 열렸는데, 월남참전자회에서 박근혜 대통령 후보와 함께 참석할 것을 나에게 부탁해 왔다. 나는 박근혜 후보와 우용락 회장과 함께 기념식 가운데로 걸어가는 가운데, 우레와 같은 박수와 함성에 매우 놀랐다. 그들의 뜨거운 열기가 나라를 부흥시켜 달라는 요구로 들렸고, 박근혜 후보가 대통령으로 당선될 수 있다는 강한 확신에 전율이 느껴지기도 했다.

2010년 6월 국회 본회의 5분 발언을 통해 명예수당 인상과 실질적인 보훈 혜택을 주장하였다.

〈5분 발언 내용 일부〉

금년은 6.25전쟁 발발 60년이 되는 해입니다.

북한이 소련제 탱크 등을 앞세워 대한민국을 기습 남침한 6.25전쟁은 대한민국 국민 37만여 명이 목숨을 잃었고, 38만 7,000여 명이 북에 납치됐거나 행방을 알 수 없습니다.

한국군 13만 7,000여 명, 유엔군 4만여 명이 전사했으며, 한국군·유엔군 4만여 명이 포로로 붙잡히거나 실종되었습니다.

김일성 집단의 6.25 남침은 우리 대한민국을 잿더미로 만들었습니다.

1953년 휴전 직후 대한민국의 1인당 국민소득은 67달러였으나 현재 2만 달러로 57년 전보다 288배 가까이 올랐습니다.

국민 대다수는 6.25 참전용사들의 헌신과 희생이 이루어 낸 성과라고 생각할 것입니다.

국가는 6.25전쟁에 참전한 분들에 대해 근 50년 동안 아무런 관심을 보이지 않았습니다.

그분들의 희생이 없었더라면 오늘날 대한민국의 영광과 번영, 그리고 월드컵 승리가 있을 수 있겠습니까!

6.25 참전유공자들은 가난과 굶주림의 고통을 받고 사회로부터 냉대를 받고 있습니다.

지금 남은 유공자는 20만 명도 채 되지 않습니다. 해마다 정부와 사회의 무관심과 홀대 속에서 나라를 지킨 '영웅' 들은 몇 천 명씩 사라지고 있습니다.

대한민국이 이분들의 참전수당을 현실화하고 지친 몸을 눕힐 요양시설조차 마련해 주지 못한다면 나라로서 최소한의 임무를 하지 못하는 것 아니겠습니까.

지금이라도 늦지 않았습니다.

6.25 및 베트남전쟁 참전유공자에 대한 수당을 적어도 매월 20만 원 정도로 인상해 주어야 합니다.

사시면 얼마나 사시겠습니까!

이제 국가는 6.25 및 베트남 참전유공자들이 나라를 지키기 위해 목숨을 바쳐 전쟁에 참가했다는 자부심을 가질 수 있도록 이분들에 대한 예우를 실질적으로 해 주어야 합니다.

2010년 10월 11일에는 '6.25 참전유공자 참전명예수당 인상 촉구 결의안'을 발표하여 참전명예수당의 인상을 주장하였다. 이후 11월 16일에는 여당, 동료 의원들과 더불어 '참전명예수당 인상 여야 공동 성명서'를 발표하였다.

〈공동성명 내용 일부〉

베트남 참전 전우들은 40여 년 전 정부의 파병 결정과 국회의 파병 동의안 가결에 의해 국가의 명을 받고 1964년 9월부터 1973년 3월까지 약 8년 7개월여 동안 32만여 명이 베트남 전쟁에 파병되었고, 이역만리 낯선 땅에서 자유를 지키다 4,960명의 전사자와 2만여 명의 부상자가 발생하는 등 세계 평화와 수호를 위해 머나먼 타국에서 피 흘리며 싸웠다.

이에 우리는 뜻을 모아 6.25와 베트남 참전유공자들에게 참전명예수당을 20만 원 이상 인상을 2011년도 예산에 적극 반영해 줄 것과 베트남 참전유공자들의 국가유공자 대우를 정부에 강력히 촉구하는 바이다.

2011년 11월 16일
국회의원 이인기 외 32명 일동

2014년은 6.25전쟁이 발발한 지 64주년, 베트남 참전 50주년을 맞는 해이다. 국가와 민족의 안위를 지키고자 목숨을 아끼지 않고 조국 수호 전선에 기꺼이 나섰던 6.25 참전유공자, 정부의 파병 결정과 국회의 파병 동의안 가결에 의해 국가의 명을 받고 이역만리 베트남 전쟁에 파병되었던 참전유공자들. 그분들을 떠올리면 고개가 절로 숙여진다. 하지만 그분들에 대한 우리 국민들의 존경심과 동떨어진 보훈 제도는 그 희생정신과 애국정신에 미치지 못했던 것 또한 사실이다. 물론 과거와 비교하면 많이 개선되었다고도 볼 수 있지만 그분들의 연세나 여생을 생각하면 아직도 효를 다하지 못한 자식의 마음처럼 항상 가슴 한켠에 멍울로 남는다.

6.25전쟁 국가유공자들의 평균연령이 83.3세라고 한다. 지금 당장 국가의 도리와 국민의 도리를 다하여 그분들을 모신다고 해도 향후 얼마나 지속될 수 있을지 모른다. 지금의 대한민국이 존재할 수 있도록 목숨을 다해 헌신한 '국가의 영웅들'을 모실 수 있는 시간이 우리에게 얼마 남지 않았다는 것이다. 왜 이분들을 아무도 돌보거나 관심 갖지 않았을까 하는 의문은 차치하더라도, 시급히 법 개정을 서둘러 이분들의 처우 개선에 열과 성을 다해야 한다고 생각한다. 이분들이 바로 우리가 이 땅에 서 있을 수 있도록 우리를 보살펴 주신 부모님과 같기 때문이다. 자식 된 도리로 부모 생전에 효를 다하는 것처럼, 우리가 할 수 있는 일이 바로 그런 일이다.

인류 역사상 가족만큼 오래된 것도 없다. 부모 없이 태어난 사람 역

박근혜 대통령 후보와 함께 잠실종합운동장에서 월남참전유공자회 기념행사(2011. 10)

시 없으므로 나를 비롯하여 모든 사람에게는 부모님이 존재한다. 6.25전쟁 및 베트남전 국가유공자들 또한 우리의 부모님이다. 이 문제는 정치적으로 쟁점화될 이유가 없으며, 탁상공론의 여부를 가릴 일이 아니라고 생각한다. 당연한 일이기 때문이다. 나는 국회의원 중 유일하게 6.25 국가유공자 명예회원, 베트남 국가유공자 명예회원으로 위촉받은 것을 자랑스럽게 생각한다. 국회의원을 물러난 지금도 월남참전자회 발전자문위원장을 맡아 일자리 창출 등 그분들의 복리 증진을 위해 여러모로 노력하고 있다.

6년 만에 이룬 육류 원산지 표시제

〈식육 음식점 원산지 표시제〉는 농축산인의 권익 보호뿐만 아니라 모든 국민들의 건강을 지키기 위해 고심 끝에 만든 제도이다. 하지만 식품을 조리·판매하는 영업자로 하여금 식품에 수입한 식육이 포함되어 있는 경우 그 수입육의 원산지를 표시하게 하는 것을 골자로 하는 이 제도는 그 취지와 달리 어렵게 도입되었다.

지난 16대 국회에서 무려 3차례나 걸쳐 '식품위생법 일부 개정 법률안'을 대표 발의하였으나 3차례 모두 상정조차 되지 못하고 폐기되었다. 당시 법안 처리에 다소 어려움이 따랐던 것은 음식업협회의 반발이 영향을 미쳤기 때문이었다. 원산지 표시를 하게 될 경우, 있을지 모를 매출 감소를 우려한 음식점 업주들은 전국적으로 반대 여론을 일으켰고, 지역구 의원들을 찾아가 격심한 반대 로비를 펼치기도 하였다. 더러는 지역구에서도 나의 낙선운동을 벌이겠다는 이들도 더러 있었다.

그러나 나는 내가 낙선되는 한이 있더라도 축산 농민들의 권위와 국민 건강을 보호하기 위해서는 꼭 해야 할 일이라고 생각했다. 만약 미국이 국제소송을 걸면, 소송 재판에 내가 직접 나가겠다는 말을 외교통상부에 전하기도 했다. 그러나 국회 자체의 분위기도 좋지 않았다. 당시 박종웅 보건복지위 위원장은 법안 상정조차 어려울 것이라 하였다. 그럼에도 불구하고 17대 국회의원으로 당선된 후 이 제도를 도입하는 것이 나의 신성한 사명이라 결심하고, 그 뜻을 세우기 위해 개원 첫날 밤새 줄을 서서 17대 의원 발의 1호 법안으로 다시 제출하였다. 1호로 제출하면 신문 등의 매체에 기사화되는 것은 물론이고, 그것은 제도 도입을 꼭 이루겠다는 집념의 표현이었다.

2005년 6월 7일 국회 대회의실에서 식육원산지 표시제 입법 관련 공청회가 열렸을 때, 전국 한우, 양돈, 양계 축산인들이 모두 모여들어 대회의실은 물론 국회 잔디밭까지 인산인해를 이루었다. 박근혜 대표가 "전국의 한우 농민이 다 왔습니까?"라고 말할 정도로, 남호경 한우협회 회장 등 전국 한우 농민 등 축산협회 사람들이 거의 다 모였다. 공청회는 축산 농민을 보호할 것인가, 음식점을 보호할 것인가의 대결 구도 양상으로 진행되었으나, 결국 원산지 표시 쪽으로 기울어졌다. 한나라당 맹형규 정책위의장, 민주당 원혜영 정책위의장이 이에 찬성했고, 그 후 법안 소위에 몇 시간씩 버티고 서 있으면서 법안을 촉구하였다. 결국 이석현 보건복지위 위원장, 송영길 법안소위 위원장에 의해 법안이 처리된 후, 2005년 12월 1일 드디어 6년 만에 '육류 원산지 표시법'이 국회 본회의를 통과하였다. 그날 밤, 나는 홀로 여의도 밤거리를 걸었다. 감개무량했고 가슴이 벅차올랐으며, 앞으로 내가 할 수 있는 일들에 자신감을 얻은 산책이었고, 해야 할 일들을 다짐하는 산보였다.

그 후 점진적으로 법 시행이 이루어졌다. 쇠고기부터 시작한 원산지 표시제가 배추김치로 확대 시행된 것이다. 2007년 1월, 쇠고기에 한해 연면적 300㎡ 이상의 음식점을 대상으로 처음 시행되었고, 2008년 10월 1일부터는 연면적과 상관없이 모든 음식점에 쇠고기 원산지 표시를 실시하게 되었다. 그리고 12월 22일부터는 농식품부의 지도단속 강화 지침과 더불어 돼지고기와 닭고기 그리고 배추김치에 대해서도 원산지를 표시하게 되었다. 또한 원산지 표시제의 실효성을 높이기 위해서 소의 출생부터 판매까지의 과정을 추적할 수 있는 〈쇠고기 이력추적제〉가 함께 시행되면서 원산지 표시제가 우리나라에 완전히 정착하게 되었다.

그 배경은 이렇다. 2008년 5월 한미 FTA 관련 쇠고기 수입 재개 협상 내용 등에 대한 반대 의사를 표시하기 위하여 광화문 광장에서 국민들의 대규모 촛불집회가 오랜 시간 지속되었다. 특히 쇠고기 협상 문제와 관련해 축산업 종사자들은 국산 축산업에 대한 위기의식으로 쇠고기 수입을 전면 반대하였고, 소비자들은 광우병에 대한 불안과 의심으로 쇠고기 수입을 반대하였다.

국회 의원회관 대회의실에서 이인기 의원이 주최한 '육류 음식점 원산지 표시제' 도입을 위한 입법 공청회에 한나라당 박근혜 대표를 비롯 여야 정책위의장, 강기갑 의원 등이 참석했고 전국에서 축산업 관계자 800여 명이 장내를 가득 메워 높은 관심을 나타냈다.(2005. 6. 7)

무엇보다 미국산 쇠고기 등이 국내산으로 둔갑하여 판매되는 우려를 없애야만 했다. 그것이 농민들과 소비자들이 미국산 쇠고기 수입을 전면 반대한 이유였다. 이명박 정부는 즉시 쇠고기에 이어 돼지고기, 닭고기, 배추김치까지 연면적 제한 없는 원산지 표시제를 전면 실시하겠다고 발표했다. 이에 따라 축산업 관계자와 소비자 모두의 요구를 충족시킬 수 있게 되었고, 촛불집회는 중단될 수 있었다.

〈음식점 육류 원산지 표시제 법안 〉
—매일신문 2005년 11월 23일

식당 반대 극복 56개월 만에 통과
한나라당 이인기 의원

한나라당 이인기(고령 · 성주 · 칠곡) 의원은 법안 하나를 제출하기 위해 '3전 4기' 했다. 상임위에 상정조차 못하고 폐지된 사례만도 3번이었고 기간은 무려 5년이 걸렸다. 자구 수정만 몇 개 해서 하루에도 수십 건씩 개정안을 제출하는 의원들과는 대조적이다.

이 의원이 끈질기게 추진한 법안은 식육 음식점 원산지 표시제 도입을 뼈대로 하는 '식품위생법 일부개정법률안' 요지는 일반 음식점에도 정육점과 같이 육류의 원산지와 종류를 표시해 소비자들에게 올바른 구매 정보를 제공하고, 둔갑 판매를 금지하자는 것이다.

따라서 법안이 통과되면 본드로 붙인 갈비 판매 사례 및 외국산이 한우로 비싸게 팔리는 것 등이 근절되고 국내 축산 농가에는 가격 상승 효과에 따른 이익이 보장된다.

법안 처리가 우여곡절을 겪었던 것은 음식점 점주들 때문. 원산지 표시에 따른 매출 감소를 우려한 이들은 이 의원이 이 법안을 추진하자 일제히 반대했고 다른 의원들을 찾아가 전방위적 로비 활동을 벌였다. 특히 이 의원의 지역구에서는 낙선 운동을 벌이겠다는 얘기도 했다고 한다.

하지만 이 의원은 오히려 동료 의원들에게 "이 법안에 반대하면 로비를 받은 것으로 간주하겠다."고 역공해 지난 17일 해당 상임위인 보건복지위를 통과시키고 법사위 법안심사 소위로 넘기는 데 성공했다. 법안 상정을 시도한 지난 2001년 3월 이후 만 56개월 만에 상임위를 통과시킨 '기록'을 세운 것.

이 의원은 당분간 농가에 대한 관심을 지속적으로 쏟을 예정이다. 지난 1월 성주 참외 세미나를 개최한 데 이어 오는 26일에는 딸기 농가의 미래를 위한 세미나를 개최한다.

이 의원은 "시중에 먹음직스럽게 생긴 '인물 좋은' 딸기들은 전량 일본산이며, 2007년부터 우리가 매년 씨앗에 대한 로열티를 지불해야 한다."며 "국산 품종의 개발·보급·확대 및 유통과정을 개선해 경쟁력 있는 우리 품종을 만들어 내야 한다."고 말했다. (박상전기자)

결국 〈식육 음식점 원산지 표시제〉는 농축산인의 권익 보호뿐만 아니라 모든 국민들의 건강을 지키기 위한 고심의 고심 끝에 나온 결단이었다. 더욱이 원산지를 속여 파는 일이 근절될 때, 보호 받는 것은 농축산인, 소비자, 그리고 음식점 점주까지 모두에게 혜택이 돌아간다. 정직한 노동의 대가와 그에 따른 합리적인 소비가 원활하게 이뤄질 수 있기 때문이다.

　이 제도는 가장 먼저 우리 농축산인들을 살리기 위한 최후의 정책이라고 봐도 무방할 것이다. 세계적인 추세가 점점 자유무역의 시대로 치닫고 있는 지금, 우리 농축산물이 경쟁력을 얻기 위해서는 이러한 제도가 절실히 필요하다. 우리 국민들이 안심하고 믿고 먹을 수 있는 사회, 정직한 노동의 가치가 인정되는 사회 등을 위한 법 제정이 요청되는 이 시대에서 내가 맡은 책임이자 의무란 바로 이러한 법을 만드는 일이라고 생각한다.

비닐하우스로부터 여성 해방을

　2004년 성주군에 평소 알고 지내던 여성의 농가를 방문할 일이 있었다. 그날은 일정이 바빴고, 늦은 밤 시각에 찾아갈 수도 없는 노릇이라 이른 아침에 농가를 찾아갔다. 30대 중반의 농촌 여성이 우리 일행을 맞이했으나 얼굴을 자꾸 피하며 눈을 마주치지 않으려 했다. 이를 이상하게 여긴 나는 동행한 일행에게 이유를 물었다. 알고 보니 농사일로 얼굴에 기미가 많아져 다른 사람들에게 자신의 얼굴을 보여주지 않으려 했다는 것이다. 그동안 주로 밤에만 만났기 때문에 맨얼굴을 볼 수 없었던 것이다.

　얼굴의 문제뿐만 아니었다. 고령·성주·칠곡의 보건소와 병원들에 현재 입원해 있거나 치료받고 있는 여성들을 대상으로 조사해 본 결과, 상당수가 비닐하우스 노동에 따른 심각한 후유증을 앓고 있었다. 비닐하우스 속에서 오랜 시간 노동을 해야 했기 때문이었다. 특히

농어업 회생을 위한 국회의원 모임-불교TV 협약식(2006. 12. 21)

비닐하우스의 덮개를 아침저녁으로 벗기고 덮어야 하는데, 그 작업만 하루 평균 4시간이 걸린다는 것이 무척이나 마음이 아팠다.

따라서 여성들이 비닐하우스에서 최대한 노동을 적게 할 수 있도록 궁리한 끝에, 자동으로 비닐하우스 덮개가 개폐되는 자동화 시스템을 도입해야겠다고 마음먹었다. 일일이 덮개를 벗기고 덮는 대신에, 스위치만 누르면 자동으로 열고 닫을 수 있도록 말이다. 덮개 개폐에 따른 노동 시간을 줄인다면, 햇빛에 피부가 노출되는 시간이 대폭 줄고, 여가를 잘 활용해서 취미 생활과 건강을 위한 운동 등을 할 수 있을 것이다. 말 그대로 '비닐하우스로부터의 여성 해방'인 것이다.

나는 농수산부 등의 부처와 합의하여 2005년부터 비닐하우스 자동개폐기를 점차적으로 농가에 보급하는 일에 앞장섰다. 지금은 고령·성주·칠곡의 대다수 농가에 자동개폐기 보급이 완료되었다. 이에 따라 편리한 자동화 시스템 덕에 농사량이 훨씬 증가하게 되었고, 참외 농사 등으로 농가 수입이 늘어났다.

이후 시골 농가를 지날 때면, 얼굴도 이름도 모르는 여성분들이 "고맙다."고 말하며 내게 달려와 반갑게 인사를 한다. 기쁨과 뿌듯함. 그런 순간들이야말로 나의 작은 피곤함들이 모두 날아가고, 보람과 의지로 충만해지는 시간이다. 환경과 기후에 영향을 많이 받는 농업, 축산업 등은 뜻하지 않는 피해를 받기도 하고 기후변화에 영향을 받는다. 때문에 농축산인은 이런 예측 불능의 기복에 취약한 분들이다. 이

것은 농축산인들 개개인이 영세하기 때문만은 아니라고 생각한다. 적극적인 정부의 지원 부족이 그 첫째 원인이라고 생각한다. 개개인이 열심히 살아갈 수 있도록 뒷받침을 하는 일이 국가의 일이며, 국가와 국민이 힘을 합해서 제도적으로 대비하면 얼마든지 극복해 나갈 수 있는 일들이다.

이분들이 생산하고 있는 재화는 단순히 자본주의 사회에서 통용되는 상품으로서의 가치만을 가진 것이 아니다. 농축산업은 수산업과 마찬가지로 한 나라의 근간이 되는 기본 사업이며, 우리의 삶과 생활의 기본적인 토대를 이루고 있는 경제 영역이며, 나아가 우리의 정신과 문화까지 닿아 있는 가치로서의 재화라 할 수 있다. 따라서 이들의 지원은 경제 논리를 넘어 한 나라의 백년대계를 위한 장기적이고 체계적인 논의가 필요하다.

여수 명예시민

영남권 국회의원으로서 또 한나라당 국회의원으로서 사실 호남권에 대해 익숙하진 못했다. 처음 여수에 대해 접하게 된 것은 여수세계박람회(여수EXPO) 때문이었다. 여수세계박람회는 〈살아 있는 바다 숨쉬는 연안: 풍부한 자원 보전과 미래 지향적 활동〉이라는 주제로 전라남도 여수시 신항 지역에서 2012년 5월 12일~8월 12일 총 3개월 동안 개최되었던 세계박람회였다. 이번 여수세계박람회 개최로 88올림픽, 2002월드컵과 함께 경제·사회·문화 등 여러 면에서 대한민국의 국격을 상승시키는 계기가 되었다. 약 12조 2천억 원의 생산유발 효과와 약 5조 7천억 원의 부가가치 발생 및 약 7만 9천 명의 고용창출 효과가 기대되기도 했다.

여수세계박람회가 개최되기 7년 전, 국회 내에서는 여수세계박람회 유치를 지원하기 위하여 특별위원회를 구성했다. 2005년 4월 6일 김성곤 의원 주관으로 국회 유치특별위원회 준비 모임을 개최함으로써 본격적인 논의를 시작하여 2005년 5월 24일 여야 의원 22명의 서명을 받아 국회 특위구성 결의안을 국회운영위원회에 제출하였다. 국회 내에서 다양한 논의를 거쳐 2006년 3월 2일에 특위위원장은 한나라당 정의화 의원이 맡고 나는 한나라당 간사로 선임되었으나, 2006년 8월부터 유치 확정 시까지 내가 특위위원장을 맡게 되었다. 한나라당 의원임에도 불구하고 지역 균형 발전과 상대적 낙후 지역인 서남해안 발전을 위해 열심히 일하라는 뜻으로 알고 더욱 큰 책임감과 포부를 갖게 되었다.

위원장이 된 이후 국회 유치특별위원회 차원에서 유치관련 각급 조직의 업무추진 현황을 보고받고 제도적인 보완을 하는 한편 직접 유치 활동에 나섰다. 유치특별위원회는 총 8차에 걸쳐 회의를 가졌고 각 회의마다 유치 활동 진행 상황을 점검하였다. 2006년 9월 13일, 여수세계박람회 개최지인 여수를 직접 방문하였다. 따뜻한 환영으로 위원회를 맞아 주는 여수 시민들은 이미 유치 실패의 고배를 마신 경험이 있는 만큼 더더욱 강한 의지를 보였다.

여수세계박람회 유치 활동은 국내, 국외가 따로 없었다. 유치 활동에 더욱 박차를 가하기 위해 2007년 1월, 국회 유치특별위원회 위원을 남미, 유럽, 중동, 중앙아시아, 북미 등에 파견하여 유치 활동을 적극적으로 펼치도록 하였다. 나 또한 2007년 1월 15일부터 24일까지 유럽 지역의 영국, 산마리노, 그리스에 협조를 구하고 바쁜 일정에 나섰다.

2007년 4월 23일부터 27일까지는 세계를 무대로 본격적인 유치 활동에 뛰어들었다. 먼저 동유럽의 슬로바키아와 체코를 방문하였다. 명예유치위원장 정몽구 현대차그룹 회장은 자회사의 유럽공장 준·기공식에서 현대자동차 관련 소개는 하지 않고, 여수세계박람회 유치가 성공할 수 있도록 노력해 달라는 등의 유치 홍보에 더욱 열정을 쏟아붓는 등 결연한 의지를 보여 주어 많은 찬사를 받았다. 24일 슬로바키아 피초 수상과의 만찬에서 여수세계박람회 유치 지지 요청과 폭넓은 협력 방안을 논의했고, 25일에는 체코의 현대자동차 기공식에 참석하여 체코 수상, 부수상, 하원의장, 주요 부처 장관들과 유치 활동에 대해 홍보했다. 이날 주요 인사들로부터 한국과 동유럽의 상호 협력 관계를 다시 한 번 확인할 수 있었고 여수세계박람회 유치를 통해 우호 관계를 더욱 돈독하게 하고 상생의 길로 가자고 제안했다.

특히 오스트리아 빈에서 슬로바키아에 갈 때는 정몽구 회장과 헬기를 같이 타고 가게 되었다. 그때 나는 "헬기는 위험하지 않습니까?"라고 물으니, 정몽구 회장은 "저는 헬기를 자주 타고 다니는데, 자동차 사고보다 확률적으로 안전하다고 합니다."라고 대답했다. 몇 마디 말을 주고받는데, 정몽구 회장이 무척 강인하다는 인상을 받았고, 그 인상은 다음 날까지 이어졌다.

첫날 환영 행사를 마치고, 그다음 날 나는 아침 일찍 일어나 미리 준비한 체육복을 입고 호텔 주변을 산책하고 있었다. 때마침 호텔 식당에 불이 켜 있어 궁금한 마음에 식당에 가 보니, 정몽구 회장이 양복

여수세계박람회 유치 대표단 슬로바키아 기아차 공장 시찰─여수세계박람회 유치 대표단이 24일(현지 시간) 슬로바키아 기아차 공장 준공식 참석 후 내부를 시찰하고 있다. 왼쪽부터 김병준 정책기획위원장, 정몽구 현대ㆍ기아차 회장, 이인기 국회 여수세계박람회 유치특별위원회 위원장, 로베르토 피초 수상 (2007. 4. 24)

을 차려 입고 실장 등으로부터 업무를 보고받고 있었다. 밤 사이 세계 각지의 자동차업계 현황을 보고받고 있었던 것이다. 70의 노구에도 그렇게 새벽 일찍 일어나 업무를 돌보고 있다는 것을 알게 되니, 깜짝 놀람과 동시에 나 스스로도 더 열심히 업무를 돌봐야겠다는 생각이 들었다.

2007년 11월 21일, 막바지 유치 활동을 위해 프랑스 파리로 떠났다. 142차 개최지 결정 총회 대표단에는 한덕수 국무총리, 강무현 해양수산부 장관, 김재철 유치위원장, 박준영 전남도지사 등 든든한 분들이 포진되어 있어 한결 마음이 놓였다. 그러나 국제적인 행사인 만큼 치열한 경쟁이 예상되었다. 개최지 투표권은 BIE 회원국의 대표들이 행사하기 때문에 그동안 누적적인 방문 외교로 우호적인 관계를 맺어 온 정치인들이 나서서 외교전을 펼쳐야 했다.

프레젠테이션 하루 전, 우리는 프랑스 파리 메리디앙 에트왈 호텔에 머물게 되었다. 그 당시 우리나라와 유치 경쟁 국가는 모로코와 폴란드였는데, 한덕수 국무총리가 내일 프레젠테이션을 할 때 아프리카와 프랑스권 국가를 배려해서 연설문 절반을 불어로 하겠다는 말을 했다. 불어를 모르니, 밤새 문장을 통째로 다 외어 버리겠다는 말이었다. 나는 걱정하는 마음에 거의 밤을 지새웠는데, 총리는 아침에 불어가 할 만하다고 호언장담을 하였다. 결국 프레젠테이션은 불어와 영어로 성공적으로 진행되었고, 우리는 유치 성공을 확신할 수 있었다.

2012 여수세계박람회 유치 성공 후 파리 팔레 드 콩그레 BIE 총회장에서(2007. 11. 27)

2012 여수세계박람회 유치 성공 후 귀국 기자회견, 인천국제공항 기자회견실(2007. 11. 28)

해외만큼이나 국내에서의 유치전도 중요했다. 여수세계박람회 유치를 위한 행사에 잇따라 참석하여 시민들을 독려할 필요성이 있었다. 2007년 1월 7일에 개최된 여수엑스포마라톤대회에 직접 참여하기도 하였다. 4,000여 명의 국내외 마라토너들이 참가하였고, 추운 날씨에도 불구하고 함께 달리면서 많은 시민들과 유치를 기원하였다. 시내 곳곳의 홍보물은 여수 시민의 염원을 고스란히 담고 있었다.

이러한 여러 사람들의 노력이 모두 합쳐 결국 2007년 11월 27일 2012 여수에 세계박람회 유치가 확정되었다.

사흘 후 유치를 자축하는 유치 성공 보고대회가 열렸다. 그때 김재철 유치위원장, 정몽구 명예위원장, 강무현 해수부 장관과 나를 포함해서 여수공항에서 여수 시내까지 카퍼레이드를 동승하라고 했으나 나는 정중히 거절하고, 행사가 열리는 여수시민체육관으로 향했다. 영호남의 화합을 위해서 계속 노력해야겠다는 생각만 앞섰다. 2만여 명의 시민들이 환호성과 함께 태극기, 여수세계박람회 심볼이 새겨진 깃발, 만국기 등을 흔들며 환영을 아끼지 않았다. 그 무엇에 앞서 여수 시민의 배려와 사랑이 깊이 새겨진 여수시 명예시민증을 받았던 그 순간의 감동은 앞으로 잊지 못할 것이다.

유치 발표 이후에도 여수 명예시민으로 2010년 12월, 국회 5분 발언을 통해 정부 차원의 재정 지원과 국민의 관심을 호소하기도 하였다. 그리하여 2012년 5월 나는 여수세계박람회 개막식 때 아주 편안한 마음으로 여수에 다녀올 수 있었다.

천사를 만나다

1978년 12월 알마아타선언과 1980년 12월 〈농어촌 보건의료를 위한 특별조치법〉이 실시됨에 따라 전국의 의료 취약 지역에 보건진료소가 설치되어 무의촌 해소와 함께 의료 소외 계층을 대상으로 의료를 제공하는 일차 보건의료 제도가 시행되었다. 그동안 정부는 사회 환경의 변화에 대응하여 다양한 정책의 변화를 통해 보건의료를 꾸준히 진화시켜 왔다.

2011년 당시 약 1,900여 명의 별정직 보건진료원이 근무 중이었으며, 이는 전체 지방 별정직의 53%가 넘는 비율이었다. 보건진료원은 지방 별정직, 지방 간호직, 지방 보건직, 전문 계약직, 임시직 등으로 배치되며, 평균연령은 47세, 평균근무 경력은 19년 3개월이며 99% 이상이 전문대졸 이상의 학력을 소유하고 있다.

이들은 '농어촌 등 보건의료를 위한 특별법'에 지정받은 의료 취약 지역에 배치된 의사가 없고 앞으로도 의사가 배치되기 곤란할 것으로 예상되는 지역에 대통령령에 따라 보건진료소를 두고 별정직으로 한 명씩 배치되어 기초적인 의료행위를 할 수 있도록 하고 있다.

현재 여러 농어촌 지역 보건기관 가운데 보건진료소의 주민 만족도가 가장 높게 나타난다. 보건진료소는 주민과 밀착된 보건의료 서비스를 제공할 뿐 아니라 단순 진료만이 아닌 포괄적인 건강 문제에 대한 상담을 시행하고 있다. 무엇보다 보건진료소의 운영에 지역사회의 주민 참여를 보장하는 보건행정이 주민들의 마음을 얻고 있는 것이다.

그럼에도 불구하고 그동안 보건의료 정책의 초점이 지나치게 대도시에 편중되어 농어촌 지역의 보건환경은 대도시 지역에 상대적으로 크게 뒤떨어져 있다. 농어촌 지역의 낮은 소득, 심각한 고령화, 인구 감소, 대중교통 운행 감소와 공공시설의 도시 집중화 등의 문제는 도농 간의 사회 문화 격차를 더욱 악화시키고 있다. 그동안 보건지소와 보건진료소가 보건의료를 일정 부분 책임지고 의료 불평등을 해소하는 역할을 해 왔지만 보건진료원들의 직급 구조가 30년 전과 마찬가지로 개선되지 않고 여전히 별정직 신분으로 각종 불이익을 당하고 있다. 한편 최근까지 보건진료원이 결혼하더라도 업무의 성격상 진료소에서 신혼 생활은 물론 오랫동안 살림을 꾸려가야 했으니 보건진료원들의 고충을 모두 설명하는 것은 어려울 것이다.

이런 부분들만 보더라도 보건지소 및 보건진료소 기능의 재평가와 직급 구조의 개선에 대해 중앙정부 차원의 지원이 필요하고 이를 촉구해야 할 필요성이 있다고 판단하여 보건진료원과의 간담회를 시작하게 되었다.

2009년 7월 10일 성주군청 2층 회의실에서 고령·성주·칠곡 보건진료원과 〈별정직 보건진료원 '일반직화' 어떻게 할 것인가〉라는 주제로 첫 간담회를 가졌다. 지역 보건진료원 분들의 말씀을 들어 보니 보건진료원이 별정직으로 보건진료소에 고정되지 않고 보건소 및 보건지소와 순회 근무가 원활하도록 하고 신분의 안정을 위해 일반직으로 전환되어야 하고 이를 앞당기기 위해서는 정부 차원의 적극적인 지원이 필요했다.

실제로 별정직 보건진료원은 임용 시에 기본적으로 간호사 면허가 있어야 하고 보건교사 52.6%, 사회복지사 17.5%, 가정전문간호사 3.8%, 노인전문간호사 16.8% 등의 자격 또한 보유하고 있다. 또 24주간에 걸쳐 체계적인 특별교육을 이수한 후 발령이 나기 때문에 타 보건 인력과 견주어 볼 때도 전문성에 손색이 없고 매년 3일 동안 실시하는 보수 교육을 의무화하고 있으므로 주민의 건강과 관련한 지식을 수시로 보충함으로써 의료 서비스의 질을 향상시키고 있다. 하지만 이러한 사실을 제대로 헤아린다거나 개선이 필요한 사항을 지적하는 사람은 없었다.

좀 더 많은 분들의 의견을 듣기 위해 2009년 7월 13일 보건진료원

시·도 회장과의 간담회를 개최했다. 이날, 전국 회장단과 함께 뜻을 모았고 이러한 사항들을 전국적으로 알리기 위해 국회에서 토론회를 개최하고 전문가와 관계 공무원 그리고 동료 국회의원들의 의견을 모아야 했다. 그래서 2009년 9월 15일 국회에서 〈별정직 보건진료원의 '일반직화'를 위한 여야 합동토론회〉를 여야 의원인 양승조, 백원우, 이애주, 이명수 의원과 함께 합동 공청회를 개최하게 되었다. 이날 공청회에 참석한 동료 의원들과 정부 관계자는 생각보다 더 큰 관심을 보였고 그동안 드러나지 않았던 문제점이 언론에 나오게 되면서 '일반직화'를 위한 물꼬를 틀 수 있게 되었다.

2009년 경기도, 충북, 전남, 국감 시 도지사에게 질의응답을 통해 보건진료원 일반직 전환의 필요성에 대해 설명했다.

2010년 1월 6일에는 고령·성주·칠곡 보건진료원들과의 간담회 당시 지역의 보건진료원 분들과 생수 한 잔으로 건배를 하며 앞으로 일반직 전환 방안을 모색하고 그동안의 애로사항을 청취하는 시간을 갖기도 하였다.

2010년 2월 24일, 여의도 63빌딩에서 열린 〈전국보건진료원워크숍〉에 초대되어 축사를 하는 자리에서 보건진료원들의 고충을 위로하는 첫 토론회 이후 일반직화 추진 상황에 대해 설명해 드렸다. 어려운 상황에서도 사명감을 다하는 보건진료원들의 그 정신은 귀감이 되었다. 이날 워크숍에서는 공공보건 조직의 활성화를 위해서 생산성이 높은 보건진료원의 활동을 농어촌 지역에 국한시키지 말고 도시 지역으로도 확대하자는 제안이 있었다.

　더욱이 칠곡군은 도농 복합지역이라 더욱 관심이 갔던 부분이고 최근에 도시 지역 저소득층의 어려움과 건강 문제가 큰 이슈로 대두되고 있는 시점에서 보건진료원을 도시 지역에 추가로 배치하여 의료복지를 실현하자는 제안은 신선했다.

　보건진료원은 그 기능과 역할에 대해 중차대한 가능성을 지니고 있다. 우리나라의 노인 인구 비율이 점점 늘어나고 있는 상황에서 보건진료원의 주 대상 인구가 노인층이라는 것은 국가의 실버 제도를 보완한다고 보아도 과언이 아닐 것이다. 뿐만 아니라 노인 건강관리를 수행하고 있는 보건진료원은 노인 장기요양 보험제도와 상호작용하여 노인 요양과 건강관리를 위한 시설이 설치될 경우 소정의 추가 교육만 받은 후 요양관리사(Care Manager)로 활동할 수 있는 자격 또한 갖추어져 있다.
　이러한 업무의 영역과 더불어 농어촌에 계신 어르신들에게는 아들, 딸, 며느리, 자식의 역할까지 대신하고 있고 노환과 임종 등의 불안한 상황에서 정신적인 의지가 되고 있다.
　사회에서 유사한 역할을 하고 있는 일반 보건 및 복지시설 인력이 모두 정규직인데 비해 의료와 복지국가 제도의 수행원으로서의 역할을 하고 있는 보건진료원은 별정직의 신분이기 때문에 많은 제약이 따른다.
　우리 정부는 높은 경제력을 바탕으로 선진국을 자부하고 있음에도

별정직 보건진료원 일반직화를 위한 공청회(2010. 9. 14)

보건진료원 회장단과 함께(2010. 11. 3)

이러한 부분에서는 미흡함이 드러난다. 2010년 행정안전부 국정감사 당시에 지적하였듯이 지난 30년간 성공적으로 시행되었던 보건진료원 제도는 경제성장과 사회발전에 크게 기여해 왔고 이들을 일반직으로 전환하는 것은 농어촌 주민의 건강권을 보장하는 것이다.

2011년 들어서는 맹형규 행정안전부 장관 등 정부가 일반직 전환을 위한 절차를 긍정적으로 검토했다. 대통령 업무보고에 반영되었고 보건진료원 일반직 전환에 따른 인사업무 처리지침의 제정으로 지방공무원 임용령 등에 보건진료직이 신설되어, 마침내 2012년 꿈에 그리던 보건진료원 일반직화가 이루어졌다. 그동안 별정직이라는 이유로 6급 승진이 제한되었으나, 이제는 일반직이 되었으니 그 제한이 풀려 5급 사무관도 배출될 날을 기대해 본다. 하남시청에 근무하고 있는 신현주 중앙회장님, 앞날에 영광이 있기를 기원합니다.

대한민국의 나이팅게일! 모든 보건진료소장님의 앞날에 번영이 함께하길 바랍니다.

저탄소 녹색 기본법 탄생

18대 국회 개원 때 한나라당에 복당한 이후 얼마 지나지 않아 홍준표 원내대표로부터 연락이 왔다. 나에게 국회 기후변화특위 위원장을 맡아 달라는 것이었다. 나는 복당한 지 얼마 되지 않아서 직책을 맡기가 곤란하다고 대답했으나, 홍준표 원내대표는 내가 적임자라고 못 박아 말했다. 그렇게 나는 기후변화특위를 맡게 되었다.

그 덕분에 기후변화와 지구온난화에 대해 공부를 많이 하게 되었다. 제주도 해수면이 상승하고, 한반도의 기온이 100년에 1~2도씩 상승한다는 것을 알게 되면서, 신재생 에너지 개발이 시급하다는 것을 깨달았다. 에너지 절약 역시 원자력발전소 건설 못지않게 중요하다는 것도 배웠다. 지구온난화에 따라 대구의 사과가 충청북도와 강원도로, 제주의 감귤이 해남, 진도, 거제 쪽으로 재배면적이 북상하고 있다는 것 또한 피부로 깨닫게 되었다. 그 즈음 환경운동가이자 미국

한국 지구환경의원연맹 창립총회(2009. 11. 26)

부통령을 지낸 앨 고어(Al Gore)의 『불편한 진실』이 크게 와 닿았다. 18대 국회 초반에는 기후변화와 관련된 의원 모임이 상당히 활성화되었다.

지구환경의원연맹(GLOBE)은 1989년 환경문제 관련 정부와 의회 간 정책 일치 도모를 목표로 미국, 일본, 러시아, 유럽, 의회 가의 협의체로 출범하였다. 이후 2005년 토니 블레어(Tony Blair) 영국 총리의 주도로 G8(미국, 일본, 캐나다, 독일, 영국, 프랑스, 이탈리아, 러시아)+G5(브라질, 중국, 인도, 멕시코, 남아공)로 회원국을 확대하게 되었고, 2009년에는 주요 경제국(한국, 호주, 인도네시아)들이 회원국으로 참여하게 되어 현재 총 16개국의 회원국으로 이루어져 있다. 이후 나는 한국 지구환경의원연맹(GLOBE KOREA)을 결성하게 되었다. 회장직은 내가 맡았고, 정회원은 김무성·황우여·홍준표·원희룡 등 국회의원 55명과 산업계와 학계에 걸쳐 40명에 달하는 준회원으로 구성되어 있었다.

〈베이징 회의 발언문 부분〉

각국 대표 여러분!
저는 GLOBE KOREA를 맡고 있는 이인기 의원입니다. (……)
대한민국은 유엔기후변화협약이 발효된 1994년 이후 지구온난화 방지를 위한 국제적 노력에 기여함과 동시에 새로운 국가 발전 패러다임을 구축하기 위해 다양한 노력을 기울여 왔습니다. 이와 같은 많은 고민과 노력의 결과로 녹색 성장과 청정에너지 관련 산업을 국가 발전의 새로운 축으로 선포하게 되었습니다.

대통령과 국무총리를 비롯한 많은 사람의 관심과 지원에 힘입어 2010년 1월 대한민국 국회는 ①기후 친화 산업을 신성장 동력으로 육성, ②녹색생활 구현을 통한 국민의 삶의 질 제고와 환경 개선, ③ 기후 변화 대처를 위한 국제사회 노력 선도를 목적으로 하는 포괄적인 법률인 '저탄소 녹색 성장 기본법'을 제정하였습니다.

동법은 ①신성장 동력으로 녹색 기술 및 산업 진흥, ②기후 변화 및 에너지 대책을 유기적으로 연결, ③환경친화적인 과세 방향 제시, ④온실가스 배출 및 에너지 생산에 관한 통계 작성 및 기업의 녹색 경영 발전을 위한 기반 제공, ⑤온실가스 배출 저감 및 에너지 절약을 위한 에너지 목표관리제 도입 등을 주요 내용으로 하고 있습니다.

법안을 심사하고 통과시키는 데에 있어 주요 쟁점 및 수정이 되었던 사항에 대해서 설명을 드리겠습니다.

첫째, 원자력발전 산업 육성과 관련된 내용입니다. 동법의 원안에는 원자력 산업이 녹색 산업에 포함되어 있었으나, 신재생에너지 산업이 아닌 원자력 산업이 녹색 산업 인가를 둘러싼 찬반 토론 끝에 최종안에는 관련 내용이 삭제되었습니다.

둘째, 총량제한 배출권 거래제 도입과 관련된 내용입니다. 원안에는 총량제한 배출권 거래제 도입이 규정되었으나 감시, 행정 및 거래 비용이 크고 시장의 불확실성에 따른 위험 비용이 발생할 수 있다는 우려로 다른 형태의 배출권 거래제에 대해 추가 검토 · 도입할 수 있는 법적 근거를 남겨 두었습니다.

셋째, 자동차 온실가스 배출 규제와 관련된 내용입니다. 원안에는 에너지소비효율 기준이 없이 승용차에 대한 온실가스 배출 허용 기준안만이 포함되었으나, 에너지소비효율 기준이 국민에게 더욱 친숙할 뿐 아니라 온실가스 배출 기준과 동일한 중요성을 가진다는 반론으로 두 가지 기준 모두 도입하기로 하였습니다.

마지막으로, 환경 정책을 총괄하는 환경부와 에너지 정책을 담당하는 지식경제부 사이에 온실가스 배출 허용 기준 관장을 둘러싼 논란이 발생하였습니다. 여러 논의 끝에 환경부가 온실가스 배출 관리 감독 및 조율 기능을 담당하며, 지식경제부 및 기타 3개 부처가 4개의 배출 부분을 각각 담당하기로 결론을 지었습니다.

국회는 저탄소 녹색 성장 기본법의 심사 및 통과에 있어 주도적인 역할을 담당하였습니다.

첫째로, 2008년 국회 기후변화특별위원회 구성을 통하여 의원 발의 기후 관련 법안, 정부 제출 법안을 주도적으로 검토하였으며, 각각의 법률안의 내용을 통합한 '저탄소 녹색 성장 기본법'을 발의하였습니다.

둘째로, 정부 부처 간 이해관계를 조정하고, 법안 도입으로 인해 타격을 입을 수 있는 관련 산업계의 공동 건의사항을 접수하는 등 법안 관련 이해 당사자들 간의 의견 수렴 및 조율에 많은 노력을 기울였습니다. 특히 동법 도입에 따라 발생하는 규제, 녹색 성장과 관련

덴마크 코펜하겐에서 열린 COP15차 기후변화당사국총회 본회의장에서(2009. 12. 17)

저탄소 녹색성장기본법 서명식, 청와대(2010. 1. 13)

한 금융 · 조세 인센티브 방안에 대한 심도 있는 논의를 실시하였습니다.

마지막으로 GLOBE KOREA를 설립하여 다양한 주제의 세미나를 개최함으로써 환경, 기후 문제 등 동 법안 심사와 관련한 의원들의 이해의 폭을 확대하고, 동시에 기후 변화 대응을 위한 국제적 노력에 참여하고자 하였습니다.

나는 2009월 12월 덴마크 코펜하겐에서 열리는 기후변화총회(COP)에 참석하게 되었다. 한승수 국무총리와 함께 비행기를 타고 가게 되었는데, 국무총리는 비행기에서 회의를 대비하는 공부를 열심히 하였다. 이만의 환경부 장관도 숙소에서 새벽 일찍 일어나 회의 준비에 매진하는 것을 보았다. 이명박 대통령 역시 새벽 1시에 헤어진 우리들과 다르게, 새벽 6시에 일어나 설렁탕이나 한 그릇 하자며 우리를 깨웠다. 모두들 형용할 수 없이 부지런했고, 그것이 우리나라의 저력이 아닌가 하는 생각이 들었다.

이후 19대 국회에서 나는 유기준 의원에게 한국GLOBE 회장직을 인계하였다. 무척 의미 있는 일이라 생각된다.

동의대 순국 젊은 경찰, 혼을 달래다

동의대 순국 경찰과 관련된 문제는 진보와 보수 사이에서 중요한 의미를 가지고 있다. 이 사건을 접한 나는 의원 생활을 하면서 답답하고 억울하고 무언가 잘못되었다는 생각을 지울 수 없었다.

동의대 사건은 1989년 5월 3일 시위학생들이 던진 화염병 때문에 학교 도서관 7층에 화재가 발생해 진압을 하던 경찰 및 전경 7명이 희생당한 사건이다. 3명은 불에 타 숨지고, 4명은 불길을 피해 창틀에 매달렸다가 추락해 사망했다. 당시 학생 130여 명은 경찰관 5명을 납치해 도서관 7층에 감금하고, 연행된 학생 9명과 교환을 요구하며 농성을 벌이다 화염병을 던지고 석유를 뿌렸던 것이다.

이 사건으로 학생 77명이 구속이 되어, 30명이 특수공무방해 치사상죄 등으로 징역 2년에서 무기징역을 선고받았고, 47명은 집행유예로 풀려났다. 결국 결혼도 못한 20대의 꽃다운 나이에 7명이 억울하게 죽음을 맞이한 것이다.

1999년 김대중 정부 당시 제정된 '정치권 민주화 운동 관련자 명예 회복과 보상에 관한 법률'에 따라 만들어진 민주화 운동 관련자 명예 회복 및 보상심의위원회는 2002년 4월 동의대 사건 시위대 46명을 민주화 운동가로 임명하고, 1인당 평균 2,500만 원 최고 6억 원의 보상을 지급하게 되었다.

그러나 10년 전에 순직한 경찰관들은 보상에 관한 근거법은 없었다. 전국 경찰관들이 십시일반으로 성금을 모았을 뿐이다.

나는 동의대 사건이 민주화 운동이라면, 그때 순직한 경찰과 전경은 반민주화 세력인가 하는 의문이 들었다. 불법 감금된 동료 경찰을 구하다가 불에 타 숨진 경찰에 대해, 나라에서 아무런 대책을 세워 주지 않은 것은 굉장한 모순이라는 생각이 들었다. 나는 18대 국회에서 반드시 이 문제를 해결해야겠다고 결심했다.

2009년 7월 10일 법률안을 대표 발의하여 제출했다. 〈동의대 사건 등 희생자의 명예 회복 및 보상에 관한 법률안〉(이인기 의원 대표 발의)이 바로 그것이다.

법안 제출 후에 김무성 의원이 나에게 충고를 많이 해 주었다. "만약 이 법안을 추진하면 진보단체에서 물리적인 테러를 가할지도 모른다. 학생들 부모들이 반대할 것이다. 그전에 나 역시 동의대 학생 관련 발언을 하다가, 모르는 사람으로부터 위험한 상황에 처할 뻔한 적이 있었다."고 말했으며, 모두들 법안 추진을 보류하라고 만류하였다.

그런 상황에서 전여옥 의원이 민주화 유공자로 인정된 학생들을 취소해야 한다고 말하며, 민보상법 개정안을 제출하였고, 유공자로 인정된 학생들 지정을 취소해야 한다고 법안을 제출하였다. 그러자 전여옥 의원이 국회 본청에서 물리적 테러를 당하였다.

이런 여러 문제가 있어 법안을 추진하는 것은 일단 중지되었다. 그로부터 2년이 지난 2011년에 나는 행정안전위원장으로서 법안을 다시 추진하기로 했다. 테러를 두려워한 나머지, 잘못된 역사를 그냥 둘 수는 없다. 18대 국회에서 법률을 제정하는 것이 역사적 소명이 아닌가 하는 생각이 강하게 들었다.

나는 조현오 경찰청장과 이 문제를 의논했다. 동의대 관련 법을 제정해야 하는데, 테러가 우려된다는 염려는 있지만 법안을 추진하자는 것으로 의견이 모아졌다. 2011년 정기국회 때 입법 공청회를 하기로 결정하였다.

경찰 쪽에서 내게 경호원을 붙여 주겠다고 했다. 테러가 우려되었기 때문이다. 약 10명 정도의 신변 경호원이 법안이 통과할 때까지 24

시간 밀착 경호를 하였다. 국회 어디를 걸어가든 간에 경호원들이 모두 나를 따라다녔다. 그 덕분에 입법 홍보가 자동으로 되었다. 민주당 의원들도 경찰에게 내가 보호를 받는 것을 보고 궁금해하며 법안 설명을 듣고 동의를 하기도 했다.

한번은 새벽에 지하 2층 체력단련장에서 목욕을 하고 있었다. 때마침 손학규 의원이 목욕탕에 들어오더니, 단련장 입구에 있는 경호원들을 보고 외국의 수상이 이곳에 왔느냐고 물어 모두 한바탕 웃은 적도 있다.

결국 법안은 무사히 통과했다.

2013년 5월 1일 순직경찰관의 4명 유족에게는 1인당 1억 2,700여 만 원, 전투경찰 유족 1인당 1억 1,400여 만 원, 부상당한 경찰 및 전경에게는 1인당 2,000만 원씩 보상을 하기로 결정되었다. 24년 만에 보상하게 된 것이다.

김철수 서울대 명예교수는 "동의대 사건은 불법행위를 진압하기 위해 공권력을 투입한 것이었지만, 그동안 법률이 없어 해 주지 못한 보상을 지금이라도 해서 다행"이라는 말을 하였다. 동의대 사건 경찰 유족회 정유환 대표(고 정영환 경사의 형)는 "내가 동생에게 경찰이 되라고 추천해, 평생 죄의식에 시달리며 동의대 소리만 나도 가슴이 울렁거렸는데, 10원을 받든, 100원을 받든 조금이라도 명예가 회복된 것 같아 다행이다."라는 말을 했다.

2013년 5월 3일 처음으로 정부 주도로 부산에서 추도식이 열렸고, 그리고 흉상 제막식이 이뤄짐으로써 사실상 경찰관의 명예 회복을 이뤘다. 이날 나는 그 공로로 감사패를 받았다. 그러나 법안 제정에 따른 성취감보다는 부끄러움과 안타까움이 더했다. 역사를 바로잡기 위한 노력이 얼마나 지난하고 어려운 일인가 하는 자괴감과 그간의 여러 문제들이 여전히 나의 마음을 무겁게 했다. 앞으로 이런 아픔들이 일어나지 않았으면 한다.

맥아더 동상과 죽창

2009년 경찰청 국감 일주일 전에 인천 월미도 자유공원에 맥아더 동상 관련 시위 현장에 간 적이 있다. 그곳에서는 맥아더 동상이 민족 분단의 원흉이라며 철거를 주장하는 종북좌파 세력과 이에 반발하는 우파 세력이 비 오는 궂은 일기 속에서도 첨예하게 대치 중이었다. 그리고 혹시 모를 사태에 대비한 전경들이 대기하고 있었는데, 좌파 세력이 막아선 전경들을 향해 '죽창'으로 공격을 시도하였다. 동학농민운동 때 사용되었던 죽창 말이다. 이들의 죽창은 전경의 경찰봉보다 훨씬 길고, 끝이 뾰족해 전경들의 목을 찌를 수 있게 되었다. 이 상황을 지켜본 나는 서둘러 전경의 보호 장비가 목까지 보호할 수 있도록 교체를 강하게 건의하였다.

그리고 나서 경찰청 국감에 나는 시위 때 쓰인 죽창을 가지고 나와 경찰을 상대로 대책 마련을 촉구했다. 나는 다른 의원들 앞에서 "5월

경찰청 국정감사(2009. 10. 7)

경찰청 국정감사(2009. 10. 12)

에 있었던 대전 화물연대 시위에서 참가자들이 이런 죽창으로 경찰을 공격했다."고 말했고, 미리 준비해 온 길이 4.5m가량의 죽창을 보여 줬다. 그리고 전경 복장을 한 보좌관에게 경찰봉과 헬멧을 쓰게 한 뒤 죽창으로 공격하는 시늉을 했다. 길이 1m 남짓한 경찰봉으로는 4.5~5m나 되는 죽창에는 어림도 없었다. "죽창의 길이는 4년 전 2.5 m에서 점점 길어지는데 경찰 대응은 제자리인 셈"이라고 말하며, 전경의 생명을 위협하는 죽창에 효과적으로 대응할 수 있는 해결책을 촉구하였다. 이후 전경에게 목까지 보호할 수 있는 헬멧 등으로 교체 지급되었다.

민간조사 제도 도입의 필요성

  민간조사(民間調査)란 영어 Private Investigation Service를 번역한 용어로, 고객의 요청에 의해 사(私)경제 주체가 대가를 받고 사실조사 행위를 하는 것을 뜻한다. 그러나 시민단체에 의한 사실조사 활동, 언론 기자의 사실조사 활동 등도 민간에 의한 활동에 해당되므로 정확한 개념적 용어를 사용하자면 '민영조사'가 더 적합한 명칭이 될 수 있다. 다만, 우리나라에서는 1999년도에 '공인 탐정', 2008년도에 '민간조사'라는 용어를 입법안에 사용하여 왔기 때문에 현재 공인 탐정, 민간조사 등으로 현재 널리 사용되고 있다.

  우리나라의 민간조사는 일제 치하의 '신용고지업 취재규칙(조선총독부 규칙 제82호)'에 의한 신용고지업과 1961년 제정된 '홍신업단속법'에 의한 홍신업이 해당된다고 볼 수 있으나, 신용고지업이나 홍신업은 '경제상의 신용조사' 업무에 한정하고 있으므로, '홍신업'이나

'신용정보업'을 민간조사사업의 근원이라고 판단하기에는 무리가 있다. 오히려 현재 자유업으로 행해지고 있는 심부름센터가 현실적으로 다양한 사실조사 행위를 하고 있기 때문에 오늘날 우리가 생각하는 민간조사사업과 가장 유사한 업종으로 볼 수 있다. 그러나 이들은 아무런 법적 규제 없이 영업을 해 오고, 영세업체 난립과 불법적 행위까지 행해 온 탓으로 부정적 이미지가 강하다. 이러한 이유로 선진 외국에서는 당연하고 자연스러운 서비스업이 우리나라에서는 입법을 통해 공식적 직업으로 인정하는 것 자체가 우려스러운 일이 되고 있다.

나는 2008년 10월 31일 민간조사 제도 도입을 위한 입법 공청회를 열었고, 2011년 3월 15일에는 개구리 소년 및 실종자 가족과 민간조사법 제정 촉구 서명록을 제출하였다. 또한 2011년 4월 11일에는 〈민간조사(탐정) 제도 왜 필요한가?〉라는 토론회를 개최하기도 하였다.
민간조사 제도의 필요성은 다음과 같다.

첫째, 현실적 수요를 감안한 사실조사업 육성이 필요하다.
한국 사회의 발전과 다변화에 따라 사실(事實) 조사업에 대한 수요가 증가하고 있으므로 소비자가 신뢰하고 의뢰할 수 있는 건전한 업체를 육성해 나갈 필요가 있다.

범죄와 관련성이 낮은 실종, 미아, 가출아 수색 등에 있어 경찰이 할 수 있는 부분은 분명한 한계점이 있다. 국가기관의 활동과 더불어 피해당사자도 피해 회복을 위한 활동을 추가적으로 할 수 있어야 한다.

민간조사(탐정) 제도 왜 필요한가? 토론회(2011. 4. 11)

최근 '전국 미아, 실종 가족찾기 시민의 모임(회장 나주봉)'은 이른바 개구리 소년들의 실종을 다룬 영화 〈아이들…〉 개봉을 계기로 민간조사 제도 도입을 촉구한 바 있다. 국가 수사기관이 실종에 대한 장기 미제 사건을 새롭게 발생하고 있는 실종 사건이나 강력 사건과 같은 수준으로 수사하는 일은 현실적으로 어려움이 있는 것도 사실이다. 이러한 사정이 민간조사 제도 도입이 요구되고 있는 이유이기도 하다.

미아, 가출인, 실종자와 관련된 문제 이외에 민사적 성격이 강한 분쟁 사안에 있어서도 권리 구제 및 피해 회복을 목적으로 한 사실관계 조사 서비스 수요가 점차 증가되고 있다. 현재의 고비용 법률 서비스만으로는 사실조사 수요를 충족하는데 한계가 명백하기 때문에 외국 선진국과 같은 사실조사 서비스 도입이 필요하다.

민간 경비, 민간 방범 등 현재 시행되고 있는 민간 용역 분야가 국가 기능과 상호 보완 관계를 형성하며 치안 사각지대를 보완하면서 성공적으로 정착되고 있는 점을 감안할 때, 민간조사 분야에서도 충분히 타당성이 인정된다고 보아야 할 것이다.

둘째, 심부름센터의 불법 행위에 대응할 국가관리 체제 도입이 필요하다.

현재 사실조사업을 행하고 있는 심부름센터의 폐해가 심각하다는 것은 널리 알려져 있다. 이에 대한 적극적 대응수단으로서 사실조사업에 대한 국가관리체제 도입이 필요하다. 우리나라의 소위 '심부름센터'는 발생 초기 민원서류 대행이나 택배 서비스 등 단순 대행 업무를 그 목적으로 하였으나 최근에 발생한 심부름센터의 범죄는 개인 뒷조사, 신상정보 유출, 도청 등 사생활 침해는 물론이고, 청부 살해, 납치, 협박 등 속칭 해결사의 역할까지 자행하고 있다. 특히 심부름센터는 영세업체 난립으로 의한 과당경쟁으로 그 불법행위가 점점 증가되고 있는 바, 심부름센터의 불법조사 행위를 근절할 수 있는 법적 근거 마련이 시급하다.

셋째, 새로운 일자리 창출로 고용이 증대될 것이다.
민간조사업이 도입되어 하나의 직업으로 자리를 잡고 육성하게 되면 새로운 일자리가 창출되어 국가 경제에 기여할 수 있다.

경찰청 내부자료에 의하면 민간조사 제도 도입시 사실조사업 양성화로 최소 1만 2천여 명의 고용(6천여 개 업체)과, 4천억 원의 시장 창출이 가능하다고 한다. 현재 심부름센터의 경우 심부름센터가 별도 관리되고 있지 않고, 세무관계 신고도 제대로 이루어지고 있지 않기 때문에 시장 규모 추산이 어렵다.
민간조사 제도가 도입되면 음성적으로 불법을 행하는 심부름센터와 달리 하나의 직업으로 떳떳하게 자리잡게 되고 관련 산업이 육성될 것이며 경찰청이 추산하는 것 이상으로 이와 관련된 관련 경제 시장도 형성될 것으로 보인다.

외국의 민간조사업 시장 규모를 살펴보면 영국은 국민 인구 6,308만 명에 민간조사관 1만 명 정도가 있으며 등록된 업체 수는 465개에

달한다. 프랑스는 국민 인구 6,655만 명에 민간조사원 수는 4천 명 정도가 있으며 사업자 등록 수는 2,750개에 달하고, 독일은 인구 9,012만 명에 민간조사업을 하는 사업자가 1,412개가 등록되어 있다. 가까운 나라 일본은 인구 12,435만 명에 전국에 3,887개의 사업자가 활동하고 있는 것으로 파악된다.

최근 한국노동연구원에서 발표한 체감 청년실업률 보고서에 따르면 2011년 2월 대학 졸업자는 18만 8천 명이며, 이중 66,000명은 일자리를 얻었으나 41,000명은 실업 상태이고 81,000명은 구직 준비 중 또는 대학원 진학 중이라고 한다. 이러한 자료를 감안할 때 민간조사 제도 도입에 따른 고용 창출 효과의 사회적 파급력은 상당히 크다고 볼 수 있다. 또한 40~50대의 젊은 나이에 퇴직하는 사람들, 특히 경찰학과, 경호경비학과 출신 학생들의 꿈을 펼칠 수 있도록 하기 위해서 꼭 필요하다. 물론 부작용에 대한 우려와 이해도 짚고 넘어가야 한다.

첫째, 사(私)경찰 도입으로 우리 법체계와 맞지 않는다는 우려가 있다. 민간조사 제도는 영미법계에서 발달한 제도로 사적자치를 기반으로 한 사(私)경찰을 의미하며, 유럽법계에 가까운 우리나라에는 맞지 않는 제도란 우려이다.

법무부는 민간조사 제도는 사인소추를 전제로 한 영미법계 제도로서 우리 형사법 체계는 사인의 권리 구제를 불허하고 수사권을 국가에 귀속시키고 있어 우리와는 부조화되는 제도이고, 대륙법계인 독일

민간조사(탐정) 제도 왜 필요한가? 토론회, 왼쪽부터 구재태 경우회 회장, 조현오 경찰청장, 이인기 의원 (2011. 4. 11)

이 비록 관련 제도를 인정하고 있으나 이는 면허 조건을 엄격히 규정하고 있으며 일본은 특정인 소재 또는 행동에 대한 정보로서 당해 의뢰에 관계되는 것을 수집하는 것으로 제한하고 있다.

민간조사·경비 등 개인의 안전 확보를 위한 민간 보안 산업(Private Security Industry)이 미국 등 영미법계에서 시작되어 발달해 온 것은 사실이다. 그러나 독일·프랑스·스페인 등 대륙법계 국가는 물론 일본 등에서 이미 정착되어 상당 기간 동안 발전되어 온 제도로서 영미법계와 대륙법계 등 법체계와 달라 제도 도입이 불가하다는 주장은 그 설명력과 타당성이 미약하다.

특히 사(私)경찰 도입 논란과 관련하여서는 민간조사 업무는 형사사건만을 전제로 한 제도는 아니며 일상생활에서 일어날 수 있는 민·형사사건을 포함한 모든 권리관계와 관련한 사실조사를 행하는 것으로, 설혹 국가에 의해 형사사건이 진행 중이더라도 사건 당사자가 자신의 권리 구제를 위해 스스로의 노력으로 국가 활동을 보완하는 것이다. 이는 헌법 제10조에 규정된 국민의 행복추구권에 근거한 것으로 볼 수 있다.

둘째, 사생활 침해가 더욱 심화된다는 우려가 있다.

과거 흥신업의 경우 일정한 규제 법안이 있었으나 불법행위가 근절되지 않았다. 이러한 역사적 경험으로 흥신업과 유사하다고 인식되는 민간조사업이 도입될 경우 아무리 국가관리 시스템을 도입한다고 해도 탈법은 근절될 수 없다고 하는 우려가 존재한다.

법무부는 민간조사 제도가 도입되면 일반 국민에게 '민간조사 종사자'를 수사기관원으로 오인케 할 소지가 있고, 미행, 불법 도·감청 등에 따른 사생활 침해 및 개인정보 유출 우려도 있으며, 일방에게 유리한 왜곡된 조사 결과를 도출할 가능성도 상존하고, 선거 관련 반대파 감시 수단, 악덕 사채업자의 배후 조직 등으로 사회적 혼란을 가중하게 할 소지가 많다고 우려를 표시하고 있다.

그러나 민간조사 종사자의 공무원 사칭, 불법 도청, 권한 없는 개인정보 열람 행위는 형법 등 관계 법률에 의하여 제도 도입 후에도 여전히 형사처벌 대상이 되며, 이러한 문제들은 민간조사 제도 도입에 따른 문제가 아니라 현재 자유업으로 방치되고 있는 심부름센터에서 더 많이 발생하는 문제이며, 민간조사 제도는 오히려 문제점을 해소시키기 위해 국가관리 시스템을 도입하려는 것이다.

경찰청은 국가관리 시스템 도입을 통한 문제 해소 사례로 대부업의 경우를 들고 있다. 2002년 〈대부업의 등록 및 금융 이용자 보호에 관한 법률〉을 제정하여 대부업자에 대한 등록제 도입 및 사금융 시장 양성화 조치를 시행한 후 대부업자와 여신 금융기관의 불법적 채권추심행위 및 이자율 등이 규제됨으로써 건전한 사금융시장 육성 및 법적 실효성을 확보하게 되었다는 평가를 내리고 있다.

셋째, 치안 서비스 편중 및 국가 책무 전가 우려가 있다.

민간조사업의 업무는 국가기관이 수행해야 할 업무와 중복되는 경우가 많고, 이러한 민간조사사업이 허용될 경우 서비스에 대한 대가를 지불할 수 있는 경제력 있는 사람들만 민간조사 제도를 이용할 수 있게 되므로 치안 서비스에 대한 편중 현상이 발생한다는 우려이다.

법무부는 민간조사 제도가 도입될 경우 재력이 있는 자만이 유능한 민간조사관을 고용할 수 있게 됨으로써 서민들의 상대적 박탈감을 가중시켜 '부익부 빈익빈' 비난을 초래할 가능성이 크고, 미아·실종자 수색 문제 등은 국민 보호를 위한 국가의 기본적 책무로서 수사 인력 보충과 예산 증액 등을 통하여 해결하는 것이 타당하고 민간조사 제도 도입은 국가 책임을 국민에게 전가하는 결과를 초래한다고 반대 이유를 명시하고 있다.

그러나 경제력에 의해 차별화된 서비스를 제공받는 것은 법률 서비스, 의료 서비스 등 타 분야 서비스 시장에서도 마찬가지이며 민간조사 제도만의 문제는 아닌 데다가, 제도 도입 시 의뢰인의 부담을 최소화하기 위해 보수 기준을 법정화하는 등 사회적 약자를 배려한 제도적 장치를 함께 추진하고 있다. 민간조사 제도가 공공 부문과 상호 보완적 협력 관계를 형성함으로써 국가 수사기관은 민생침해 범죄 예방·수사 등 사회적 약자 보호에 더 많은 역량을 투입할 수 있을 것이다. 그뿐 아니라 민간조사 제도가 도입되더라도 국가가 해야 할 일은 경찰 등 해당기관에서 변함없이 수행하게 될 것이다.

넷째, 유사 직업과의 업무 충돌로 인한 혼란 야기 우려가 있다.

민간조사 제도가 새롭게 도입됨으로 인하여 기존의 직업과 업무 범위가 충돌함으로 인하여 갈등이 유발된다는 주장이다.

현재 국회 행정안전위원회에 제출된 〈경비업법 일부 개정안〉에 의하면 민간조사업의 업무 범위를 '미아·가출인·실종자 소재 파악, 소재불명 물건 소재 파악·의뢰인의 피해 확인 및 원인에 관한 사실조사' 로 한정하고 있다.

이와 관련해 〈변호사법〉 제109조와의 충돌이 가장 문제되고 있다. 〈변호사법〉 제109조는 "변호사가 아니면 금품·향응 또는 그 밖의 이익을 받거나 받을 것을 약속하고 또는 제3자에게 이를 공여하게 하거나 공여하게 할 것을 약속하고, 소송 사건, 비송 사건, 가사 조정 및 심판 사건, 행정심판 또는 심사의 청구나 이의신청, 그 밖의 행정기관에 대한 불복신청 사건, 수사기관에서 취급 중인 수사 사건, 법령에 따라 설치된 조사 기관에서 취급 중인 조사 사건, 그 밖의 일반의 법률 사건에 관하여, 감정·대리·중재·화해·청탁·상담 또는 법률관계 문서 작성, 그 밖의 법률 사무를 취급하거나 이러한 행위를 하여서는 아니된다."고 규정하고 위반시 형사처벌하고 있다. 이와 관련하여 '의뢰인의 피해 확인 및 원인에 관한 사실조사' 란 민간조사의 업무 범위와 중첩된다는 점이 논란이 될 수 있다.

그 외 법무부는 민간조사관의 업무 범위는 현행법에 규정되어 있는 전문 조사 분야와 중복되어 조사 결과에 따라 상호 간 마찰이 우려된다고 설명하고 있다. 구체적인 예로서 손해사정사의 손해 발생 사실의 확인 업무(보험업법 제188조)와 신용정보업자의 신용조회·조사·평가 및 그에 부수하는 업무, 채권추심 업무를 허가받은 신용정보업자가 동 업무의 수행을 위하여 특정인의 소재를 탐지하는 경우 (신용정보의 이용 및 보호에 관한 법률 제4조 제1항, 제26조 제5호) 등을 들고 있다.

이러한 업무 충돌 주장들은 다음과 같은 이유로 크게 걱정하지 않아도 될 것으로 판단된다.

첫째, 변호사업과의 충돌과 관련하여, 〈변호사법〉에서 규정하는 변호사의 업무 범위는 지극히 포괄적이고 추상적이어서 민간조사업과의 충돌을 피할 수 없으나, 민간조사업은 법률 사무를 주로 하는 변호사의 업무와는 차별성이 인정되고, 오히려 민간조사를 통해 변호사 업무를 보다 성공적으로 수행할 수 있는 기반을 형성할 수 있기 때문에 민간조사업과 변호사업 역시 건전한 협력 관계를 형성할 수 있을 것으로 본다.

둘째, 신용정보업과의 충돌과 관련하여, 〈신용정보의 이용 및 보호에 관한 법률〉상 신용정보업은 민간조사 도입 법안이 상정하고 있는 미아·가출인·실종자에 대한 소재 탐지는 포함하고 있지 않으므로 신용정보업자의 소재 탐지 업무와 충돌이 일어나지 않는다고 보아야 하며, 〈신용정보 이용 및 보호에 관한 법률〉에 의한 채권추심 업무는 채무자의 재산 조사뿐만 아니라 채권자를 대신하여 추심채권을 행사하는 행위로 구성되며 이중 추심채권을 행사하는 행위가 핵심이 될 수 있으므로, 민간조사업자가 추심채권을 행하지 못하는 상태에서 사전적 조사 행위만을 수행한다고 하여 채권추심 업무를 잠식한다고 보기 어려울 것이다. 오히려 민간조사업자와 채권추심업자 간에 사업 협력 관계 형성도 가능한 부분이라고 볼 수 있다.

결론적으로 민간조사업은 변호사업, 채권추심업 등 신용조사업과는 갈등 관계의 소지를 가지고 있다 하더라도 얼마든지 발상의 전환을 통해 상호 건전한 협력관계를 형성하여 상호 시너지 효과를 통한 양질의 서비스를 제공할 수 있는 윈-윈 전략 관계를 형성할 수 있을 것으로 판단된다.

셋째, 〈보험업법〉에 의한 손해사정업과 관련하여, 〈보험업법〉은 손해보험과 관련한 손해사정은 손해사정만이 할 수 있도록 독자적 지위를 보장하고 있어 민간조사와의 갈등 문제는 미약하다고 보아야 할 것이다.

민간조사 제도 도입을 입법적 노력은 15대 하순봉 의원이 공인 탐정 제도 도입을 검토하였고, 17대 국회 들어 본격적으로 관련 입법이 국회에 제출되었으나, 도입 필요성에 대한 사회적 공감대 형성 미흡 및 소관 부처 논란으로 입법안 내용에 대한 실질적 검토가 이루어지지 않고, 17대 국회 임기 만료로 자동 폐기되었다.

이에 18대 국회 들어 민간조사 제도의 필요성을 느끼고, 2008년에 외국의 입법례 등을 검토하여 '경비업법 일부 개정안(이인기 의원 대표 발의)'을 발의하였다. 논의가 상당히 진척되어 해당 상임위인 행정안전위원회를 통과하고 법사위까지 회부되었으나 18대 회기 종료로 폐기되어 아쉬움이 남는다.

만일 민간조사 제도 도입에 대한 우려가 있다면 열린 장(場)을 마련하여 활발히 논의를 하고 사회적 합의를 도출하여야 할 것이며 19대 국회에서 그 뜻이 이루어지기를 빈다.

19대에서는 윤재옥 의원 대표 발의 '경비업법 전부 개정 법률안', 송영근 의원 대표 발의 '민간조사업에 관한 법률안'이 제출되어 각 행정안전위원회, 법제사법위원회에 계류 중이다.

2014년 3월 18일 정부는 사설탐정 등 신직업 40여 개를 육성해 적극 지원하겠다고 밝혔다.

골프 대중화의 길로 가야 한다

2012년 대통령 선거를 하면서, 대중골프장(public 골프장)협회의 부탁으로 골프장 업계를 나름대로 공부하게 되었다. 회원제 골프장은 그야말로 회원들이 주인인데, 극소수의 경영자들이 사실상 주인 행세를 하면서 구조적으로 부실화되어 가고 있다는 것을 알게 되었다. 회원제 골프장의 회원 가격이 폭락하는 추세에 있게 되었다. 대중 골프장은 소유자 즉, 창업자가 자기 재산을 투자해서 기업을 살리기 위해 전심전력으로 노력하고 있는 것을 보면서, 회원제 골프장과 대중 골프장의 시스템이 전혀 다르다는 것을 알게 되었다. 그래서 나는 회원권을 구입할 수 없는 일반 서민, 샐러리맨들이 다양하게 골프를 칠 수 있는 대중 골프장 시대가 와야 한다고 확신하게 되었고, 현재 대중골프장협회 정책고문을 맡아 골프 대중화에 앞장서고 있다.

특히 박현규 회장님은 불모지인 군산 갯벌에 국내 최대의 81홀 골프장을 '창조경제정신'으로 건설하신 분이다. 지금도 대중골프장회 장단을 맡아 골프 대중화를 위해 헌신적으로 노력하고 계신다. 84세 임에도 넘치는 그 열정을 정말 존경한다.

2013년 10월 18일, 한국 골프를 대표하는 최경주 선수가 관훈클럽 에서 초청 연사로 나섰다. 그는 "골프도, 인생도 대충해서는 안 된 다."고 말하며 "국내 골프 대중화가 제대로 이루어지지 않고 있다." 고 지적했다. 그의 말처럼 우리나라의 현실은 어떠한가.

평일이든 주말이든 원하는 시간에 부담 없는 가격으로 골프를 제대 로 즐길 수 있는가. 물론 대중 골프장이 점차 늘어나고 있어 농민, 소 상공인, 가정주부 등이 조금씩 이용하는 추세에 있으나, 여전히 높은 비용에 가로막혀 있다. 장사를 하다가도 몇 시간 후 여가 선용 차원에 서 골프장으로 갈 수 있는 여건이 마련되어야 하는 것이 옳다. 주차장 에 고급 승용차만 아니라 소형차를 타고 와서 몸이 건강하면 누구나 즐길 수 있는 국민 스포츠 골프가 되는 것이 좋다고 생각한다.

한국의 골프장은 회원제 골프장(60%)과 대중 골프장(40%)으로 분 류된다. 골프장은 법률(체시법 시행령, 시행규칙)로 골프장 종류가 구분되고, 지자체장으로부터 사업승인(등록체육시설업)이 필요하다. 따라서 회원제 골프장은 체육시설의 설치 · 이용에 관한 법률 규정에 의거 투자비를 승인(지자체장 승인)받아 회원을 모집할 수 있는 반면 대중 골프장은 법률에 의거하여 회원 모집이 금지되어 있다.

초기에 투자비 회수가 가능한 회원제 골프장 건설만 선호하자 정부는 골프 대중화 정책을 추진하면서 1990년대 초반 회원제 건설 시 대중제를 강제로 병설케 하는 법규를 도입하였으며, 1990년대 후반에는 대중 골프장의 세금을 인하하여 대중 골프장 건설을 권장하였다. 그 결과 1990년대 후반부터 현재까지 대중 골프장 수가 급속하게 증가한 것은 사실이다. 그럼에도 불구하고 대중 골프장은 여전히 수적으로도, 정책적으로도 매우 미비하다. 이에 따라 대중 골프장을 견인해 갈 정책이 절실히 요구된다.

그러나 골프 대중화 추진은 여전히 쉽지 않다. 회원제 골프장은 12만 명의 회원 중심(회원 예약 우선권 부여)으로, 회원은 그린피(Green Fee) 무료(회원제 221개사 중 124개사가 그린피 무료 회원권 분양) 또는 저가이며, 회원 그린피를 비회원에게 부담시킴에 따라 일반 국민은 이용이 제한(회원 관계인 또는 고가 그린피 부담 가능 국민만 이용 가능)될 수밖에 없다. 그러나 대중제는 회원권이 없는 일반 국민이 주로 이용할 수 있는 제도로서, 회원제보다 그린피가 3~6만 원 낮은 저가 그린피(지방 5~10만 원, 수도권 10~15만 원)로 인해 일반 국민(서민)도 이용 가능하여 골프 대중화 추진이 가능해진다.

이렇게 되면 일반 국민 즉 서민 계층도 이용 가능하므로(9홀 그린피 2~4만 원) 전체 국민이 손쉽게 즐길 수 있는 국민 스포츠로도 육성이 가능해지며, 골프를 통해 국민 건강 증진이 가능해지는 것은 물론이다.

회원제와 대중제는 그 성격이 다르다. 회원제는 회원들의 친목 및 사교 장소로 이용되지만, 대중제는 정부가 서민이 이용하는 대중 스포츠 시설로 육성하기 위해, 법률로 세금을 인하하여 대중제 건설을 지원하게 되며, 대중제는 회원권이 없는 일반 국민이 주로 이용하게 될 것이다.

문제는 사업자의 골프장 건설 선호 여부다. 회원제 골프장은 소액의 자기자본(10~50억 원)을 투자하고, 금융기관 융자를 통해 골프장을 건설하며, 공정 30%에 이르면 회원권 분양이 가능하므로 회원권 분양을 통해 800~1,500억 원의 투자비를 회수할 수 있으므로 대부분의 골프장 사업자는 회원제 골프장 건설을 선호한다. 이에 반해 대중 골프장은 300~500억 원의 자기자본과 300~500억 원의 차입금이 필요하며, 투자비 회수가 어려워 대중 골프장 건설을 기피할 수밖에 없다. 이에 따라 정부는 정책적으로 대중 골프장이 많이 건설될 수 있도록 유도해야 한다.

현재 문화체육관광부는 체시법 시행령을 개정하여 대중제와 회원제의 구분을 없애려는 법규 개정안을 검토하고 있는데, 체시법 시행령 제7조(체육시설업의 세부 종류)를 개정하여 회원제/대중제 구분이 삭제되면, 개별소비세법(개별소비세), 지방세법(재산세), 종합부동산세법(종합부동산세)의 대중제와 회원제의 세금 차이 법률 규정이 체시법 시행령 제7조의 규정에 의거하므로 근거 규정이 폐지되어 세금 격차가 없어진다. 따라서 대중제도 회원제와 같은 중과세를 부과반게 된다.

그러나 800억 원 이상(18홀 기준)의 투자비를 회원권 분양으로 이미 회수한 회원제와의 경쟁이 불가능한 대중제는 대부분 도산하게 된다. 즉 정부의 대중 골프장에 대한 회원권 분양 허용 검토는 실효성이 없다(현재 회원제도 분양 안 됨). 회원제와의 경쟁에서 도태되고, 건설 부채 등으로 자금난에 시달리는 대부분의 대중 골프장은 약간의 투자비라도 회수해야 하므로 울며 겨자 먹기 식으로 회원제로 전환할 수밖에 없는 게 현재 실정이다.

그리고 회원제 골프장의 개별소비세를 감면하게 되면 다음과 같은 문제점이 발생한다.

가장 먼저 이것은 '전형적인 부자감세'이다. 2011년 전국 회원제 골프장 회원권 소지자 195,950명 가운데 중복 회원을 제외하면 약 10만 명이 회원권 소지자다. 2011년 개별소비세를 납부한 회원제 골프장 내장객 1,500만 명 중에 회원 이용 비율은 약 50%인 750만 명이며, 1인당 21,120원을 감면해 주면 약 1,584억 원의 세금감면 혜택(추정치)이 회원에게 돌아가게 된다. 이것은 회원 1인당 158만 4천 원의 혜택이 돌아가는 셈이며, 회원권을 갖지 못한 400만 명의 일반 골퍼는 연 1.9회 이용 시 1인당 세금 감면액은 연 4만 원에 불과하다.

다시 말해 골프를 치지 않는 일반 국민 입장에서는 골프 치는 사람(회원제 골프장)에 대한 세금 감면을 납득하기 어렵다. 골프 치는 사람의 세금을 감면해 주면 그 감면액만큼 결국 골프 치지 않는 일반 국민이 떠안게 되므로, 결국 부자감세라는 결론을 피할 수 없게 된다.

또한 개별소비세 감면은 이미 실패한 정책을 재시행한 것에 불과하다. 2009년, 2010년 회원제 골프장에 대한 개별소비세 등 감면(1인당 30,000~35,000원)을 시행하였으나, 골프 인구는 늘어나지 않고 대중제 내장객이 회원제로 이동하는 풍선효과로 대중제 골프장의 경영 악화만 초래하게 되었다. 그리고 해외 골프 관광객 70%가 동·하절기 및 연휴에 해외로 나가고, 나머지 30%도 비즈니스 등 복합 목적으로 해외에 나감에 따라 그린피 인하를 통한 국내 유도 효과는 실제적으로 미미하며 실패한 정책으로 평가되었다. 이미 조세연구원 평가보고서에서 실패한 정책으로 발표되었고, 국회에서도 실패 이유로 2010년 12월 8일 세금감면 연장을 폐지한 정책이었다.

그리고 세수 감소에 대한 보전 대책도 현재로선 부재하다. 종전 조특법 일몰제(2009, 2010년) 시행에 따라 약 7,000억 원의 세수 손실을 초래하였으나 효과 없는 정책으로 평가되어 세수 보전에 실패하였다. 향후 개별소비세 감면에 따라 발생하는 매년 약 3,000억 원의 세수 손실에 대하여도 보전 대책이 없다.

게다가 헌법재판소의 판결에 위배된다(2012년 2월 23일 판결). 개별소비세는 골퍼가 아닌 골프장 시설에 부과하는 것이며 골프장의 운영 형태 및 규모 등 제반 사정에 비추어 사치성이 없다고 볼 수 있는 대중 골프장 이용 골퍼는 면제한 반면, 회원제 골프장 시설 이용 골퍼에게 부과하는 것은 합헌이라고 결정하였다. 응능 부담의 원칙에 따라 담세력이 없는 대중 골퍼는 그린피가 4~6만 원 낮은 대중 골프장을 이용할 수 있다는 의미를 담고 있는 것이다.

결국 개별소비세의 감면은 골프 대중화에 역행하게 되는 정책이 될 것이다. 회원제 골프장 사업자는 투자비 회수를 보장받는 대신 개별소비세 등 세금을 납부하게 하였고, 대중제 골프장 사업자는 투자비 회수를 금지하는 대신 개별소비세 등을 면제받도록 하였다. 그런데 지금 와서 회원제 골프장의 세금 감면만 추진한다면 상대적으로 불리해진 대중제 골프장은 고사하거나 신규 건설이 불가능해짐에 따라 결국 대중제 골프장은 사라지게 될 것이다.

또한 골프장에 비싼 소나무를 심을 필요가 없다고 생각한다. 자연 그대로의 모습을 유지하는 것이 오히려 건설비 절약과 최소한의 자연 훼손으로 이득을 볼 것이다. 골드만삭스가 과거 일본에서 헐값으로 골프장을 인수해 퍼블릭(public) 골프장(대중제 골프장)으로 바꿨던 것처럼, 앞으로 골프장은 일부만 최고급 시설로 남겨 두고, 대중화 중심의 골프장으로 재편되는 것이 바람직하다. 덧붙여 대중제 골프장에 노후 은퇴자 주거 시설이나 영화관 운영 등 복합레저 시설로 이어가는 등 발상의 전환이 필요하다.

이제 거액의 회원권을 살 수 없는 일반 시민들은 물론 누구나 저렴한 가격으로 쉽게 접근하여 골프를 즐길 수 있어야 한다. 그래야 골프

인구의 저변이 확대되어 골프 산업도 발달하게 될 것이며 건강 증진
과 유지에도 도움이 되어 의료비도 감소되는 효과를 얻을 수 있을 것
이다. 골프가 소수 엘리트, 부자들만의 운동이 아니라 대중 그 누구나
즐길 수 있는 운동이 되기를 기대해 본다.